茶书 饭书

茶饭引

胡竹峰 著

长江出版传媒 长江文艺出版社

图书在版编目（CIP）数据

茶饭引 / 胡竹峰著. -- 武汉 ：长江文艺出版社，
2025. 1. -- ISBN 978-7-5702-3654-1

Ⅰ. I267

中国国家版本馆 CIP 数据核字第 2024JF5301 号

茶饭引

CHAFAN YIN

责任编辑：周　聪　　　　　　　　责任校对：程华清

书籍设计：肖睿子　　　　　　　　责任印制：邱　莉　王光兴

出版：长江出版传媒 | 长江文艺出版社

地址：武汉市雄楚大街 268 号　　　　邮编：430070

发行：长江文艺出版社

http://www.cjlap.com

印刷：湖北新华印务有限公司

开本：787 毫米×1092 毫米　　　1/32　　印张：16.375　　插页：16 页

版次：2025 年 1 月第 1 版　　　　2025 年 1 月第 1 次印刷

字数：232 千字

定价：88.00 元

茶饭引

　　静坐虚室，等不到童年那只兔子了，只好守书待读，或者守书待茶，茶通茶。斗笠盏、紫砂壶、玻璃杯，清香袅起，不拘浓淡，无论粗细，任意红黑黄青绿。有幸喝得好茶，一口接一口，苦口甘口，冷暖自知。

　　舍下存有一本民国老版《苦口甘口》，好看，干净，通达，蛇行千里，作书人文字淡然已入化境，说理熨帖而不高蹈，杂学旁收，于学无所不窥，教人叹为观止。那些绝妙文辞或可慰藉虚空中的灵魂，可惜没能安妥乱世的书生意气。冷峻的笔调包裹一颗滚烫如熔岩迸溅的济世之心，却不能救自家于苦海，让人叹息。

闲翻经史子集，见过杯、壶、碗、碟、盘、樽、锺、爵、角、觥、彝、卣、罍、瓿、卮、缶、豆、斝……这些器物，不翻书也能看见，只是没有往日所容的茶饭酒水，只剩一枝花一叶草安逸心间。心间一壶酒一杯茶一碗饭，时光如水，向东流，向南流，向西流，向北流。很多年前去过北流，隶属桂地，境内圭江自南向北而流。坐在江边，逝水不止，流出铜鼓的声音，流出瓷器的颜色。

书中秋日雅事，座上折枝桂花，让一婆子在屏风后击鼓，花落谁手，即饮酒说笑话。古代豪奢门第,击钟列鼎而食。多少钟鸣鼎食之家，漫漶至失色，渐渐无声无息，散作一地瓦砾一缕清风。

一鼓作气，气也有定数，一鼓做饭如何？做饭最怕散气，散气了容易夹生，好茶也怕散气，散气则寡淡。过去怕文章散气，如今只是随意，不妨让文思字迹走远一些。茶饭饱暖，人有气力拉回来。

茶饭者，不过茶酒饭菜羹汤。传奇上说唐宰相刘晏，少好道术，精恳不倦，有神仙癖、异人癖，与破衣草履的菜农王十八同坐茶饭。《水浒传》四柳村狄太公女儿只在房中茶饭，并不出来讨吃。若有人去叫，砖石乱打出来，家中人多被打伤了。父母以为她着了邪祟，实在却是情种，终日在闺房与东村头会粘雀儿的王小二饮食男女。取经路上，唐三藏与朱紫国王同进膳进斋，孙行者在会同馆中让沙和尚安排茶饭，并整治素菜。沙僧说茶饭易煮，蔬菜不好安排，油盐酱醋俱无。好在悟空有几文衬钱，和八戒径上街西而去。王熙凤管理宁国府内事，见自己威重令行，心中十分得意，到底各事冗杂，也茶饭无心，坐卧不宁。黛玉有意糟蹋身子，茶饭无心，每日渐减下来。

旧小说中引路的樵夫，砍两束柴薪，挑向市尘间，货几文钱，籴几升米，自炊自造，安排些茶饭，供养老母……那样的日子得了隐逸得了素朴，步步踏实，小有蹉失，大自在大如意乃至大圆满大解脱。

解得开名缰利锁，解不开茶饭之欲；

解得开恩怨情仇，解不开口腹之趣；

解得开风花雪月，解不开饮食男女。

四季三餐，喝茶吃饭，偶然引出闲情，平添一段斯文，写出几卷文章，更得了欢喜美意。荀子说，得众动天，美意延年。美意好，延年更好。吴伟业赠故人诗说得吉祥："尽有温汤堪疗疾，恰逢灵药可延年。"温汤灵药，是岁序秋冬的茶饭。诗中还说："垂来文鼠装绵暖，射得寒鱼入馔鲜。"那年腊月，寒天鱼锅，鲜嫩香滑，吃了满满两大碗饭，意犹未尽，肠胃已经装不下了。

枯涩的岁月常常让人回味让人缅念，炊金馔玉、珠钗满头的金粉记忆，从来都是过眼云烟——

苦辣酸甜无惧几番风雨，

悲欢顺逆不离一碗茶饭。

二〇二四年十一月二十七日，合肥，作我书房

茶书

丹青

目录

前言

　　偏偏喜欢旧气，新物件总觉得少了岁月摩挲。照片也是旧的好，老民国黑白色长袍马褂比现今五彩洋装华服好看。

　　台中雾峰林家的旧气真足。秋日傍晚，阳光斜照在庭院草坪上，落日融融，仿佛春风沉醉的夜晚。古宅红墙黄瓦格外熨帖，修旧如旧，不啻老梅上的千瓣冷香，落入草丛，也飘零一地风雅。

　　灯红酒绿，养得出髀肉养不出贵气。旧时月色下，心底才有文化思愁。刘禹锡说得好："眼前名利同春梦，醉里风情敌少年。"这两句诗过去没读过，老先生写来留念，得大欢喜。此番风月当是遥远的绝响了。古井幽深，以石投水，听不见回音不足为奇。文人心事存在案头片纸零墨中，似也不必过于牵念。

前几天见到梁启超手书诗笺，墨迹苍茫，纸色苍茫，字字透着旧气，雄厚饱满，仿佛饮冰室文章，又硬朗又温润。偶遇劫后的文采风流，真真大吉祥也。

古人以为笔墨牵涉福祸，忌讳文字不祥，怕一语成谶，坏了命途，这些我信。近年读书写作，喝茶吃饭，日子清闲，人生难得清闲。日子清闲一点好，文章清闲一点也好，作者吉祥，读者如意。浮世匆匆，闲一点才有意趣才能自适。我喜欢闲饮茶，闲饮茶的意思，在闲，闲适闲雅闲淡闲情。闲饮茶的没意思，也在闲，闲聊闲谈闲笔闲气。

喝茶三十年，写茶十来年。十年磨一剑，无剑可磨，且来磨墨。人磨墨，墨磨人，墨越磨越短，老了少年。

二〇一六年九月二十六日，台北

辑一

茶字

身在山林草木间的缘故，茶的模样好看。茶字也好看，楷行隶草篆，哪种字体写出来都好看。书家文人写茶字好看，粗通笔墨的老农写茶字也好看。有年在茶农家喝茶，他捧出往年买卖账单，别的字形神俱废，唯独茶字独见风味。厨房墙壁上有毛笔歪歪斜斜写的茶字，更了不起，远远看来，俨若汉晋唐宋手笔。

茶字之形中庸端正，有君子风，入神了。字形入神，怎么写都好看。

范烟桥随笔《茶烟歇》，结集前请章太炎题签。太炎先生好古，把茶写成了荼。茶的本字是荼，荼是多义字，苣荬菜是荼，山茶是荼，茅草也是荼，不易分辨，后人始减一画作茶，陆羽著《茶经》，定为茶。这种书蠹似的复古，当年人人喊打，《茶烟歇》付印时，只得将章太炎题词挪到扉页上。

茶字比荼字好看，多出一横画蛇添足，乱了茶字风神。章太炎这样的学问家，写出的荼字也不及常人笔下的茶字耐看。

茶读音好听，念出口，尾调扬起来，低眉顺眼，一点也不骄傲。酒字发音急促，不如茶字气息安静。幼童说茶字，奶声奶语里有元气。少女说茶字，脆声脆语里有喜气。闺秀说茶字，轻声细语里有娴气。豪客说茶字，大声高语里有生气。老翁说茶字，老腔老调里有静气。以前觉得吃茶二字好听，吃字安在茶前有古意。现在觉得还是喝茶悦耳。吃茶，太急了，一泻如注。喝茶，娓娓道来，水声潺湲。

采茶、摘茶、栽茶、喝茶、饮茶、煎茶、煮茶、烹茶、泡茶、制茶、好茶、卖茶、买茶、上茶，茶叶、茶铺、茶亭、茶厅、茶圃、茶炉、茶具、茶器、茶壶、茶水、茶事、茶香、茶花、茶话、茶余、茶客、茶人。茶与什么字搭配都好，好在有古风。汉语里能与茶字媲美的只有琴字，琴字的好，也好在古风。

茶，人在草木间。

很多年前用过笔名沈无茶。沈无茶三字有旧味，色泽丰美没有陈酱气，那是前世的名字，也是今生用过最好的笔名。可惜没能写出匹配沈无茶先生的文章，不好意思再用了。还有个笔名瓜翁，也没能写出匹配瓜翁先生的文章，只得弃之不用。委屈胡竹峰了。

水

水是茶之母，好茶须用好水，不然，会折些味道。张大复《梅花草堂笔谈》说，茶性发于水，八分茶遇十分水，茶也十分；八分水泡十分茶，茶只八分。陆羽品鉴说山水上，江水中，井水下。寄身城里，不要说山水，井水也遥想不可得。

老家在山区，沟涧常有好泉，水晶莹不可藏物，顺势而流，自成清溪。人缘溪徐行，水底沙石清晰可见，鱼纹虾须历历在目。水清凉润洁，触手有冷意，遽然一惊，乡人日常起居皆倚此物。

村下一泉，质地清润，用来泡茶，甘滑无比。四方之水，鲜有匹敌者。想来闵老子当年所用之惠泉也不过如此，可惜我乡偏僻，无人赏鉴耳。

水贵活，存得过久，水性僵了，入嘴硬一些。刚汲取的山泉，归家后即来烧用，不可烧老，沸开后微微起纹即可。

《红楼梦》中妙玉泡茶，用旧年存下的雨水、雪水。妙玉收梅花积雪，共得了那鬼脸青的花瓮一瓮，埋在地下五年。此番藏水法，怕是传奇之言。雪水埋地下五年，恐成一洼臭物了。古人还说，雪水冬月藏之，入夏用乃绝佳，我也狐疑不信。

苏东坡有论，将缸、瓮放在院子里，承接雨水，甘滑无比，可用来泼茶煮药。李时珍也以为春雨养人，好水是百药之王。后人引申说，黄梅雨最佳，美而有益，出梅后便劣，雷雨最毒，令人霍乱，秋雨冬雨，与人有害，雪水尤不适宜。

古人取水法，庭院置器皿接雨，再装缸，然后将土灶心的干土，趁热放入水底，如此收存一个月后方可饮用。竟陵派文章家钟惺收天雨，将一大匹白布四角吊起，以石块压中央。雨落在白布上，自最低处漏下，接满一缸，再续一缸，白布封口收存。如此静置一年，就成了旧年醅的雨水。《金陵物产风土志》里说，雨水比泉水轻，比江水干净，放炭火入缸里淬之，再换十净缸瓮，留待三年，水格外芳甘清冽。

据说雨水清淡，雪水轻浮。雨水没尝过，不知究竟，雪水吃过一次。二十年前大雪，去深山坳处树枝上收得几捧雪回来化开烧水。可惜浑浊不堪，远不如清泉井水清冽剔透，望而生畏，哪敢用来泡茶。只得将雪水沉过一夜才敢饮用，水是滚的，却有凉意，不是口感冰凉，而是说水质火气消退净了，入喉如凉性之物。说雪水口感轻浮，也贴切，但更多是空灵，有空山新雨后、天气晚来秋的况味。

扫雪烹茶到底是小说家言。喝茶的水最好还是山泉水。故乡山林茂密处，随意取水，泡绿茶大佳，汤色澄澈通透，有鲜气。

壶说

壶以紫砂为上。陶质也不坏，有古意，沧桑感不如紫砂。以壶而论，沧桑少了，俊俏也就少了，紫砂壶有一种沧桑的俊俏。

有些壶拙，呆头呆脑跌宕可喜。

有些壶巧，顾盼有情眉目生辉。

有些壶奇，嬉笑怒骂一意孤行。

有些壶雅，低眉内敛拈花微笑。

有些壶素，抱朴见心尽得风流。

有些壶正，荣辱不惊八风不动。

胡竹峰壶论六品：拙巧奇雅素正。六品之外，皆为外道。有缘存得十余把紫砂壶，用来泡常喝的几款青茶、白茶、黑茶、红茶、黄茶。一款壶一类茶，不混用。绿茶多用玻璃杯冲泡，无他意，好其颜色耳。

舍下紫砂壶只是日常茶器，没有一款绝品，不过一己喜好之物，在六品之外。那些壶身形不大，其中小者如拳。有壶大得双手合抱，几可容身。紫砂壶是风雅器，书前清供，以小为贵，手掌盈寸之间一握方好。有款壶曾自撰壶铭一条：

竹林藏雪，一壶风月。

壶不小心摔了。小心也会摔了。人间何处藏雪？遑论一壶风月。于是再撰壶铭：

一壶在手，心有金石。

空杯

喝完茶，杯子空了。空杯静静放置案头，是等待，也在回味。等待下一杯水，回味曾经充盈的茶香。空杯低眉内敛，空无一物，偏偏又一身傲骨，触手铮铮作响。

从前的杯子走远了，旧时风雅褪色。想起古人的夜晚，空杯通体透明满怀惆怅。徘徊在新与旧之间的空杯，春风得意马蹄疾，落花流水春去也。人间多少事，欲说还休，欲说还休。空杯悄悄把一切尽收杯底，付诸沉默。

巷口小店摆满空杯，它们倒扣木板上，在灯下熠熠生辉，寂静的光芒不无寂寞，分明还有份自负，底气十足，雄心勃勃。凝视过空杯的人，更能感受握手充实的丰盈。

空杯虽空，却可以装下整个天空。未来如黄河长江滚滚而来，由它们在杯底翻腾击浪。空杯神散意闲，在唇边摩挲，绕着桌子旋转，杯壁挂有水滴，晶莹剔透像草叶露珠，抑或是眼泪。泪水苍凉，不说境况苍凉，却道天凉好个秋。楼上不去了，瘟神拦路，让人欲走还休。有甚可说？且喝一杯茶。

旧茶不去，新茶不来。旧茶已去，新茶未来。追忆似水年华，于是百年孤独。

空杯一心如洗，只剩空气，人看不见。看不见的何止空气？开灯，白墙上空杯投下疏淡的暗影。喜欢月下倒影，人影、树影、花影、屋影，一影又一影，摇曳多姿。古人说月下看美人，越发娇影婀娜，越发风情万种。古人啊，你们还有雅兴吗？与一帮古人喝茶，他们诗云子曰，我懵懵懂懂；我南腔北调，他们莫名其妙。挥挥衣袖，带走空杯，只得回到我的时代。

醒来，在桌子边，在旧书旁，午夜睡眼惺忪，空杯一头雾水，安安稳稳。空空的杯子，刚才也在做梦。是远古的幽梦，还是浮世的浅梦？春梦抑或噩梦？和文人赋诗唱词，还是与侠客把酒言欢？昨夜的茶渍还在，紫的、乌的、黄的、酱的，空杯壁沿像爬满藤蔓的瓦屋。

秋天原野，藤蔓枯涩，让人想起草书。草书是旧时风采，张颠素狂的神韵，向往多年。那日江南归来，采回一枝菊，案头清供。空杯无色透明，收藏起那一抹来自东晋的清逸，冷香扑鼻，菊花之萼密密麻麻紧靠着。谁道空杯无我？我说空杯有心。

茶月令

　　一月天真冷，呵气成雾，霜花谢了又开，山雪散了又聚。村庄静悄悄的。人歪被窝里，棉花与阳光的味道包裹着，很舒服，倘或没什么紧要事，总要赖会床。猪等不及了，嗷嗷待哺。有男人催女人赶紧起来，也有男人早已悄悄去栏里喂过猪食。

　　磨磨蹭蹭穿好衣服，缩手缩脚走出家门。天地一白，灰蒙蒙的，不知道什么辰光。庭院桂花树下，公鸡伸直脖子好一声长鸣，抖抖毛，径直朝树林走去。树粗粗胖胖有憨态，间或有雪球从枝头滚落，散开来，碎了一地。厨屋炊烟一根根竖起来，锅碗瓢盆坛坛罐罐乒乒乓乓轻轻响着。

茶林悄无人烟，静谧辽阔，茶树睡在白雪下。麻雀从这一头跳到那一边，叽叽喳喳，山鸡不言不语，弹起脚下的树枝，穿林打叶，溅了一地冰雪。积雪下的茶林有凌凌凉气，那种凉气只有初夏荷花边可以感觉到。

虽然立春，早晚还是冷，只是寒意不再刺骨了。二月的风吹在身上，凌厉中带些柔软，身体有松动意思。春气萌发，荠菜正肥，人在田间地头挑挑拣拣，用来包饺子，吃火锅。有人喝酒，有人以茶代酒。

雪早化了，深山凹阴处兀自斑白。一场雨下过，几处斑白才不见踪迹。惊蛰时节，柳条活泼泼浮翠了，茶树现出新绿。农人给茶园除草，松土，细致地在一棵棵茶树下撒上一层草木灰。男人女人，从茶园边小路上经过，漫山春茶遮遮掩掩在云雾中。

三月天，清晴可喜，云白如米糕，一点点移动。冬装收起来了，年轻人兴冲冲穿上春服，风吹来，觉得一阵通脱，有些想喊出来的意思。远山蜿蜒青翠，地上铺了层细绿，引得孩子们滚来滚去，放风筝的老人慢悠悠摇动轱辘。

茶树初发新芽，芽头极小，尖如锥子，风一吹开始长大，从锥头到钉头，渐渐分成两片。月底，一双双手将一根根芽采回家。手极轻，巧巧掰断芽头放入小竹篮。竹篮嫩绿铺底，忍不住凑前去闻一闻，凉凉的茶草气让心里一松。

第一季茶陆续下树了。茶香青涩，从农舍袅出围墙，路行人深深吸口气，咦，谁家在炒茶呢？真香。

茶园很热闹，地头那株毛桃开花了，一朵朵灿烂着，秀丽着，含羞着……各色鸟儿、蜻蜓、蝴蝶、蜜蜂，都来了。采茶女用纱巾裹住头遮挡太阳，边说边笑，运指如飞，茶叶纷纷扬扬落进挎篮。

茶香醉人，稻草人被风吹着。

新茶上市了，杜鹃花红了。新茶泡在杯子里，茸茸软软。有人将鲜茶草泡在杯子里，翠滴滴娇滴滴、嫩秧秧的，很好看。只是茶味寡薄，少了韵致。

四月的茶园真美，蓬勃向荣。地气蒸腾，茶隔日见长，一场雨后，芽头蹿高半寸。春雨贵如油，春茶更贵。新茶价高，怕误佳期，茶园总见采茶人，风雨无阻。雨洗过，茶更绿更翠，衬着地头映山红，新芽越发绿得透明绿得发亮。采好的茶，摊放竹筐，有种富足美。江浙一带乡谚：

做天难做四月天，蚕要温和麦要寒。

秧要日时麻要雨，采茶娘子要晴干。

乡村小路上，三两个收茶人提着竹篓匆匆走过。

茶堆在农家堂屋，像小丘。茶园绿得苍翠，采茶人还在忙活，或者卖，或者采一些自家喝。

月底，茶园渐渐安静，采茶人开始别的农务。

五月，一天天热了，茶叶呈片状，越来越粗壮，几日不见已有寸长。茶叶疯长，一簇簇如剑如戟林立枝头，蜻蜓站在上面，动也不动，蝉不晓事，大叫不止。农事越来越忙，麦子刚割完，又要种玉米。

艳阳高照的六月，知了不休不停，芝麻节节高，水稻节节高。人兴田薅草，下地锄禾，早出晚归。茶园敞在阳光下，宁静慵懒。给茶树修枝，咔嚓一剪刀，咔嚓又一剪刀。散枝堆放地头，晒干捆回家，做柴火烧饭。

修枝后的茶园，一下精神了。有人在地边种一排玉米，笔直的，一天天长高，很快就可以俯瞰茶树。牧童在草丛安睡正好，水牛在茶园吃草。

夜临了，茶园上空飞满萤火虫。孩子们指给祖母看，说那个真亮，凝神细看，又不见了。

七月流火，茶树果子大了，浅棕或深褐或或淡紫或苍黄或肥绿，一颗颗像粘在一起的小汤圆。孩子们戴着芒秆编就的草帽，从茶树上摘果子，看谁摘得多，用外衣兜着，互相丢茶果，你追我赶，嘻嘻哈哈。

人忘了茶园，只在口渴时喝杯茶。

八月，路过茶园，感叹好大一片茶园，风吹过，茶树不响。人无事，摘下一片茶，放嘴里嚼嚼，真苦，吐了出来。早已立秋，天还是热，好在清晨和傍晚不见暑气。瓜果飘香，玉米早已长出饱满的穗，紫须在风中轻颤，有人在茶园掰玉米。

稻谷金黄，放空田水，拿起镰刀，弯腰向怀。一垄垄稻子被放倒，谷穗饱满，又是丰收年。脱粒、摊晒、入仓。喝了很多茶，汗水浩浩荡荡，浑身透湿。都说茶好，香，又解渴。

九月授衣，准备御寒。老人在采秋茶，说春茶苦，夏茶涩，要好喝，秋露白。秋茶香气平和，泡在杯子里，悠长悠长空落落像一条古旧的老巷子。

天深蓝且辽阔清远，牛羊在山坡吃草，它们马上要归栏了，在草棚牛栏过冬。

十月天凉，田野空旷，深吸口气，凉意自口鼻而入，体内一缕秋风游荡，须臾肃然。茶园外，几株红枫，树叶呈鸡肝玛瑙色。风吹下无数秋叶，有一片落在茶树上，红肥绿瘦。

十一月的早晨常常有霜，厚厚的。远远看去，茶园朦胧在霜色中，像古画青绿山水，又不失萧瑟美。茶花盛开，星星点点一阵白。白花瓣中一簇黄蕊，幽香冷冷，扑鼻而来。茶花经霜不落，凋零枝头。

十二月，下雪了，厚厚一层，盖住屋前屋后，竹林被雪压弯了。茶园空地几行兽迹，向着山边，不知道是什么动物留下的。太阳出来，雪就化了，茶园又青了。

有农人将当年生的茶摘下来，炒揉后焙干，泡在大茶壶里，特别香，春节时候喝，格外消食。

茶香里，人忙东忙西。制新衣、碾米、磨粉、打豆腐、杀年猪、糊灯笼、除尘、收拾庭院。腊月过后，就是春节。

明前雨前

下了场桃花雪，朋友去山里买翠兰，感慨新茶真贵，去年一斤的价格，今春只能买六两。朋友是有缘人，这轮春茶，经过雪，品质特别，香气沉潜。有此一说，朋友欢喜别过。不几日，他送来半斤新芽。明前茶好是好，唯滋味淡远，不经泡，往年喝上半个月尝新，转而喝雨前茶。今年的明前茶，泡在杯底，入嘴沉而稳，回甘亦好，有些绝唱意思。

明前茶好在形上，刚冒尖的嫩芽，娇娇怯怯又落落大方，投入杯底，叮叮咚咚如奏乐。喝过的明前新芽有翠兰、碧螺春、龙井、毛尖、瓜片、黄芽、安吉白茶、黄山毛峰、汀溪兰香……回忆起来，眼花缭乱。绿茶品类不同，茶形有别，明前新芽有共通处：口味新鲜，入嘴有不经世事的懵懂。雨后茶不是这样，雨后茶江湖稍老，气韵饱满，入嘴的不经世事变成了柴米油盐家长里短。

《茶经》说采茶在二四月之间，时间宽泛。不过唐宋人用团茶研末法，尝不出明前雨前。《茶谱》认为好茶当于谷雨前，采一枪一叶者制之。《茶录》说采茶贵及其时，太早则味不全，迟则神散，以谷雨前五日为上，后五日次之，再五日又次之。《茶疏》认为清明太早，立夏太迟，谷雨前后适中。若肯再迟一二日，期待其气力完足，香烈尤倍，易于收藏。还说吴淞人极贵龙井，肯以重价购雨前细芽，狃于故常，未解妙理。

我喝茶不论明前雨前，来路正，雨后茶也无妨。雨后茶比马后炮强。友人曾送谷雨后高山野茶，长于苦寒地，一芽三叶兀自二八佳人，形神双绝，滋味锐利又稳妥，比惯常喝的明前雨前更胜一筹。

煎茶

茶叶细小纤弱，无足轻重，与水融合，倏忽神奇，又得神气。

少放些茶叶，不习惯浓茶，涩涩的，不合口味。也怕太滚的茶，烫。喜欢淡茶，茶令人爽，茶令人幽，只能是淡茶。有人说，茶取清苦，若取其甘，不如喝蔗浆枣汤。话虽如此，仍不喜欢苦茶，饮食事，我趋甜避苦。

生自茶乡，不善饮茶，少年时嫌费事，还是白开水方便。弱冠前后，稍领陆子意，恰冬日清寒，得空喝茶遣兴。丢开俗务，泡壶茶，独自一人，或约三五知己，把盏闲话或废话，这是生活的趣味。

一壶茶中，一往情深。

喝绿茶用玻璃杯，透明，观颜色，赏神态，品风味。喝茶，一人得闲，二人得趣，三人得味。最难忘夏天长夜，团团围坐竹床，人手一杯温茶，说着年成，议论家事。小一点的孩子缠着老祖母磨磨叽叽，大一点的捕了很多萤火虫装进纱笼。斯时斯景，自有融融趣味。

见过一轴巨幅山水，远景葱郁，亭台幽幽，小榭精雅，淡墨勾勒木窗，几个衣袂飘摇的古人坐木案四周。黑白对弈，还是煎水煮茶？可惜非工笔画，看不清楚，心里默默将其当作古人的一次茶席。站在画轴下，气息宁静，茶水的清香似乎能穿过时间。

古人将茶叶当作药物，从野生大茶树上砍下枝条，采集嫩梢，先是生嚼，后加水煎成汤饮。文章题为煎茶，无非怀旧，怀旧而已。

粗茶

灶头贴着木刻人物，起先以为是高老爹。高老爹是兽医，清朝乾隆年间人，医术如神。

高老爹：真是好马，可惜肚子坏了，三日必死。

官差：跑江湖的讲瞎话。

高老爹：三日内，此马不死，我不为兽医。

官差愤愤离去：那就走着瞧。

见死不能救，高老爹一脸无奈，叹息而归。

三日后，马毙。开膛破肚，脏腑焦黑。

高老爹的故事自小听得熟。祖父一边喝粗茶一边讲古，故事又老又土，诡异，充满巫气。

灶头木刻人物，后来才知道是灶神。乡下人称其灶王神，或称灶神爷。

烟熏火燎，灶神满面油灰。他们在炒粗茶。春茶舍不得喝，卖了补贴家用。粗茶是夏茶，味重，苦涩。乡下人出力多，粗茶止渴。

田间地头，粗茶泡在大玻璃杯里，枝大叶大，粗手粗脚。一个小男孩躺在树荫下睡觉。小男孩是我。

前夜之茶

安庆人家的饭菜真好，有没有叫安庆人家的饭馆？听说有，在安庆待了快一年，还没去过，下次谁请我？苏州有吴门人家，安庆也应该有叫宜城人家或者安庆人家的馆子，专门经营皖式风味家常菜。

前夜去安庆人家吃饭，安庆朋友家。人客气，请我们吃饭，地道安庆人家饭菜。朋友家二楼真好，阳台空阔，尽管没看到星星，兀自觉得星河灿烂。这是错觉。二楼格局更好，仿佛画室，凌乱中处处是章法，生活区隐得深。

时令暮秋，还没降温。挪步阳台说话，嘴边浪迹天涯，心头持斋把素。有人在书架前捧书坐着，瞥去一眼，是《红楼梦》。顾盼之际，看见楼下绿化带，仿佛绿色的浓雾在暗夜氤氲，又如重墨滴在宣纸慢慢化开。

人多嘴杂，树多嘈杂，它们是乱种的，没有匠心。没有匠心倒好，乱簇簇长着，枝叶间你争我夺。起先以为是三国争锋，再看却是五胡乱华，看久了，又仿佛五代十国，或者八王之乱，仔细凝神，几乎成三十六路反王了。

喊吃饭，我们下去，一桌子菜。鸭汤，从中午煲到现在，喝了一口，味道不错。朋友中，男人厨艺普遍比女人高。男人一认真，铁杵磨成针，烧菜，倒成了业余中的专业了。席间，同行有人去厨房烧了道鱼。现在回忆，满桌菜，那道鱼印象最深。如果说一桌菜是龙，烧鱼则是点睛之笔。

饭后大家在客厅喝茶，心旷神怡。不是茶能消食，故心旷神怡，而是心境，突然有了喝茶的心境。经常去茶馆喝茶。在茶馆里喝茶，赏心乐事是有的，心旷神怡未必。喝茶不必茶馆，饮酒也犯不用酒吧。

喝了口茶，是浓香型铁观音。存放太久，已经不香了，好茶是色香味相辅相成，这款铁观音偏偏不香。帝王是不需要香水的，脑海中突然掉出这样的句子。

这道茶正好在放得久，不久不足以怀旧，不久不足以退去浮华，无香反而恰到好处。这茶是老方丈，红尘之心不灭的老方丈。这茶是大学士，童稚之心犹在的大学士。喝第二荏，有读《尚书》的味道，不是说佶屈聱牙。《尚书》味道，无非高古味与金石气。

出门之际，下雨了。访友归来，遇雨，可谓赏心乐事。回家路上，茶味在唇齿间盘旋，久久不去。

我有一杯茶

读完半本书，喝茶。喝的是毛尖。近来读书，常常看到一半就放下，放下屠刀立地成佛，放下书页坐歇喝茶。

前几天见信阳友人，知道我是茶客，随手把自己喝的半盒毛尖送了我。这两年在安庆，很少喝毛尖，尤其是信阳毛尖。在河南的时候，喝过不少毛尖。南来之后，说不上惦记，回忆是有的。

惦记浓得化不开，像徐志摩的诗。徐志摩散文更浓得化不开。化得开的是烟云，化不开的是块垒，所谓块垒难消。化得开的是回忆，化不开的是惦记。未满三十岁，不敢惦记什么，偶一回忆，觉得不曾虚度，有回忆的人生是饱满的。

回到郑州，一家人窝着，忙得无所事事，闲得百无聊赖，于是喝茶。居家不得无茶，柴米油盐酱醋茶。酱醋平常吃得不多，在茶事上也就多了贪念，有天一连泡了四款茶。

友人送的毛尖是上品，外形细、圆、光、直，白毫不多，汤色明亮翠绿清澈柔嫩。冲泡后香味持久，加三开水，入嘴还是滋味浓醇。索性再泡两开，香气虽已淡如鸿爪，回甘依旧。

同样是绿茶，有些太嫩，有些太老，这款毛尖恰好，在风情与纯情之间，这么说或许俗气了。人论写茶，多好喻之女子。泡在玻璃杯中的毛尖有士大夫气，像不经半点风霜的中年儒生。茶界百人百相，摩肩接踵，熙熙攘攘。

少年时喝毛尖，嫌其苦涩。茶之苦我不怕，茶之涩至今不喜欢。茶苦味是绅士鬼，涩味是流氓鬼。苦茶庵说他心中有两个鬼，一个是流氓鬼，一个是绅士鬼。正经文章评论时事，反专制礼教，这属于流氓鬼的成绩。闲适小品，聊以消遣，便是绅士鬼出头的时候了。

喝残了毛尖，又换了翠兰，三泡后，茶味已不在兴头上了。重洗杯盘，还我河山，杯底别有大地。

我有一杯茶，不关春风事。

茶泡饭

茶泡饭也叫茶淘饭，现今不多这等吃法了，说是伤胃损脾，于人无益。小林一茶俳句："谁家莲花吹散，黄昏茶泡饭。"真真绝妙好辞，一虚一实，虚引出实，诗意、禅意上来了。所谓禅意，关键还是虚从实出。所谓诗意，关键还是实从虚出。日本俳句有微雕之美。日本文学皆有微雕之美，纤毫毕见。日本文学敏感、小心翼翼，写出了文字的阴影。

小林一茶还说："莲花开矣，茶泡饭七文，荞麦面二十八。"莲花当指季节，夏天热，适合吃茶泡饭。七文大概是七文钱吧，二十八应该也是价格。四碗茶泡饭只抵一碗荞麦面。荞麦面我喜欢，放几叶青菜，煎个鸡蛋，是惯常的早餐。

日本人送客，问吃茶泡饭吗，来人会意，起身告退。中国过去也这样，相坐无话，主人托起茶杯说请喝茶请喝茶，识趣者即识相辞别。

茶泡饭多年未见。昨天有兴，用龙井茶泡上一小碗，没有过去的味道。不知道是茶的原因还是饭的问题。过去吃的是乡下粗茶泡的土灶粳米饭，有柴火香。柴火香是什么香，只有吃过柴火饭才知道。

粳米饭泡在浅绛色茶汤里，染得微红，像淘了苋菜汤。苋菜汤泡饭，色彩艳一点，茶泡饭朴拙，红得旧而淡。

祖母不让吃茶泡饭，说孩子家吃多了不长肉。乡民认为，茶水刮油。实在抵不过，祖母就让我吃白开水泡饭。

夏天傍晚，胃口不开，偶尔吃一点茶泡饭。佐以腌制的豇豆或者梅菜或者萝卜干，有平淡而甘香的风味。暮色四合，老牛归栏了，蜻蜓快而低地在稻床上兜圈子，微风吹来，汗气全消。那样的境况，最适合吃茶泡饭。

　　在澳门，吃到过一次滋味妙绝的茶泡饭，岩茶泡白饭，顶上嵌有数颗梅子、几条海苔。坐在临街窗下，雨打湿玻璃窗，映得街巷支离破碎。一口泡饭就一口泡菜，真是很好的滋味。

紫金庵饮茶记

友人请茶紫金庵。进得山门，一垄树满满挂了橘子，大小青黄不一。隐隐有青气，隐隐有金气，更有静气。

寺内茶室外立一银杏，沧桑貌古，不知其年。叶落纷纷金黄，满地宝气，疑为仙家所在。捧得碧螺春来，杯未近唇已浑然欲醉。一杯茶了，去大殿看南宋泥塑罗汉像，各有面目，不同神态。我看着罗汉，罗汉看着我，四目交接，不知是我看罗汉还是罗汉看我，一时有我有罗汉，一时无我无罗汉，一时唯我唯罗汉。

来紫金庵是福，得见此罗汉尊者，更得欢喜。

饮茶的风致

茶有风致，酒似乎多些风情。风致也是风情，在我这里，风情美艳，而风致萧然。

茶要小口喝，牛饮固然痛快，却失了回味。酒不一样，小盅喝酒有风情，大碗喝酒有豪情，怎样都好。三杯酒下去，生人亦不拘谨，开始熟络。茶不一样，与生人喝茶，越喝越隔，人心何止隔了肚皮，还隔了桌椅隔了茶杯，甚至隔了千重山万重水。

酒里有人情，其人情一杯热肠。茶里也有人情，那人情十分冷淡。有客饮酒，无客饮茶。

秋冬天偶尔喝红茶黑茶白茶，其余多绿茶，玻璃杯中赏鉴其色香味，清淡之间是山水小品，切不可酽。绿茶作不得大块文章，淡墨榜书，容易失重。

有人喜欢茶馆，左一杯右一杯喝上半天。我喝茶即兴，茶叶不劣，水甚佳，无地不可饮，无时不可饮，穷山也遇好水，恶水也见秀山。

乡村纸窗瓦屋下喝茶有古风，繁华处喝茶并不失雅逸。人多时喝茶独得闲淡，一杯茶是一个人的天地。一个人喝茶也有热闹，杯茶大千，叶底是青山，汤水如云雾，像董其昌又像渐江。

有年在敬亭山喝茶，满眼云雾，雨水滴答。茶馆外有茶园，杯中颜色与茶园青绿一体。说过的闲话早已经忘记了，茶的颜色却记得清楚。有年在西湖喝茶，秋天，一窗残荷，没有雨声。湖光山色尽是秋意，杯中的茶却染出绿意，如点睛之笔。香港尽是新意，喝茶添了旧味。澳门旧味甚足，喝茶又添了新意。雨中喝茶，千丝万缕都是心绪。晴光大好时候喝茶，又多了风月幽情。喝茶的风致大约在此间。

茶屏风

好茶有两种——

一种唯恐易尽，一种不忍贪多。

好茶还有两种——

一种闭门独享，一种邀客共尝。

上午收到送来的春茶，不是三盒茶叶，而是春色三分。拆开包装，春气息迎面而来。叵耐今天太忙，顾不上喝。忙的状态喝不得好茶，怕是唐突了一叶叶佳人。哪日得闲，再好好泡一杯，闲来泡茶，方可泡出惠风和畅也。

从乡下归来，身子疲倦。是受了暑气，还是人太娇气？年过三十岁，感觉体内清气下沉，浊气上升。中年是浑浊的。青年人气息清清平平，中年前后，生活太紧张太沉重，肉身冒着浊气。

进城时，迎路下了场雨。雨点慌不可待，在挡风玻璃前乱窜，雨刷左遮右挡，像理屈词穷的憨夫。回到家，恹恹欲睡。洗完澡，倒在床上，做了一通梦，黄昏时分醒来。身体干燥，皮肤湿润，汗水濡湿床单。起身烧水泡茶，高山野茶。人在城市生活久了，钢筋水泥气息太重，喝一点茶亲近亲近山水，多些草木气息。连喝三杯茶，方才感觉舒服，体内清气萌发。近来外出太多，闭门读书喝茶可养静气。

昨晚茶喝多了，睡得不好。早上五点起床，多年不曾如此。以前失眠，想女人，从胳膊到大腿。年少气盛，欲壑难填。幸亏以前很少失眠，经常一夜无梦到天亮。如今失眠，想的都是男人，从先秦到民国，从先秦到民国那些会写文章的男人。

起床后无聊，提壶烧水，在楼头远望晨光。夏日晨光极嫩，像刚长出来拇指般大小的南瓜头。冬天早上，霜天一色，晨光极老，像老南瓜。秋天晨光呈现出肃穆的模样，有丰腴之感，像初熟的南瓜。

这些年春天总是赖床，晨光匆匆流水，几乎没见到过。偶得一见，也忘了。睡得不好，心情欠佳。晨光中看看远方的楼，看看楼下的路，看看路上的车。车上的人看不见，愉悦感顿生，于是开始喝茶。

和朋友坐楼顶喝茶吃枣，后山树林大片的枫叶红得正好。那个下午，至今想来，兀自在心头流淌着诗意。想起杜牧"停车坐爱枫林晚，霜叶红于二月花"的句子，字里行间散发着晚唐风韵。现在除了喝喝茶读读书，已找不到晚唐风韵了。

好茶有人情之美，好茶有心血殷勤。春夏秋冬，一年四季，春华秋实，夏华冬实，秋华春实，冬华夏实，四时皆华皆实。人间并不寂寞，只因一口好茶。

茶喝浅了，添上水。茶喝淡了，换壶新的。雨连绵，雪迷蒙，大太阳，多云天。坐在檐下看云看雪听风听雨，一个人静静地喝茶。一人喝茶，不用说话。昏昏灯起，暮色余光，携半盏茶汤归家烧菜。

淡墨勾勒的紫砂壶，两个小茶杯，宛若婴儿的拳头，一行题跋，字迹漫漶，雅致得很，像三月江南清风明月。清风是早春的清风，明月是水榭楼头的明月。有时候朝深处琢磨，尤其看到这幅画的印刷品，越发让人怀想。似乎纸下有两人喝茶，是友人和我也可以，是张三和李四也可以，是鲁迅和郁达夫也可以。朝远处说，是八大和石涛也未尝不可，何人不能喝茶？何处不可喝茶？清风明月下，如此良辰美景，茶还是不要喝太多，尤其是好茶。我喝好茶，浅尝辄止，不贪痛快淋漓。

想象中，先秦天空苍茫，有陶器颜色、普洱茶颜色。有人说喝茶当于瓦屋纸窗之下，清泉绿茶，用素雅的陶瓷茶具，同二三人共饮，得半日之闲，可抵十年的尘梦。瓦屋之下二三人，是胡竹峰和他的朋友。看孔子的牛车辚辚而行，我们在瓦屋下喝茶。看风萧萧易水寒，我们在瓦屋下喝茶。井水滚烫，蒸腾出雾气，扑面一湿。

得一茶，叶大汤黄，不知其品不知其性不知产地，入嘴平缓有清淡滋味。一杯入喉，心境恍惚。知其为茶即可，人欲名之，真是多事。过去心不可有，未来心不可有，正名心亦不可有。

贵州没去过，贵州茶喝过。记忆里都匀毛尖一片绿茵茵，又清香又青嫩。这回喝到雷山茶，雷山在黔东南。近来居京，冬天干燥，一口茶是深山云雾一段悠长的鸟鸣，也是深山流水几声潺湲的轻咽。

枫叶红与银杏黄里一片翠绿在杯底涌动，燕京大地，南方夏日村庄人语花香。鸟语都是相似的，人声各地不同，贵州方言甚美。想象一群人在雷山采茶，一些正开待开的花隐在树荫下，茶人日常木欣欣，泉涓涓。木欣欣，泉涓涓，茶之美不过此六字。中有赏心乐事，饮者知之。

朋友送一斤深山野茶，喝到嘴里如跑野马，已经驯服的野马。野茶味足气厚，厚足之外，还有质朴的感觉。一种很奇怪的质朴，像解甲归田的将军。喝着喝着，猛一跳又金刚怒目。喝到第三泡，有读孙犁文章的滋味。孙犁文章到底是什么滋味，我说不好。姑妄言之，孙犁文章像浅浅的溪水，一路流淌过了村庄田野，又水路十八弯，曲折盘旋。

富贵清白

在吉山，心想陶渊明结庐所在该是这番景象。吉山在萧山。萧山去过多次，吉山却初访。一路草木丰沛向荣，荣到极处，满目苍翠浓绿。心里欢喜，觉得吉祥。吉山的吉是吉祥的吉，此乃吉祥地也。

去吉山时，桃花正好，开得厚，一层又一层。花多不香，但在吉山，桃花孤零零一株有孤独之美，桃花密集集一片有辽阔之美，入眼只是美，美美美美美……

吉山产黄金茶，叶芽金黄，泡在水里颜色不改，君子之性也。黄金茶香气怡人，茶汤色泽金黄橙黄润黄，有富贵气。过去重才气轻财气，如今觉得财气也好。财大壮气势，富贵养精神。人穷未必志短，穷得久了，不短也短。一辈子挨苦一辈子受穷，江海之志也要干涸。

黄金茶杯底泛出金光，如富贵人家。年近四十，我喜欢清白人家、富贵人家，更喜欢清白的富贵人家，富贵的清白人家。一杯黄金茶，一口清白一口富贵。清白富贵，富贵清白。

茶之外，吉山多青梅。青梅冒出枝头，茸茸点绿。

茶意

酒心淡下去，茶意浓起来。

对茶的态度，起先不以为意，大抵敬而远之。少年心性离香甜太近，消受不了茶的清苦与闲逸。老家是茶乡，春日地气升腾，茶见天长，农人三五天去一次茶园。茶摊晾檐头廊下堂前宽敞处，碧绿绿一地，让人欢喜。那欢喜，多因售有所得。谷雨后，立夏前，芭蕉叶大栀子肥，茶芽也粗大了，这时农人才去摘回来家用。那时候的茶，形神俱野，苦味多一些，回甘里也多了涩，劳作时格外解渴。

每年春茶季节，乡野风味挠心，从灯市繁华中逃离，去桑梓稠密、禽鸟幽雅的乡下住几日。白昼早已变长，天黑得晚一些，在露天摆开桌椅晚饭，烧鱼炖肉，几碟瓜菜。喝点新茶，无须饮酒，乘着山风，竟也微感醺然。然后在天清气明的夜里，看月亮升上山来，梦也做得舒缓。

这些年梦做得越来越少，也不再贪睡，窗口甫亮人就醒了。醒得更早的是采茶人。清明谷雨时节的茶最珍贵，采摘售卖补贴家用，乡农舍不得自家喝。不论天晴下雨，茶园总有采茶的身影。小时候偶尔也去茶园，人与茶树一般高，一叶叶摘下，半天刚刚盖住箩底，急也无益。

雨天采茶多有不便，连日晴空，晒得辛苦。从此知道世人艰难，一口热饭半碗滚汤要从劳作中来。至今对茶有爱意有敬意，一叶一芽经自然之力，又出自人手，衣食艰难，要惜物惜福。

如今忘了第一次饮茶的滋味与感受了。初尝此物，是少年时代，喝的是自家土茶，母亲手制的炒青。

母亲做茶总在夜里。晚饭后收拾厨房，铁锅洗得无一丝油腻。那时候油荤是稀罕物，洗锅倒也简易。母亲在台上翻炒，我在灶下看火，杀青时火不可小，烘焙时火不可大，最好是炭火，微微发热。外面有雨或无雨，有月或无月，虫鸣七八句，蛙叫两三声。冬日糊上的窗纸残损大半，杀青过的茶在砧板揉搓成紧紧一团，碧绿的汁液渗出来，风吹山林，一股股生青气透过窗纸在山村飘忽游荡。

茶叶做好，摊放一夜，干爽爽收进铁桶，密封得紧紧的，不让走气。回想起来，那茶形制卷曲，滋味只有涩与苦，或许也有点香，并不算佳。其中慈母滋味，山高水长；其中故乡风致，一波三折。

做茶时节，杜鹃花开正好，一簇又一簇新绿衬得红花说不出的喜气。一边读小说一边喝茶，实在书事勾人，茶每每一气一杯，不耐烦小口抿了喝。妙玉一定不喜欢，讥讽牛饮，然充盈喜悦，喜悦无所谓高低无所谓大小无所谓贫富。

有好茶喝，会喝好茶，是清福。过去农人能享此清福的实在不多，田间地头劳作，喉干欲裂，喝茶纯为止渴。茶用大水瓶泡着，躺在草丛里，闷得颜色重浊泛红。

茶叶泡在水中，少年时惊讶如一朵花开，凑近灯光看，仿佛天边升起雾霭。窗外，夏夜原野小虫低鸣，蜘蛛在屋檐下结网，蜻蜓停在木桩上，蚂蚁从石桥小路爬过。

故乡人家红白喜事，有酒也有茶。茶倒铁锅烧开，类似大锅汤药。倏忽，一股清苦冷幽的茶气从厨房涌出来，一院子茶香。大锅茶谈不上色香味，汤汁焙成了绛红色或者橙黄色，盖住了寡水之味而已。来客有专人倒茶，一只只小饭碗盛了递过去，间或还切几根姜丝放在碗底。如果是喜宴，碗底多一枚红枣。茶水倾泻汩汩流入喉管落肚的感觉，有些温润，有些苦，也有说不出来的浓浓农耕乡野味。

春月从皖北到皖南走一圈，饭吃了一顿又一顿。皖北宴席肉食多，牛肉驴肉猪肉羊肉，大碗端上来，偶尔还用大盆盛，像是山大王寨上做客。在太和乡下吃饭，红烧公鸡上来了，切成大块，一只硕大的鸡首立于碗上，头冠早就垂下了。身旁一客径自伸长筷子夹取鸡头纳入嘴中，顷刻落喉，颇有樊哙气，一时起敬。过去乡人择选新婿，食量是其一。食量大者，往往体魄顽强，这是先民万千年遗风。

话本中好汉大碗喝酒、大块吃肉，真个痛快。平日家居素简，偶遇痛快事，也算豪兴。皖南饭事自然婉约一些。山区因地制宜，采山野菌菇等食材，十分鲜美，各自风味。可惜油色重了，荤菜里的粉蒸肉、刀板香、臭鳜鱼、一品锅，越发重油重色。徽菜烧菜多，常常要炖，又重火候。一日日吃将起来，大快朵颐，到底也生腻心，每天总要泡两杯茶。

徽州多好茶，黄山毛峰、黄山金毫、老竹大方、休宁松萝、敬亭绿雪、汀溪兰香、太平猴魁、金山时雨、涌溪火青、屯溪绿茶、祁门红茶……一款有一款山水风致。奇怪的是，人在旅途饮茶，茶再好，也觉得风尘随身、逢场作戏。

茶类繁多，我最爱绿茶，一年四季常喝。绿茶是尤物，泡好不容易，要深情在焉。

绿茶加工最简单，杀青、揉捻后晾干即成，未经发酵，保留了鲜叶的天然。绿茶差不多喝过百十种。安徽是茶乡，皖南一城一镇常有佳茗。过去以为北方无好茶，喝过日照绿、崂山绿，有绝色有好味，与南方茶不同。西安友人惠赠陕南绿茶，不知其名，形色双艳，芽形体态不输江南，婷婷有之，袅袅有之，泡在杯底尽是柔情蜜意，清凌凌有新妇生气。到底是陕南，绿茶也有泼辣性情，不似南方绿茶低眉顺目，一股青气破茧而出，像是女老生一声高腔老调，自天而降。好茶从来天授。

茶味玄之又玄，水性不同，温度不同，器具不同，口感有别。每座山的茶也不同，各自性情各有面目，在无色透明的水里摇身一变，绿了心肠。

秋冬偶尔喝红茶黑茶。早晨坐在院子里，泡壶茶，能看见高高的天色，还有鸟雀盘旋在空中。茶未必名贵，人却得出闲散的贵气。若天寒地冻，最好用铁壶或者银壶或者陶壶烧水煮茶，热闹又沉潜。

初春去山里，喜逢小雪。走得乏了，在农家歇脚，炭火煨水泡茶。桃花雪白了远山新绿，有婉约的沧桑、沧桑的婉约。几人共饮，红红绿绿，风味仿佛积雪桃花。天气寒冷，窗含西岭桃花雪，手里一杯滚烫的茶，住进了性灵文章。天色向晚，山林幽静，又像住进了明清小说甚至唐宋传奇。

友人说喝清茶，嚼咸支卜，看文言文，很配称。咸支卜是用萝卜丝做的零食，我不喜欢，文言文还算偏爱。先秦寓言，魏晋手帖，唐宋传奇，明清题记，各有清绝。文言文倘或配清茶，最好是浙江茶，譬如龙井。龙井有沉之味，并非一味清淡飘逸，太清的茶配不上文言文，清茶似乎更配话本演义。

好茶在纸上，旧小说常常写到茶，尤其《红楼梦》。书中茶到底太雅。贾宝玉神游太虚境，入座后小丫鬟捧上千红一窟，自觉清香异味，纯美非常。警幻仙子说那茶出在放春山遣香洞，又以仙花灵叶上所带之宿露而烹。到底仙家之物，尘世所无，令人遐想而已。

据说贾宝玉喝的女儿茶亦普洱之一种。普洱是云南名品，走过几家茶肆，看见一提提普洱饼整整齐齐放在仓库里。那些茶真寂寞，它们静静待着，一待十来年甚至几十年，发酵氧化，变成老茶陈茶，将山水的灵性慢慢酝酿出真味与厚味。

女儿茶我没喝过，女儿红喝过。几人乘坐乌篷船，舱中一方桌，有小陶罐装的女儿红，一碟茴香豆，一盘花生米。且饮且行，如坐行水面，游鱼水藻和眼鼻接近，尤有趣味，是水乡独有的特色。

书上说，明清两朝，每年四月半后，秦淮河景致渐渐好了。外江船换上凉棚撑进来。船舱放张小方金漆桌子，摆着宜兴砂壶，极细的成窑、宣窑杯子，烹得上好雨水毛尖茶。游船的备了酒和肴馔及果碟到这河里来游，就是走路的人也买几个钱的茶，在船上煨了吃，慢慢而行。

有一年春游新安江，终日下雨，两岸各色花木欣然有意，草色有轻绿淡绿浓绿深绿，各式各样的绿，眼花缭乱。雨打在船篷上，一时沙沙细密声，一时作砰砰播鼓音，时远时近。船家送来黄山茶，是毛峰，一芽两叶，比明前茶滋味悠远颜色深绿一些，口感般配暮春的景色。船在水上游荡半日，茶一壶壶喝得寡了，茶形散佚。雨丝一点点惆怅一点点黯淡，心里也生出一点点惆怅一点点黯淡。到底因了春景，惆怅黯淡的底色美好，有点接近三杯黄酒下肚的微醺。

《红楼梦》中贾母领人去栊翠庵，妙玉奉茶。贾母不吃六安茶。妙玉笑说是老君眉。人说老君眉是湖南洞庭湖君山所产的银针，嫩绿似莲心，形如老人眉毛，故名曰老君眉，有长寿寓意，贾母年老，自然喜爱。君山银针我喝过，茶汤有鲜艳的活泼。绿茶大抵鲜艳大抵活泼，却少见鲜艳的活泼、活泼的鲜艳。君山茶得名甚早，在清代属于贡茶。我还喝过君山毛峰，相比之下，茶形如乱头粗服，不及银针齐整。有论者说老君眉不见《茶谱》，似即珍眉中之极细者，名银毫，乃婺源、屯溪绿茶中之最细者。

还有人说老君眉产于福建武夷山一带，叶长味郁，属红茶一类。小说中贾母才吃了酒肉，从而饮老君眉，此茶大抵属于发酵的红茶或半发酵的乌龙茶之一种，该是武夷山茶。武夷山茶也喝过多次，汤亮色鲜，香馥味浓，有消食解腻功效。

贾母不喝的六安茶属绿茶，绿茶大多轻薄鲜美，瓜片却老成持重。六安茶源自元朝，明朝为贡茶，时人文章说六安州之瓜片，为茶之极品。六安瓜片长于山陵，口感绵爽甘甜清润，颜色亦如绿荫，真真有天地山川之灵气。

《红楼梦》多富贵茶，偶有例外。晴雯黜出大观园，病中无人照应，渴了半日，贾宝玉去她家中探望，忙去倒茶，见有个黑沙吊子，不像个茶壶。拿来一碗，甚大甚粗，不像个茶碗，一股油膻气。斟了半碗茶，绛红的，太不成茶。宝玉尝了一尝，并无清香，且无茶味，只一味苦涩，略有茶意而已。这样的茶贾宝玉出家后一定经常喝到。

《儒林外史》中的茶多市井之什。观音庵和尚喝苦丁茶，撮一把叶放入铅壶，倒满水，火上燎得滚热，送与庙里议闹龙灯事的众人吃。苦丁茶价廉，带药味，苦中有甘，书里让穷和尚拿出来招待一帮农人。只是铅壶不适宜煎水。牛浦郎道士进了旧城，在茶馆内坐下。端上来一壶干烘茶、一碟透糖、一碟梅豆。干烘茶是茶梗和茶末混合而成的粗茶，贫人饮用之物。只有杜慎卿设席，推杯换盏，饭后有雨水煨的六安毛尖茶，每人一碗。六安并无此茶，信阳有毛尖，茶形与六安茶迥异。大概是作书人笔误。

喝茶当于纸窗瓦屋之下如此当然好，有黑白精神。黑白是中国文化底色，黑白也是人间岁月，黑是夜，白是昼，知白守黑也知黑守白。

在博尔赫斯《庭院》中喝茶也好。庭院是斜坡，是天空流入星舍的通道。这个夜晚的庭院，葡萄藤沐浴着星光，倒影和星光又一起飘落在蓄水池上。博尔赫斯自足的世界就在"门道、葡萄藤与蓄水池之间"。葡萄藤和蓄水池之间，容得下一张茶案。

记忆中夏日庭院是墨绿的。爬山虎、狗尾草、喇叭花、何首乌、紫苏和水池俱在葡萄架下，池子贮有水，粗瓷杯放在屋檐下。西头井中沉着一个大西瓜，墨绿的瓜皮绿油油的。转动辘轳发出慢而木的嘎嘎声，声音传出很远。猫睁开眼睛站了起来，又睡下。窝在藤椅上翻书，看剑士、刀客、拳师、仙侠、神魔、鬼怪故事。书翻卷了边，封面漆黑黑脏兮兮的，无头无尾，看起来格外有味。

鲁迅说好茶喝，会喝好茶，是一种清福。一个使用筋力的工人，喉干欲裂，给他好茶，恐怕喝起来未必觉得和热水有什么大区别。鲁迅是茶楼常客，与友人结伴而去，至晚方归。啜茗时伴吃点心，且饮且食。大先生日记常常袅起一杯茶的清香：

至青云阁玉壶春饮茗，食春卷。刘半农邀饮于东安市场中兴茶楼。晚孙伏园来，同至中央公园饮茗。得丛芜函约在北海公园茶话。宋子佩从越中至，持来笋干一包，茗一包。买茶叶二斤，每斤一元。下午往鼎香村买茗二斤，二元。夜出市买茶叶两筒。

下午买茶叶六斤，八元。赠内山明前一斤。以泉五元买上虞新茶六斤。买得茶叶廿余斤，值十四元二角。得茗一匣。

博尔赫斯《第三者》有如此一笔："在那落寞的漫漫长夜，守灵的人们一面喝马黛茶，一面闲聊。"马黛茶是木本大叶冬青，树叶翠绿，呈椭圆形，开白花，生长在神秘的南美丛林，做法与中国茶仿佛。鲁迅的茶多是浙江茶。不同的茶滋养出不同的文化。博尔赫斯与鲁迅地域不同、命运不同，他们都是立言人，共同在人间生活了将近四十年。

汉字是东方美学长廊里最生辉的部分，梅兰竹菊、花鸟虫鱼、笔墨纸砚、亭台楼阁、琴棋书画、烟酒糖茶，总是让人顾盼再三。因为这些字里有中国人的生活。茶文化在唐朝兴起，给中国文化带来不一样的色泽。此前中国文化的底色是灰色、土色、黄色，是陶、麻、瓦、青铜的颜色。茶的兴起，使中国文化开始生出茶意。唐宋传奇、明清话本，柳宗元、苏东坡，以及后来明清各色文人小品，都有茶意。茶意是闲话，也是小令。

后世不少人谈到柳宗元、苏东坡、张宗子，悠然神往。这神往是茶文化使然。曹操、曹植、嵇康也好，但魏晋风度里戾气森然，让人望而生畏。

茶有一份世俗，酒反世俗。苏东坡与张宗子，酒量都不大。苏东坡畏酒而好茶，为茶写了很多诗词，谪居宜兴，感慨当地茶美、水美、壶美，三绝兼备，亲自设计提梁式茶壶，题曰"松风竹炉，提壶相呼"。张宗子更笔涉茶人茶话。

苏东坡与张宗子的文章，历来众口称赞，因为茶之意味。不说太远，唐宋以来人物，他们身怀茶香，格外让人亲近。险怪、幽僻、枯寒、远瞻，令人仰之弥高，但很难生出平常心。韩愈、范仲淹、王安石诸位，文章千秋，也以功业传世，后人鲜有视其为友者。苏东坡与张宗子却是不少人的知己。

元朝刘贯道画过一幅《消夏图卷》，画中不少茶器，荷叶盖罐、汤瓶、盏托。有茶好消夏，尤其在古代。刘贯道的画让我想起过去的日子：

盘坐大石头，爬上枣树用绿枝编个窝，在竹梢晃荡，水壶静静躺在草丛。夏日凉风中恍惚入梦。醒来时，蝉鸣依旧，蜻蜓在天空绕圈子。夕阳红泼在清澈无边的天色里，枞树枝头不时传来鸟叫。

那时还不知道茶有优劣，后来才明白酒过三巡又是一番场景。人生月份牌一张张翻篇，岁月在哗哗作响的纸页一唱三叹，再伟岸的人也有些触动吧。

饮茶以居家为好，喝酒大抵相反，我认识几个酒徒在家滴酒不沾，出外会友才觥筹交错。一个人喝酒可能没什么意思，除非酒客，要么借酒消愁。

喝茶的好处或妙处是自在，居家最自在。偶尔居家乏味，一个人斗茶。找出十几种茶，一杯杯泡来，红茶、黑茶、绿茶各个品类十几种，真好比是群贤毕至，口舌生辉。

好茶浓一些太浪费，暴殄天物。劣质茶浓了，又太委屈自己。好坏不论，我泡茶在不浓不淡。配点心零食是近年风气，光秃秃一杯清饮就好，空口喝出色香味。茶点要么甜要么咸，盖住了茶的本味。

《金瓶梅》里少有清茶，总要掺诸多配料，滚水冲泡，饮时将配料一起吃掉。西门庆喝芝麻、盐笋、栗、丝瓜仁、核桃仁、雪里蕻、青橄榄、白果、木樨、玫瑰泡的六安雀舌芽茶，浓浓艳艳，刚呷了一口，美味香甜，满心欣喜。甜、咸、酸、涩诸味俱全，不明白书上人怎么喝出个满心欣喜。茶发端以来，皆为迎宾待客、修身养性的圣洁之物。《茶经》有葱、姜、薄荷入茶之例，《金瓶梅》大张其风。

果品泡茶在明朝颇为流行，文士提倡清饮，对此不以为然，有人说茶有真香有佳味有正色，不宜以珍果香草杂之，或夺其香，或夺其味，或夺其色。凡饮佳茶，去果方觉清绝，杂之则无辨。果品茶风俗太盛，时人不好矫枉过正，末了只得说核桃、榛子、瓜仁、藻仁、菱米、榄仁、栗子、鸡豆、银杏、山药、笋干、芝麻、莒蒿、莴苣、芹菜之类，精制或可用也。莒蒿、莴苣、芹菜入茶，也匪夷所思。

今人在茶里放两枚青橄榄和金橘，是为元宝茶。

在茶中加入枸杞、桂圆、红枣等，冲而饮用，则称八宝茶。酥油茶里放的是核桃肉、花生米、盐或糖。湖南擂茶，放有花生、芝麻、豆类、葱之类，滋味与日常喝到的茶并无关联。清水泡茶，不添一物，自有大千，万紫千红，无边锦绣。

西门庆茶具非金即银，独少雅玩名器，他家日常饮茶与今人不同。浓浓点一盏胡桃松子泡茶，是用胡桃、松子和茶叶一起泡服，具有温补肾阳功效。又将香橙蜜渍，加上茶叶泡成汤。西门庆还常吃福仁泡茶，配了橄榄，清肺、利咽、生津、解毒。西门庆亦官亦商，宴席不断，这种茶大概适合酒后服用。吴月娘喝茶清简一些，用壶炖六安茶。有回教人拿着茶罐，亲自扫雪烹江南凤团雀舌芽茶。六安茶炖吃，叶片焖熟了，损了些真味，不如盖碗冲泡芳香。雀舌芽茶喝过几次，江南所产，茶形极好，满杯剑戟，香气并不茂盛，略有清苦。不知是不是书上那款。妙玉扫雪烹茶，后世以为风雅，《金瓶梅》里的吴月娘早已试过了。扫雪烹茶虽是小说家言，二十年前我试过，一言难尽。喝茶最好还是山泉水。故乡山林茂密处，总有好水，泡出茶来，汤色碧绿通透，有鲜气。

喝茶清谈居多，不比喝酒花样繁多。古人游戏唱曲吟诗对联相助酒兴，今人助酒兴，猜枚划拳。酒客自得其乐，看客觉得聒噪，不如喝茶家常清寂。喝茶的场所也大可随意，金碧辉煌也好，空寂贫寒也好。

酒发端比茶早，先民粗糙陶碗已经有其芬芳了。与酒相比，茶更风雅，茶文化是精致文化，是精英文化。饮食之饮，倘或没有茶，无疑会空洞很多。

暮春在徽州，众客团团围坐竹林下，人手一杯茶。春日柔和的阳光下，杯口弯弯曲曲散发淡淡香气。竹叶细密，阳光经此筛过打在周围也像茶色。有人高谈，有人细语，有人走神，有人张望，我素观竹林，偶尔逗弄爬在席上的蚂蚁，想一点与远古有关的事。竹林小风，细细微微，有嘻嘻之气，心怀如水，助了茶意温润。得了茶味又得了茶趣，茶味好得，茶趣不好得。不知不觉已经正午，阳光昏昏沉沉幽幽暗暗，偶有竹叶飘落衣衫。几只鸟在枝头作竹枝词，村农在归家路上，三两点白鹭在更远的天地。那一刻，是自然的辰光，心绪飘然欲仙。其中雅集之乐饮酌之美，竹林七贤或许比不得也。毕竟他们有那么多沉痛，刀剑之沉，杀头之痛。

夜里喝了杯茶，树梢新月一芽，杯中春月一芽，是九华山雀舌茶。未开绽的细长芽尖竖着又沉下去，一层一层半着水底半浮杯面，像缩小的一片丛林，漾着淡至微茫的雾气。一股幽香飘进书页间，满屋子茶气暗浮。火车轰鸣声自远处传来，是人间的尘音，有离别气息，好像鲁迅在车上奔赴厦门，茅盾刚刚离开上海。乡村夜色深沉，睡眼中恍恍惚惚，仿佛贝姨、匹克威克住在隔壁，狄更斯、巴尔扎克明天将赴巴黎，胡适先生要离开绩溪上庄老家远赴他乡了。

饮酒、喝茶、吃饭、听戏、看书、读帖，谈文论艺，快意恩仇酸甜苦辣一一尝遍，没有疲倦。曾经迷离在电影的光幕下，曾经痴恋书页、流连图画。世事如水，淹没了多少往昔。柴米油盐酱醋茶，说风雅也风雅，说世俗也世俗。俗得快乐俗得真实。我热爱一切世俗，热爱一切俗世。世俗有人情之美，俗世有生活之美。柴米油盐不必多说。在我故乡，酱醋排在茶的后面。小时候，没吃过醋，乡村小店似乎也不见有卖。酱，吃得多的是酱油和辣椒酱。炒肉时放一点酱油，辣椒酱是下饭物，红艳艳点进白米饭。

茶在乡下是最平凡最朴素的饮料，一年四季饮用不绝。手工做的炒青，耐泡，止渴。如今，冬日凛冽天，偶尔不喝绿茶，泡壶黑茶或者白茶，红茶或者青茶，觉得日子悠长。擅饮者得茶之趣，不擅饮者得茶之味，其实擅饮者趣味兼得。

陡然冷了，前几天还是暖冬，倏地进入寒天。空街残树，满目灰凉，风刮得紧了。走在马路上，那风刁，能钻过衣衫，细密密往身上扎。腊月冷一点更有样子。寒冬腊月，腊月要寒冬衬一下才好。人穿上大衣、棉袄，若不然觉得冬天流于轻浮。

中午的下饭菜是腊肉烧萝卜。白皮水萝卜，圆圆的，鲜、嫩、脆，生吃亦可，配肉更佳。早晨起床，见阳台上挂着腊肉，刚好友人从乡下带过来一些萝卜，勾起红尘之心。近来茹素，红尘之心是腊肉烧萝卜。一片素心有一点红尘点染一下才好。

饭后从书中翻出一枚古钱，普通的大观通宝，宋徽宗四个瘦金体字好看，笔墨秀挺，舒然洒落，自成一格。想象这铜币在宋人手心辗转，买过馒头、饺子、稀饭、蔬菜、烧饼，也可能买过笔墨纸砚，买过烟酒糖茶，它或许从《东京梦华录》《武林旧事》与《清明上河图》中走来。寒意里慢慢想来，一个个念头在脑海中翻转，大有意趣。

一个人蜗居，冷一点反而平静。暑天容易燥热。天灰沉沉的，终日暗淡，晦霾里裹着阴恻恻的气息，出行的兴致索然发白。冲杯咖啡，暖暖地喝完，只剩下暖暖的，没有回味。这些年喝咖啡的兴趣也淡了。茶越喝越多。红茶绿茶黑茶白茶青茶，甚至花茶。

冬夜，特别迷恋一个人的茶时光。尤其在乡村，夜深人静，对着炉火，昏昏沉沉，木炭燃烧的气息在四周飘浮。火炉上放几颗花生、板栗，茶一口口喝下去，额头沁汗，后背发热。炉火慢慢暗淡了，手心近触才能感觉微弱的暖。寒意渐渐围拢上来，睡意也渐渐围拢上来。

一天又结束了。

雪是傍晚开始下的，寒意透进窗户，屋子里有一股冷悠悠的光芒。住在高楼上，听不见雪的声音了。雪有声音吗？乡下落雪时，钝钝的，轻轻的，雪簌簌而下。总是让人惦记茶的暖，惦记酒的暖。

冬天，关紧窗户，在幽暗中喝茶听曲，周而复始，让我觉得吉庆。迈入中年门槛，多些吉庆好。近来红茶也喝得多了，因为红得吉庆，红得热闹。

一边喝红茶，一边看年画。朱仙镇木版年画册子。

年画是俗的，茶也是。年画里一段世俗，茶水里一段俗世。年画有人情之美，茶水有生活之美。乡下老人，穿着破棉袄，靠在柴火堆上，喝着粗茶，他们脸上挂有微笑。年画饱满喜庆，饱满是真气饱满，喜庆是色彩喜庆。红茶饱满喜庆，饱满是真气饱满，喜庆是色彩喜庆。年画一年贴一次，茶每天都喝。年画的珍贵也在这里，茶的珍贵也在这里。年画每天看，试试。茶一年喝一次，试试。

《天官赐福》是老题材，杨柳青年画里见过，桃花坞年画里见过，朱仙镇年画里见过。喝茶，看《天官赐福》，真觉得天官赐福。喝得好茶是福气，泡在壶里的滇红，是绝品也是逸品，拜天官所赐。饮茶时光，天然一段福气。看完《天官赐福》，看《金鸡报晓》，也是年画老题材。金鸡我喜欢，报晓扰人清梦，我不喜欢。近来睡得迟，贪恋早上一段时光，觉得金鸡真多事。晓是不需要报的，天光自亮。年画中的金鸡，色彩斑斓，昂首挺胸，一只眼睛在纸面目空一切。年画里的老鼠也好看，《老鼠嫁女》中群鼠左顾右盼、生机勃勃。生机勃勃让人心生灵感。奄奄一息恹恹欲睡，无灵亦无感。

年画的元气与茶里元气，一洗河山郁闷，让人心生庄严，复生灵感。元气是灵感之源，二〇一三年四月十四日写过一篇叫《元气》的文章：

天气真好，精神奇差。昨天下午，疲倦至极，恹恹的，颓唐得很。躺在床上，睡到晚上十点，太累了。这些年一到春天，总觉得累。母亲说我春天身子骨一向弱。过去是不知疲倦的，仿佛孔子发愤忘食，乐以忘忧，不知老之将至，仿佛桃花源中人不知有汉，无论魏晋。

有回车前子寄来一幅"身子骨"三字书法。老车好意。千年文章要一身好骨。傲骨是题外话。

醒来后，精神好一些，体内气力倍增。懒得晚饭，饿一顿无妨。躺在床头看书，读先秦文章。天地玄黄，宇宙洪荒。先秦文章有来自盘古开天的元气，《庄子》《老子》《论语》《韩非子》，诸子文章随处可见一团团元气荡漾聚散。

先秦文章给中国文章开了个好头——纵横六国，横扫千军。先秦气脉充沛，在时间之河里接力，传到屈原手里，传到司马迁手里，再传到曹操手里。曹操宁可我负天下人，藏下中国文章来自先秦的元气，掐住了文脉的流通。幸而他行伍出身，骨节粗大，指缝漏下一些元气，被曹丕曹植嵇康阮籍陶渊明辈得去了，后世韩愈柳宗元欧阳修苏东坡也得了些。

疲倦了，读点古人文章，补充元气，是我的秘诀。

重见身子骨三字，老车说写得像才子骨。快二十年了，字里风雅依旧，情意依旧。光阴流水，是大水，大水走泥，更走了无数时间。老车已过耳顺，我也不惑。

忘了说，疲倦的时候，也会喝一点茶，补充元气。年轻气盛，我开始不再年轻，气息渐渐弱了。茶里有天地元气，丢开万卷书，且来吃茶去。

尘世庄严

日常我饮酒少，喝茶多。书剑江湖，有潇洒有豪气；书茶江湖，多了隐逸多了闲适多了淡雅。与茶相会，晚霞在暮色中灿然烁金，残雪在迷蒙里冰清玉洁，老树荡漾柔情，小荷摇曳清灵。红茶绿茶青茶黑茶白茶黄茶，杯沿壶口，茶香袅起如浮云若有若无，一道茶一种趣味一款风致一番庄严。浮生芜杂，难得庄严。朱子说，人不可以不庄严，所谓君子庄敬日强，安肆日偷。端庄恭敬，日日精进，沉于安乐、放肆无度，容易苟且偷安。三十岁后，我的安乐是茶，我的庄严是茶。

茶之道，日常兮，安乐也，庄严哉。

辑二

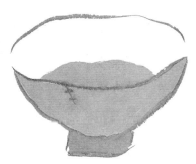

龙井闲笔

偶得了些龙井，手工古法制作。不知道是不是因法得意，茶喝在嘴里仿佛唐宋八大家文章。唐宋文章家何止八个，好事之徒非要排座次，习气使然。

古法制作的龙井如古文，茶味可概之沉。茶水从唇边迈过牙齿，快速透过舌尖、舌心，向口腔漫过去，嘴巴沉甸甸的，咽水下喉，喉咙也觉得沉。这是我喝到的最好的龙井。

过去喝到的龙井都是青年，这一次的龙井是中年，难得又个失锐气。这款茶，连泡三次，入嘴还是新鲜。

龙井属绿茶。绿茶滋味难得厚，难得沉。厚而不实，沉而不着，厚而薄，沉而虚，厚而飘，沉而逸，厚而灵，沉而空，可遇不可求。所谓好茶，滋味绝不泥实。好茶不易得，比好文章更难。昨天读鲁迅的书，见其弱冠之诗："我有一言应记取，文章得失不由天。"这话与陆游文章本天成、妙手偶得之一说异曲同工，妙手要练，也正是得失不由天。

如今喝到好的龙井不容易。龙已经不在井里了，或者飞龙在天或者亢龙有悔或者龙跃于渊，蛟龙岂是井中物？过去井里有不少青蛙，现在青蛙也不常见了。老家村口有一井，水极清，冬天雾气蒸腾。井里有蛙，婴儿拳头大小，灰褐色，游动之际像一团洇开的墨。

上次回家，井荒废多年了。

晚饭一道咸汤，以青菜、豆腐、豆芽做底，拌入新炸的花生，搅上蛋花，清白相间，红黄交错。不知是人厨艺太好，还是我兴致太高，着实狠吃了一大碗。我觉得饭量回来了，仿佛当年长身体的时候。好久没有如此狼吞虎咽，这才是我要的生活。

吃完饭后，我说要书红。前几天逛文玩店，见有洒金红宣，买了点回来。本来准备过年时写春联用，今夜兴趣颇好，裁成斗方，用浓墨写了几个福字，平常不舍得这么浪费的。意犹未尽，提前写了一副春联："红梅香小院，玉兔下人间。"写完之后，未尽之意不去。秋天喝剩的龙井，翻出来泡了一杯。茶叶保存得不错，汤色嫩绿，看不出年老色衰。滋味当然稍逊风骚了，风韵还是落落大方，心底欢喜。

龙井主要产于浙江杭州。杭州是人间天堂，人杰地灵的地方。以前没去杭州时，经常读张岱《西湖梦寻》，读了之后，不禁西湖梦往。后来去杭州前的一个夜晚，破天荒失眠了。

第一次喝龙井在杭州。那时周末常和一朋友逛书铺，淘旧书。一日回家，恰逢大雨，没个避处，进得路边茶楼，要了壶龙井。雨前新芽，泡在杯里，茶叶立在水中载浮载沉，颇像倒竖的剑戟。汤色宜人，芬芳馨馥，入口香浓，直透肺腑。

极爱龙井之名，龙和井组合之后，有喜气。字与字的搭配，也是星汉灿烂，洪波涌起，有的是字形熨帖，有的是字音般配，有的是字义高远。

喝龙井茶最好春天，其茶虽清淡，入嘴却不寡，有一份丰腴惬意。更主要是色鲜味美，给春意锦上添花。春雨夜，微凉之际，泡一杯龙井，滋味更加长远。惜乎近年常失眠，夜茶滋味不敢多受。

喝龙井，最好读宋词，或者李商隐的诗，或者《牡丹亭》，或者《西厢记》，最为相得。茶汤在唇边裛气，一个早上，一个上午，一个下午就过去了。

龙井茶嫩，不妨将开水凉片刻，水太滚，瞬息芳华，一泡即老。龙井泡老了，有涩味，颜色泛黄。泡龙井，喜欢后投。茶叶浮在杯口，热气一蒸，香味清幽幽在鼻底弥漫。

故乡人把喝茶当作重要日事，视龙井为茶中极品。有邻居去城里走亲戚，回来后，兴高采烈：今天喝了杯龙井。

鸳鸯蝴蝶

祁门红茶一喝就喜欢了，香啊。闻起来，缥缈肆意的香，挥之不散。嘴里的香比鼻底的香还要好，遮遮挡挡，断断续续，好在回味时真真切切，又如雪泥鸿爪。

鼻底的香，嘴里的香，香得喜气。香气是出世的，喜气是入世的。香气也好，喜气也好，都是一片琉璃世界。琉璃世界是药师佛的净土，佛经上说，药师琉璃光佛手执药钵，医治一切众生无名痼疾。祁门红茶泡在浅口玻璃盏里，红茶之红又鲜艳又沧桑，香气袅袅，佛光扑面。恍惚觉得自己不是茶客，像菩提树下听道的沙弥。喝祁门红茶每每总有些恍惚，像读话本，又像读佛经。

红茶漾起红光，红光中有药气，萦绕出世情人事的暖意。暖意之外，还有时间味道。红茶之色，像丹枫叶痕。叶落树空，让人怅然。喝着祁门红茶，忽然心生怅然。

不知道是不是错觉，发酵过的茶出世意味多些。倘或泡在紫砂壶里，越发让人觉得出世，望不到底，一壶老于世故的黯然，壶里是老庄世界，别有洞天。不敢太出世，泡祁门红茶大多用白瓷。青花也不错，配上红茶，视觉上不如白衬红来得熨帖。白得无邪，红才透彻。

绿茶是收，红茶是放，过去只在秋冬天喝红茶。新得一罐祁门红茶，据说是经典之作，说不好。祁门红茶喝得不多，经典重读，温故才能知新。

盛夏里喝些滋味浓浓的茶水，身体沁出汗，热乎乎的，极舒服。想起多年前读过的那些鸳鸯蝴蝶派小说，才子佳人，良辰美景。

婴儿懵懂

以为风是绿的。去庐江看山，见到一片片茶园，葳蕤茂盛丰盈，染得风也绿了，吹得人欣然怡然。绿树绿草绿风，恍惚江南。茶汤翠绿，比茶汤更绿的是茶叶，盈盈一握，越发恍惚江南。茶汤入口，喉咙生出绿意，热水有凉性，雪意上来了。不仅上来了，还婉约得很，有江南风味，斑斑驳驳像太湖石上渐渐化开的积雪。凉性悠长，是雪峰名字由来之一吧，茶生于峰，是雪峰名字由来之二吧，我猜。

二〇一六年春夜，友人摸黑而来，穿雨而去，留下两箱鸡蛋、一盒茶叶。庐江县柯坦镇所产雪峰茶。朋友是茶人，让我取个名字，就叫庐州雪峰吧，比柯坦雪峰平坦，也多了古气，我脱口而出。

庐州雪峰茶汤剔透，剔透中一手清亮。端起玻璃杯看看，无丝毫杂质，绿芽沉浮，如婴儿午睡刚醒，眉眼懵懂。更难得茶形工整，像闺阁小楷，漂亮大方。泡入杯中，翠绿的叶脉徐徐伸展，闺阁小楷幻化成工笔花鸟。茶汤入口，一道沉稳的水线落入腹内，更像工笔花鸟。

绿茶大多轻灵，庐州雪峰偏偏沉稳，一股少年老成。有人说我文章少年老成。他未必明白少年老成意思，更遑论我文章，喝喝庐州雪峰或许好些。

好茶皆身负异禀，庐州雪峰的异禀是少年老成。少年是茶叶之嫩，老成是茶汤之稳。稳得妥帖又不失灵气，像清朝阁老小品。近来读张英、张廷玉、曾国藩、翁同龢诸贤诗文，况味如庐州雪峰。徽茶里，太平猴魁也老成，但不是少年老成。太平猴魁老成持重，有些静穆意思，如古文，是表、志、铭、赞。

睡眠不好，但我晚上能喝庐州雪峰。婴儿午睡刚醒，一脸懵懂。这懵懂让人一夜无梦。

六泡普洱

初泡茶入口微苦，涩较轻，舌底迅速生津，水质软柔，有明显栗香。

胶质感上来了，苦较重，在喉后部，片刻间化甘，口感饱满，栗香浓，上齿两侧涩较长。

汤质如米汤般浓稠饱满，苦味比第二泡稍重了，涩感较长，喉底甘韵渐浓，生津不绝。已达到茶的最佳状态，苦涩渐弱，入口茶汤软滑饱满。

醇厚不变。苦极弱，涩也弱了，香味不变，水软滑。

这是第四泡茶。韵味犹盛，苦如淡云，涩似清风，水质软滑。

闷泡，甘爽软滑，口感清香，木质甜感明显。

夜茶录

喝这款茶，心上掠过陆士修"素瓷传静夜，芳气满闲轩"的句子。素瓷传静夜，是我的视觉；芳气满闲轩，是我的嗅觉。这一回，芳气的确能满轩，因为身处茶厂。如果手中的玻璃杯换成白瓷盏，差不多就是彼时彼景的写实了。

"素瓷传静夜"一句静中有动，传字用得好，让人看得见衣影晃动的月下雅集。"芳气满闲轩"一句动中有静，满字也用得好，有余音绕梁之美。

唐人作诗，即兴联句也非同寻常。宁为鸡首，不为凤尾，文学上不争闲气。我愿意在唐朝做个二流诗人，更愿意在先秦做个三流文章家。有些人喜欢大，读书读成了措大。《朝野金载》说唐时江陵地区"衣冠薮泽，人言琵琶多于饭甑，措大多于鲫鱼"。抑或是一方水土民族性，疑惑这一方水土民族性。

一方水土一方特色，同样是茶叶，杭州出龙井，苏州出碧螺春，黄山出毛峰，信阳出毛尖，岳西出翠兰。如果用杭州茶做毛峰，试试。如果用苏州茶做龙井，试试。有没有人做过这样的尝试？恕我孤陋寡闻，但我知道，有人用岳西的茶叶做出了碧螺春。

清明回乡祭祖，喝到了用岳西茶做出的碧螺春，感觉和翠兰不同，灵气里多了质朴。岳西茶制出的翠兰一味是灵气，仿佛少男少女，做成碧螺春后，成熟了，熟也不是人到中年的练达，而是三十而立的稳重。此茶喝到第三泡，后劲上来了。翠兰虽好，但不耐泡，三开水已是残花败柳。不忍心作践翠兰，一杯茶，只换两次水，不是浪费，实在是舍不得它露出败象。就像和有些人的交往，永远不过熟人，知道做了朋友，彼此难堪。

不知道他人怎么评价岳西翠兰，在我看来，其色第一，味第二，香第三。做成碧螺春后，色味香一时并驾齐驱；第二泡时香居第一；到第三泡，色又居第一；第四泡的味道虽是强弩之末，犹自能穿鲁缟。几番座次轮换，这里有人情冷暖与茶道炎凉。

人来人往，友不如旧。喝茶也一样，喝来喝去只喜欢几款旧茶。

手中这杯碧螺春叶底嫩绿明亮，黄灿灿仿佛清晨穿过树梢的阳光。

快午夜时，我喝到另一款茶——安吉白茶，想起去年在天姥山畔喝过的福建白茶。一个如白衣秀才，一个是白袍将军。

夜里，潇潇春雨在阳台上织出一阕小令。想象雨水从翠绿的竹叶上滴落，野径石子洁白如鹅卵，竹林里长出一根根苍色笋子。

雨一夜不止，明天山头的兰花一定香得更净。

补笔：

茶人有二，一名任德友，一名郑光富。

南宋有幅传世名画《斗浆图》。浆者，茶也。画中六位商贩围成一圈，右侧两人端盏饮茶，一人手捧盖碗凝神观望，左侧一人笑呵呵向盏内倒茶，身后一商贩躬身俯首用夹子拨弄炉灶，一手握长颈汤瓶，左侧第一位商贩，右手握盏，左手提着移动炉灶……此画构图紧凑，气韵恬静，无作者，无题跋，画中人亦无名。不妨把其中一个叫任德友，一个叫郑光富吧。

在书圣故里喝平水日铸

　　去书圣故里，东走西顾，朋友请喝茶，喝平水日铸。这几天在绍兴，没得茶喝，忘了带茶叶。

　　平水日铸的名字一听到就喜欢了，况味是宋人宫廷画，恰恰此茶在宋时属贡茶。洗好茶，送至鼻底，从未闻过的味道。茶香很好，若有若无之间，一时语塞，没得借喻。

　　茶半盛在白瓷杯里，淡黄的汤色隐藏翠绿，望得见清风明月。第一口入嘴，觉得淡，轻咽入喉，茶香在口腔里化开，轻轻的香与淡淡的涩是退潮后的风平浪静，也有一分世故。有一分世故是良人，有十分世故可谓奸贼，不沾世故的人，凡间没有吧。

世故是匠人之心，多了匠气太重，少了却也失却灵性。

平水日铸的淡，喝得出良辰美景。前些时在苏州网师园喝茶，是碧螺春，可惜品质不佳，倘或换成平水日铸会平添佳话。

茶之淡来得容易，在淡中藏一份倔强藏一份固执大难。平水日铸恰恰有一份威武，威武不屈，三泡之后犹有余味。平水日铸是寂静之茶，可归于文人画一类，像董其昌书法、张宗子小品、金冬心梅花。西湖龙井也寂静，寂静中勃勃之心不死，像八大山人六十岁前的花鸟虫鱼。

董其昌书法、张宗子小品、金冬心梅花，不分高下，都是绝响。好茶也是绝响，出一个董其昌、张宗子、八大山人、金冬心不容易，出一款龙井、碧螺春、平水日铸也不容易。袁枚说，三年出一个状元，三年出不了一个好火腿。好火腿尚且如此，遑论好茶。

喝得好茶是福气，从来惜茶如惜福惜墨。前些时有人说我文章写得太短。短是中国文章家风，一家有一家的风气，道不同耳。

茶又换了一泡。取茶干看，茶形呈小螺蛳状，像铁观音的女儿、碧螺春的姐姐。这一开茶还是淡，淡在不露声色中。慢慢坐喝，喝出了天真无邪的家常。家常好，天真无邪的家常尤好。天真无邪的家常是我的童年。

在书圣故里喝平水日铸，每每想起李日华。他的《味水轩日记》多年前读过，快忘了，哪天找来重读。

三开翠兰

第一开：茶形极好，一根根沉浮杯中，颜色碧亮。有明显兰香，轻咽入喉，香味沉在喉底，久久不散。苦与涩以及甜三味相互激荡，苦中有甜，甜时见涩，苦极淡，涩淡极，甜如凉风拂面，甜得清爽。

第二开：茶形开始散了。香味消退大半，涩与苦势头渐长，口感厚一些。与头开茶的清爽相比，这开茶不再嫩滑，唯灵性依旧。

第三开：茶形完全蓬松，年老色衰，残香残味。

一开茶形佳，二开茶色美，三开茶喝点余味。

碧螺春记

太湖东山出杨梅，西山产枇杷，味极甘美，他乡不及也。山水育物，不独如此，太湖东山所产碧螺春，为茶中翘楚，有天下第一美誉。

碧螺春美艳，实则美而不艳，犹如李商隐无题诗，华美鲜艳。美艳二字并不轻浮，近乎轻抚，轻抚人心。据说过去碧螺春得让处子之身的二八佳人沐浴之后采摘，采下的茶叶贴放在胸口。据说而已，实则不会如此荒唐。有一笔传奇，到底让碧螺春多了美艳多了香艳。龙井华美，鲜艳不及碧螺春。黄芽鲜艳，华美又不及碧螺春。每道茶都有自己的异禀。好茶是不分高下的，各有所好。

碧螺春泡在水里，映得杯子淡茵茵的，像齐白石、张大千瓜果册页，让人心旷神怡。再看看杯底，叶底漂亮可人，鲜绿青嫩，慢慢伸开手脚，仔细看，能看见茶叶冒着细泡。碧螺春泡在水里，是绿色的雪呢。

碧螺春之名颇好，字形尤可玩味，碧字上下结构，螺字左右结构，春字上下左右浑然一体。碧螺春三字写在纸上风流蕴藉，比念出来更有味道，念出来泥实了，生发不开想象。碧螺春之碧是说茶色，螺指茶形，春喻茶味。螺的普遍说法是卷曲如螺，我觉得更像螺蛳肉。有年夏天，与朋友挑螺蛳肉吃，然后喝碧螺春，真个雅俗共赏。

春日清晨，泡一杯碧螺春，应景也应时令。玻璃杯里春意迷离，玻璃窗外桃红柳绿，心情一下子清淡了。碧螺春味道也清淡，清而澄澈，淡而丰腴，入嘴一股鲜气。轻咽入喉，鲜气下沉，仙气上浮，隐隐在红尘之外。

这些年，总会存些碧螺春留着秋冬天喝。秋意起时，北风来兮，大雪天，寒雨时，喝红茶之前或之后喝杯碧螺春，能冲淡一肚子的萧瑟。茶水一泡泡淡下来，早晨上午下午慢悠悠过去，身体有枯木逢春的喜悦。喜悦之外，欣欣向荣。绿茶的好，一言以蔽之，正是欣欣向荣、郁郁葱葱吧。

碧螺春最初产于东山碧螺峰石壁，据说种子由飞禽衔来。原为无名茶，后有乡人将茶纳入怀中，茶叶受热，发出异香，大家闻到了，说吓煞人香。康熙南下时，喝到这款茶，认为吓煞人香名字俗了，遂改为碧螺春。

碧螺春有兰香，碧螺春的兰香没能觉出过。有一次喝碧螺春，朋友说闻闻，多好的兰香。凑上去，没闻到，大概喝多了兰香茶，习以为常，于是麻木。倒是在碧螺春的茶汤里喝出过梅香，香得有冷意，冷意经水一激，又温润又滋润。

兰香是君子之香，梅香是隐士之香。君子也好，隐士也好，怕只有茶里相遇了。不管兰香还是梅香，有香就好，香让茶味多了空灵。

将碧螺春用桑皮纸包好放入莲花中，两泡之后，莲香沁脾。此人是汪星伯，周瘦鹃先生文章中写过。

一杯碧螺春，带着江南气息、植物气息、明清气息。

竹叶青记

凌晨两点睡下，早上七时醒来。身体需要睡眠，精神却抗拒，只好起床。平日能多睡一会就多睡一会的。何况今晨不热，能感觉到丝丝凉风。没睡好，昏蒙蒙的。漱洗完毕，清醒了一些，于是吃早餐。

夏天太阳真勤快，九点钟就已经很晒了。走出家门，汗津津，好像在河潭游了一圈。进屋坐下，冲水泡茶。朋友给的竹叶青。昨天喝的是翠兰，换换口味也好。

记得此前喝过竹叶青。喜欢竹叶青三个字，竹叶自然是青的，偏偏如此画蛇添足，这里有语言的重叠。投茶于杯，千手观音舞，万竹起风声。凑近闻闻，茶香颇浓，有竹林青气，与坊间绿茶不一样。

龙井气息轻轻上扬，碧螺春气息微微下沉，猴魁气息厚朴，毛峰气息轻灵，翠兰气息浮沉沉、若有若无，竹叶青气息平缓，像一条白练，又或者是垂下的水袖。竹叶青之味极其熟悉，就是说不出来。好茶的味道都是熟悉的，就是说不出来，词不达意。词不是万能的，意比它走得远。词是油滑之手，意是泥鳅。小时候捉泥鳅，每每从指缝里钻出来滑落。

竹叶青的清新有股烈性，属于绿茶异类。猴魁也有烈性，但它的烈性是中年妇人的刚强。竹叶青是《红楼梦》里的尤三姐，性烈百媚生。

铁观音记

睡觉与喝茶，无处不可。无处不可睡觉，无处不可喝茶。即使在屋檐下睡觉也舒服。小时候冬天，最喜欢躺在厚厚的草堆里晒太阳，小寐片刻，是清欢也是清福。有年去雷州半岛，几个人在水果摊案板上睡了一夜。现在想起来，还觉得有意思。喝茶亦如此，露天喝，茅屋中喝，田头地尾喝，禅房喝，小室喝，客厅喝，厨房喝，甚至床上喝，人见了也觉得风雅。

前几天有朋友说要寄两盒茶，一盒铁观音，一盒毛尖。不想要，她说好茶只送有缘人，不好推辞了。

很久没有喝过铁观音，日常喝翠兰。翠兰是阳台盆栽小景，婉约清淡；铁观音是窗外原野一轴山水，悠远深邃。铁观音是婆婆，翠兰是儿媳。将这两款茶放在一起喝，让其婆媳一家。第一道茶，婆婆冷眼旁观，儿媳低眉顺眼。第二道茶，婆婆忍不住显出手段，儿媳隐隐锋芒。第三道茶，婆婆过婆婆日子，儿媳有儿媳生活，互不干扰。嘴里像播放三幕剧，心情起起落落、妙不可言。

铁观音是乌龙茶系，介于绿茶红茶之间，属半发酵青茶。其茶色金黄青绿，明澈透亮，有种安稳的富态，一点不铁石心肠，十足观音慈悲。

第一次接触铁观音是在郑州。不知道是习惯作祟，还是口味因由，半天没喝出好来。泡开后的茶叶片粗且大，黑且长，心里居然有些轻视。后来又喝过几次铁观音，说日久生情也行，说见异思迁亦罢，慢慢有些喜欢了。

不明白此茶怎么以观音为名，这是我的惊奇。就像刚来郑州，北方人也觉得我的名字奇怪。其实胡竹峰在南方是最寻常的名字，念书时，同桌同学和我同名。

有回悄悄问一老茶客铁观音的来历，他说有两个说法：此茶成形后结实乌润，沉重似铁，味香形美，犹如观音，被乾隆赐名铁观音。还有一传说版，观音托梦农人而得此茶。

壶中茶，喝过五泡，到底是铁观音，不像泥菩萨，不怕水泡，入嘴还有余味。第六泡，茶残了，青气消磨殆尽，喝在嘴里，还有淡淡的涩味轻轻萦绕。

关于青气，只有清香型的铁观音才有。那种未熟的青气，像把利剑，割开茶汤的苦涩。铁观音的青气只有三四次。第一开茶，青气若有若无，虚无得不可捉摸。第二开茶，青气羽翼丰满，开始蠢蠢欲动，但涩味坚不可摧。第三开茶，青气心灰意冷，只好老实本分。第四开茶，青气淡矣，如处江湖之远的布衣儒士。第五开茶，喝在嘴里，有白头宫女说旧事之感。一切远了，唯有惆怅。很意外，一壶茶喝出惆怅。

铁观音七泡犹余香，我只泡六次，留一分未尽之谊。像我读《三国演义》，到《陨大星汉丞相归天　见木像魏都督丧胆》一回就抛书而去。读《水浒传》,《梁山泊英雄排座次　宋公明慷慨话宿愿》一回是我的剧终。读《红楼梦》,到抄检大观园就释卷。死劫已定，且在生的世界尽情欢乐。

大红袍记

　　身子有恙，躺在床上，突然觉得寂寞。寂寞如影随形，谁也不能分担，只好喝茶。茶里有一份世故，像读多了中国古书的老人。茶里也满怀心事，像初出茅庐的青年。寂寞时喝茶，和老人论道，可消永夜。惆怅时喝茶，与青年聊天，能增豪气。今夜又寂寞又惆怅，要喝一壶大红袍的。

　　喜欢大红袍的名字。大红袍是入世之物，汤色有红袍将军的士气。说到将军，如果是白衣小将，入眼越发儒雅熨帖，虽然红袍将军更加威风凛凛。枣红色小马，枣红色披风，枣红色红缨，行走在枣红色的沙洲上。残阳枣红，西天枣红，映得人脸色也枣红，一片枣红世界。

有回和朋友在湖边喝大红袍，恍惚中，竟然将茶汤当成了海水。真像夕阳下的海水，壶嘴一冲，漾啊漾，漾啊漾，味道虽不够足，气息却好。大红袍颜色与绿茶相比，一个是夕阳海水，一个是青山小溪。茶世界千姿百态，灿若星辰。

第一次喝大红袍，看着清澈艳丽的茶汤，心底竟生出通感。围坐的几个友人，似乎多了香艳。

大红袍之红更多是高贵，淡红带来的高贵。红是高贵色，大红袍之妙正好在茶汤高贵。不一定要红得发紫，泛红即可。半红不紫有中庸之道，进一步，海阔天空；退一步，天空海阔。

大红袍的红，不是通红，不是大红，而是微红、淡红、浅红、绛红，红出了格调，尊贵中让人可亲可近。红的茶汤仿佛红尘往事，明月不是前身，灯火才是；流水不是今世，汤色才是。

大红袍外观绿褐鲜润，泡出来的茶汤一片绛红，像庄子，表面上淡然无谓，内里却有赤子之心。曾在饭桌上看见卸了装的老生清唱，没有锣鼓丝竹，那声音反倒更接近剧情与艺术。喝大红袍最厌繁文缛节，冲完即好，水够滚，人够熟，便有富足之乐。尤其适合冬天，一边喝茶一边读书，最好还是旧书。旧得有味，旧得温存蕴藉，前人情绪绵延不绝，茶香在鼻端萦绕。

大红袍的好，好在得红茶之醇、绿茶之香，味久益醇，香久益清。中午喝了几杯大红袍，一个下午嘴里清甘之气不绝，炭香微微回旋。

用紫砂壶泡大红袍，茶汤小人得志，露出一副游于世故的老气横秋。用玻璃杯泡大红袍，一览无余一马平川，虽精彩却不耐回味。泡大红袍，白瓷盏最佳，清白之身，满腔热血，让人喝出日常的庄严与肃穆。

煮酒论英雄，品茶说风月。这茶若是大红袍，风月也说得出风华风情，月色撩人。

花茶记

昨夜养了六盏花茶，为什么是六盏？家里只剩下六个玻璃杯了。玻璃虽好，却易碎，有天一连摔烂三个玻璃杯。

飞碟在橙色的天空中静止，起先以为天外来客，仔细看，又好像向日葵花瓣，安静地散发着阳光黄。这是菊花茶。一叶轻舟风波出没，忽上忽下，沉下去好像潜艇，漂上来仿佛渔船。这是金银花茶。碎金洒落水庐，熠熠生辉，一片富贵，金玉满堂，茶色微绿而明亮，像早晨的天窗。这是桂花茶。碧血丹心，红花撒在地毯上，佳人款款生情，顾盼之间，一个男人失魂落魄。这是玫瑰花茶。泥沙俱下，褐浪滚滚，小麦倾泻而下，兵马渡江。这是薰衣草茶。一片冰心漾着蜜意，散发的林逋隐居西湖，清高自适，清白人生自有香甜。这是梅花茶。六盏花茶是可求不可遇的。有心养过几回花茶，一道道坐喝，热汤渐成冷水。

绿茶养眼，红茶养胃，黑茶养气，黄茶养神，花茶呢？养形以得趣，养色以求异。菊花茶和金银花茶味道清寒，寒中带苦，像贾岛和孟郊的诗，字句清馨，却有贫乏气，格调低了。桂花茶，香有余力不足，半上半下，七上八下，懒得费神寻味。玫瑰花茶是绝色女子，面目姣好，但失之内涵，未必宜家宜室。薰衣草茶味道浓郁，茶色也好看，像男女情窦初开，眉目传情，心思一天天悬在半空。

喜欢的茉莉花茶，昨夜没养。茉莉花茶是粗茶，用开水泡在大壶里，趁热喝，气息够足，味道够足，有菜市场气息、公园气息、集市气息，富足真实。

第一次喝茉莉花茶是在天津，嘴里全是浓香，穿过嘴唇、牙齿、舌尖，快速带过舌缘，直抵舌根，喉咙沉甸甸全是香气。喝一口，再喝一口，耕读家风兜头而来，天地间万事如意，几乎要站着给朋友作揖，说一点吉利话了。喝茉莉花茶启示：在庸碌的尘世热爱生活，在无味的人生自得其乐。

茉莉花茶好在市井气，梅花茶好在士林气。白梅茶味道清苦，不如蜡梅茶好喝。白梅是出世的，蜡梅是入世的，梅花清冷中有药香。蜡梅的香气更甜馥，带着喜气；白梅茶更清雅一些，口味稍嫩。

白梅和绿茶加上橘络和女贞子同泡，名二绿女贞茶，加枸杞与合欢则为二绿合欢茶，颇具药效，能治疗梅核气。喜欢二绿女贞与二绿合欢的名字，琴瑟和谐中伉俪情深，像旧时乡下员外的婚姻。

我喝花茶，喜欢清饮，以保天然香味。

花茶泡在玻璃杯中，可视其色。花茶泡在小瓷壶里，能养逸气。

毛尖记

毛尖产地颇多，只熟悉信阳的。

信阳毛尖，像旧小说中人物，家在信阳，姓毛，名尖，字锐之。毛尖之毛是其表，尖是其形，毛尖口感也的确锐之，尖锐之，锐利之。乍到中原，生于南方的味蕾，很难招架它的味道，嫌苦了一些。

和几个茶客闲聊，我说喝茶十几年，偏偏应酬不了信阳毛尖，各自口味各自茶缘，近来才开始知味。朋友说，喜欢毛尖的人，一般年纪稍大一些。喝茶不仅讲缘分，也要资历，岁月的资历。年龄不够，资历也就不够，资历不够，口味也就不够。或许言之有理，还是觉得毛尖是出世茶，虽有淡香，更多是涩和苦。像浪迹天涯的游侠,可以欣赏,可以仰慕,不适合做朋友。这是性情决定的,和茶无关。

信阳毛尖茶形好看,不华贵,却纯净,纯净得像吸附在磁石上的铁砂,不含一丝杂质。隐隐,盈盈,隐隐有馥郁气,盈盈如乌金色,茶叶闪耀着白铜光芒。

泡毛尖一般下投,先倒水。毛尖是少女身子,经不得开水急吼吼浸泡。如果水温恰好,方才先放茶叶。毛尖干且硬,落在杯底,淅淅沥沥似雨,能砸出声音。倒水,杯中蚊蜂乱舞,闹哄哄好一阵才停息下来。绿茶里,毛尖耐泡,换汤不换茶,一壶茶泡了七开居然还有味道。许多茶,三泡之后就无精打采、人老珠黄了,毛尖例外。

有几年毛尖是我唯一能在冬天喝的绿茶。大雪铺地,大风吹城,大寒袭人,捧一杯毛尖茶,有幽静之感、幽深之思。没有阳光没关系,我有一杯阳光;没有温暖没关系,我有一杯温暖。年龄虚长二十岁,一寸光阴一寸金,一杯茶消尽了青春。所以不敢多喝毛尖，不想未及而立就年过不惑。

据说信阳毛尖几个出名产地是五云：车云、集云、云雾、天云、连云，两潭：黑龙潭、白龙潭，一山：震雷山，一寨：何家寨，一寺：灵山寺。把它们连在一起，可以写成一篇小品：

一山灵秀，有寨有寺，山脚两汪潭水。山上辟有茶园，种的是毛尖。山顶蓝蓝的天空，停着五朵云彩，不多不少，只是五朵，似乎是碰巧，又似乎大有深意，五云将甘露清洒在两块茶园。

信阳毛尖初制后，经人工拣剔，把成条不紧的粗老茶叶和黄片、茶梗及碎末剔出来。拣出来的青绿色成条不紧的片状茶，称为茴青，又叫梅片。茴青与梅片让人大有好感，是知书达理、小家碧玉的名字，像我的朋友。

茴青，梅片，走吧。

干吗？

喝茶去。

汉书下酒，白云上茶

茶可道

青山尽处游人少

前世出家今在家，不将袍子换袈裟。
街头终日听谈鬼，窗下通年学画蛇。
老去无端玩古董，闲来随分种胡麻。
旁人若问其中意，且到寒斋吃苦茶。

周作人诗 [印]

半是儒家半释家，光头更不着袈裟。
中年意趣窗前水，老去生涯纸上花。
遣送徒美饭，郎咬大蒜何娇柄。
枪音麻淡，孤桃鬼哥常事顾欠功夫，吃满卷。

知堂诗 [印]

书房小鬼忒跳皮，扫帚拿来当马骑，额角撞墙
梅子大，挥拳揩泪闹啼啼。

带得茶壶上学堂，生书未熟水精光，后园佯做
无偏蹑屐寻，今见小便坑。

周作人《儿童杂事诗》二首 甲之十 申之十一

书房二首 读之忽怆然不禁怀
旧也　庚子仲夏　窭公于龙榆桥

周作人《儿童杂事诗》二首

消夏图

对饮

梦见虽多相见稀

天涯倦客心中归路

天涯倦客，心中归路

云雨朝还暮,烟花春复秋

古今多少事，渔唱起三更

花动一山春色

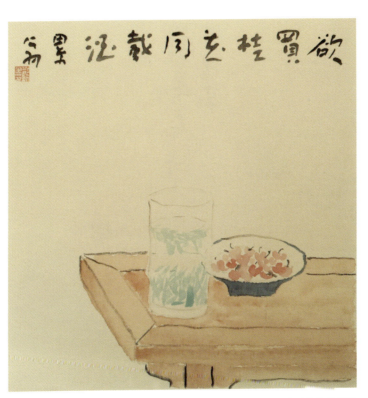

欲买桂花同载酒

醉里春归

花间

常懷閒雅喫茶酒
偶有性靈寫文章

竹峯兄句 甲戌 景翁

常怀闲雅吃茶酒
偶有性灵写文章

普洱记

中原冬天冷，风多，整日整夜刮。坐在家中，常被风声乱了思绪。这样境地，最好喝茶，尤喜普洱。冬日适合居家，冷飕飕去茶馆，是苦事。喝茶后，暖和的身体经寒风一吹，热气消散。有约不来过夜半，闲敲普洱将进茶，茶也在家里喝得滋润。小窗边，灯火下，撬下一块茶饼，不知道别人是何等体会，反正我觉得舒服。

散散淡淡读一本书，喝一壶滚烫的普洱。雪花大如席，喝一壶滚烫的普洱。冷风利似刀，再喝一壶滚烫的普洱。三壶茶下肚，身体春回大地，但觉鸟语花香无限好。

绿茶是新的好，普洱是陈的妙。喝过十五年普洱，在一朋友画室，说是一九九一年得自云南。那时候普洱价廉，不像如今是富贵起来的凤凰。朋友买的普洱是生茶，喝惯了绿茶，消受不起，搁了起来，存放十五年，最近找出来，大放光芒。

十五年普洱倒在描金边白瓷小碗里，碗边一朵粉彩牡丹，喜庆盈盈中贵气蒸腾。白炽灯下，茶汤像熔化的玛瑙，闪烁着湿润的红光。十五年普洱香味不见如何出彩，口感更加醇厚，多了静穆多了安妥，好比秋天太行山。有年冬天去河南新乡，看了看太行山，断崖如刀削斧劈，在寒风中越发陡峭越发伟岸。风刮在树梢上，低沉沉的铅色天空，地上是焦黄的野草，心里不禁为之庄严。怎么说起新乡了？近来想念新乡的朋友。冬天清寂无聊，除了适合喝茶，也适合怀友。

普洱干茶，色如松树老皮，样子也像松树老皮。移近嗅嗅，香气不浓，一团舒缓，没有生普洱的燥气与新气。如果以年龄划分，生普洱俨然英俊少年，陈年普洱则是儒雅中年。即便是少年，也是老成的。普洱喝在嘴里风度翩翩，不急不躁，香气与味道相互礼让，大有古代君子之风。

普洱不香，但味道足。喝茶先求味，再求色，茶香如何，不以为意。再美，不过鲜花；再香，不如香水。茶香之好在忽隐忽现，隐了茶香气，现出茶精神，若有若无之际妙不可言。普洱不借色香诱人，单以味道取胜，这是茶意抱朴见素。

喝普洱茶，怀有与智者论道之心。世故不可无茶。有次赴一饭局，餐后老先生满脸不悦：茶都舍不得上一杯，居然是栀子泡水。人情不可无酒，世故焉能少茶？人情遇酒，酒酣耳热；世故有茶，秋月春花。

几杯茶后，一轮秋月，一朵春花。安安静静，喝自己的茶，多好。斯斯文文，喝自己的茶，多好。喝自己的茶，多好。

安吉白茶记

　　白茶的名字，我一听到，暗暗叫绝。有人遭白眼，有人吃白饭，有人说白话，有人写白字，有人生白痢，有人添白发，有人唱白脸，有人打白条，有人唱白席，有人会白灼，有人白日梦，有人白日觉。京剧脸谱有白鼻子，民间传说有白娘子，蒲松龄写白秋练，时间白驹过隙，天有白虎星，地有白莲花，还有人专干白刀子进红刀子出的营生。

　　咦，怎么说到这里了？上午伊说还是自家养的土猪肉质鲜美，吃得放心。我就想到乡下屠户杀猪时白刀子进红刀子出的情景。小时候，每次杀猪，祖父总让我离得远远的，说孩子家看见杀猪，长大了懵。在皖西南，懵的意思指人脑子笨。

关于白茶，长期只存在想象中。想象白茶汤色发白，白色的茶在瓷杯里晃荡，稀释的牛奶，冲淡的椰汁，白得干干净净。清清淡淡中，几片茶叶沉在水底，一盏山清水秀，一盏鸟语花香。

朋友送来三两安吉白茶，神交已久，无意邂逅，有些喜不自胜，乐滋滋洗壶烧水。尽管还有半瓶水，对白茶这样的新知，新水冲泡才是待客之道。泡过之后才知道，安吉白茶实属绿茶一类，茶身有白茸，故名白茶。好像鲁智深，一点都不花心，只因背上刺有花绣，江湖人送绰号花和尚。怎么又说起鲁智深来？近来重读金圣叹评点版《水浒传》，文是妙文，批真绝批，时至今日，文批俱老。

安吉白茶形状漂亮，白毫绿底，装在铁罐中神闲意淡，仿佛宋人宫廷工笔，只觉得大好，心里又说不出好之所在。未必是写作功夫不到家，实在大好无言。

泡在杯底的白茶，芽头肥壮，细嫩的茶干铺在水底，像镏金树芽，汤色黄亮，有点类似霍山黄芽的茶色，比黄芽更淡。黄色一淡，则显嫩，更多的明亮、透彻，黄玉的光芒。

佳人，在溪水畔浣纱的绝色佳人，一缕缕轻纱在水中荡漾。鱼儿看得入迷，忘记游动，沉入水底，小虾痴痴呆呆。这是白茶喝多了的白日梦。

白茶在水中开花般绽放，清澈无匹的茶水，如早春二月的阳光溶在里面。握着杯子，执子之手，一双纤纤玉手，舍不得松开，只想与子偕老。从来佳茗似佳人，白茶是二八佳人，黑茶大抵是知天命的中年长者吧。黑茶性阳，白茶性阴。秋冬天适合饮黑茶，以增阳气。春夏喝白茶，能去虚火。

安吉白茶的味道主要是鲜。龙井也鲜，碧螺春也鲜，翠兰也鲜，它们不及安吉白茶鲜得沁人心脾。安吉白茶的鲜是甘鲜，没有苦味与涩味。单纯的女人，不经世事，便少了机心。

安吉白茶写不好，没喝过它的代表作。

补记：

《安吉白茶记》写于二〇一〇年秋，原题"《煎茶日记》之白茶记"，初录进拙作《衣饭书》。

近年喝得安吉白茶数款，皆为代表作，一款有一款风致。曾得一罐安吉白茶，味淡而腴，茶形尤为可人，瘦长玉立。作文数篇，白茶伴手，远山明月清风入怀。

安吉白茶清爽，茶形清爽，茶汤清爽。一口口清清爽爽，窗明几净。

猴魁记

谜面：山中无老虎。

谜底：猴魁。

猴魁的形状，让人想起彪形大汉，满脸髭须。

很多茶叶像地方戏。譬如苏州的昆曲，吴侬软语就应该有绵绵的唱词。安庆小城山水就应该出黄梅戏那种朗朗的调子。关中大汉适合那样嘶喊秦腔。太平猴魁是黄山的地方戏，灵秀黄山居然生出了如此粗枝大叶的一款茶，像温柔娇小的母亲带着高大的儿子，猛一见，让人心惊。

太平猴魁叶片平直坚挺，魁梧重实，个头比较大，叶片长达三寸，甚至更长，这是它的独一无二。

冲泡后太平猴魁肥壮魁梧，一条条阔叶，像绿色的河流。有一次甚至把它看成了绿瀑布，还有一次又把它看成了大森林。不是我眼神不好，实在是它太奇妙。

太平猴魁的样子有些惆怅，也不一定，但它淡绿的色泽很像少女忧郁的双眸。

条，一条，一条条，绿色的丝带在水中浮动，气息灵动冉冉飘过掌心，在指间滑动，舍不得喝了，作案头雅玩吧。前些时参观农博会，见一个个杯子叠成梯形，里面泡有太平猴魁，感觉几乎是一幅现代派画作。

太平猴魁四字能作书画闲章。祝寿图上，猴子献桃，红桃墨猴之类。不是大仅如掌、能够磨墨搽墨的墨猴，而是水墨猴子。外加一方殷红的太平猴魁闲章，岁月静好、长命多寿的意思就蕴藉了。

太平猴魁长得五大三粗、膀大腰圆，泡过之后却细嫩碧绿，汤水有儒将的气息。喝在嘴里，太和之气弥于唇齿间。这么比喻有些勉强，太平猴魁虽属绿茶系列，口感却不似绿茶一味婉约，它有红茶的醇厚与黑茶的霸气。除了醇厚之外，还有淡淡甘甜，又好在不涩不苦。我喝茶，一味涩，一味苦，概莫能受。

冬天，不大喝绿茶，除了毛尖，太平猴魁是首选。尤其落雪天，用大热的水泡上，温度消退在似凉犹热之际，茶味越发醇厚，茶气幽静，润嘴入喉，体内幽静了。窗外，雪花在无边旷野上，在凛冽天宇下，闪闪旋转升腾，洒在屋上地上枯草上，天地幽静。

有次在小剧场看河南豫剧，喝信阳毛尖，身边有人说如果喝太平猴魁，听起来感觉更美。

瓜片记

瓜片好在周正，绿茶大多有些轻浮，瓜片不轻浮。添水后，云淡风轻，一弯新月照松林。一弯弯新月泡在水中，绿水是松林的倒影，好像童话世界。云淡，茶香得薄。风轻，茶味平和。

茶香不能太浓，浓则有失空灵。浓香馥郁，少了些回旋，多了些香艳。好的茶香是有意无意间挥散的，有意无意，意味才饱满。淡香令人心泛涟漪，多少也有些许惆怅，最好是遐想中有一丝惆怅。这是瓜片之美。

瓜片产地六安，自古是产茶区，寿州霍山黄芽冠绝一时，又以六安茶著称。六安瓜片属绿茶系，清新，恬静，但并非一味清新恬静。喝第二泡，有看《杜工部集》的感觉，意境浑阔，人世沧桑。那年，杜甫从洛阳到华州，经秦州，过同谷，然后去了成都，几千里风尘，受冻挨饿，深锁眉宇，喜气盈盈，居然得诗近百首，不让愁肠寸断。

瓜片喝出杜夫子的诗意，无非是说茶味渊博，渊博的背后，讲究炒功。制作上等瓜片，翻炒烘焙，前后需要八十一次，大概有九九归一终成正果的意思吧。

老家与六安近在咫尺，瓜片茶让我多一分亲切。有年春节回家，途经六安，喝了一次瓜片。思乡情切，没喝出多少美感。后来偶遇六安瓜片，买了三两，每片茶装在铁罐里，单片不带梗芽，色泽如宝石绿。

春天，喝瓜片，一杯茶分解成一口口浅浅心事。夏天，喝瓜片，绿雪在体内纷纷扬扬。秋天，喝瓜片，韶华美好。现在是冬天，我已经改喝红茶、黑茶了，遐想着开春新鲜的瓜片，心底春光明媚。

喜欢瓜片两个字，她是太平猴魁的小妹，突然这么觉得。瓜片茶汤如此清新，清新还不浅薄，杜甫的诗味啊。端起茶杯凑在脸上看，春天的森林，绿色的空气，蓝月亮挂满树枝，看出王维的诗意。

或许因为叶片稍大，瓜片风味有老树新芽、枯木逢春感。绿茶条形太多近乎笋，六安瓜片更像是云，绿色的云。乌云，白云，彩云，红云，黄云，金云……天上云本无数，地下茶本无数。喝过太多六安瓜片，山头有别，手感不同，时令迥异，一款款意味深长，多些安静或多些淡恬或多些柔媚或多些可人，虽不过细微，也足令人低回。

滇红记

等不及了。

郑州晴太久，念念江南的雨天。

前几天买了盒滇红。本想要半斤，店主说还是先来二两吧，试试口感，喜欢再买，大有上古之风。剩下的日子，每天盼着下雨。来一场冬雨，空气添些湿度。想象冬雨缠绵中喝滇红，窗外一片朦胧，昏睡之际，被凉意惊醒。冷空气透过细密的雨线渗入肌肤，冷得人倏地惊醒。一惊一颤中泡杯滇红，陪伴手边。

雨迟迟不来，等不及了，想喝一杯滇红，忙用紫砂壶冲泡。紫砂壶老于世故，不显山露水，满腔

124

赤诚尽收腹底。掀开盖子朝里看看，不知茶色，于是翻出白瓷托盏。

白瓷盏里的滇红，汤色艳红，比祁红温和一些，比岩茶炙热一些。艳红中，茶汤盈盈浅笑，灼灼其华，大气开朗，让人眼前一亮，一扫颓靡。屋顶吊灯照下来，反射出淡淡的金光。金色弥漫，时令仿佛不是冬天，而是秋日，漫天红霞，满目红叶。红霞掩映红叶，空气隐隐泛出金黄。一瞬间，喜气洋洋。

滇红茶色红得明润透亮、精巧轻灵，不像普洱老实持重。滇红性情温软，冬天安宁肃穆。天寒地冻时喝滇红，像在琴声中舞剑，心情大起大落，很有画面感。

滇红历史并不悠久，喝在嘴里，感觉往事沧桑，甚至生出传奇。滇红是云南茶，让我联想到昆明，想到雪山，干是灵魂出窍，神游九天。云南是传奇的地方，滇红口感也有些神秘，嘴中的茶一时充满异域风情。

与以往喝过的红茶相比，滇红厚重一些。有些红茶香气足，味道薄。滇红则是味道足，香气也足，可惜失之悠远。喝滇红，像遇见好朋友，一喝就放不下。这几天结识一位朋友，虽非旧雨，一聊如故。

一壶茶，数开水，喝到残了，还是意犹未尽，依依不舍。于是用玻璃杯又泡了盏新茶，叶底红润匀亮，金毫特显。滇红的毫色有金黄、淡黄、菊黄之分。红色的茶水像一只爬虫，从嘴唇爬到舌头，从舌头爬到喉咙，从喉咙爬到肠胃，从肠胃爬满全身，遍体暖和。

不下雨，落雪也好。冬天晚上，守一壶红茶，时间如水，人在水上漂，沉不下去，漂啊漂，漂啊漂。我有滇红茶，不怕时光老。

苦丁茶记

　　风寒染恙，浑身乏力，肌肉酸软，在床上睡着。被窝虽暖，却感觉气闷，只好无味地靠在床头。服药，汗味弥漫，须臾，消失。日上三竿才起来，匆匆吃了中午的早饭。懒得读书，在家睡觉喝茶。睡足了觉喝茶，喝苦丁茶。喝足了茶睡觉，睡白日觉。

　　睡觉与喝茶，是我治疗不适之方。嘴里泛苦，故意喝苦丁茶，以苦制苦。苦丁茶泡在敞口的黑陶里，溶解出丝状黄汁，叶色由黑还原成绿。捧着碗，想到皮日休十分煎皋卢，喝着，喝着，喝出了古风。不是说想歌行吟，而是感觉错位，喝出了古代的风俗习惯，俨然很质朴的生活，病气也有了旧味。

以前读到过，书上说，西南有苦丁茶，一片很小的叶子可以泡出碧绿的茶来，只是味很苦。果然很苦。好久没喝过苦丁茶，怕苦如惧病。因为病中，索性找出它来，故意泡得浓，几近药，苦涩的香气比味道好。几杯入喉，浑身有了热气，耳目忽灵，神志一清。

先前友人热衷苦丁，从市上买来不少，有珠形、条形、针形、卵形、麻花形、自然形等。一根又一根泡上两根在杯底，叶片颇厚，呈墨绿色，形态亦佳。送来让我尝尝，谢绝了。以前吃苦太多，苦瓜都不想吃，遑论苦丁茶。

苦丁茶不属山茶科，而是冬青科木本。全国各地十几种苦丁茶，如木樨科、冬青科、紫草科、金丝桃科、马鞭草科等。其中，地道的属大叶冬青苦丁茶，外形高大，为常绿乔木。

冬青制苦丁，手头存了几两。不是西南所产，泡在水里，其香炫目，藏有妖气。冬青苦丁的苦是苦涩，犹如禅味。禅味藏在炫目的妖气中，法眼才能观之。人生的禅味无处不在，喝苦丁茶尤其能得安稳寂静之妙趣。对这种茶尽管谈不上喜欢，但怀有一份敬意，像我对禅师一样，虽无亲近心，但怀有敬意。通了禅的人，是有智慧的。

大疑大悟，小疑小悟，不疑不悟。时时可死，步步求生。参要真参，悟要实悟。即此用，离此用；离此用，即此用。高处高平，低处低平。自立立人，自达达人，自觉觉他，觉行圆满。一切众生皆具如来智慧德相，只因妄想攀援，不能证得。这样的道理，直到现在才渐渐明白。其实也不敢说明白，天下的道理，谁敢说明白？明者，日月也。太阳之明为白，明白本身，自有一份天机与尊贵。

因为苦丁茶，病气、躁气与不安消退了，喝到心平气和，喝出幽幽境地。楼外夕阳，斜照西边，拉开窗帘，玻璃影影绰绰倒映着微黄的脸色。风吹过，几棵盆栽晃晃荡荡。落叶、菊秆，残光透过花瓣，丝丝缕缕进入眼底，心事静静。

毛峰记

编好散文自选集《墨团花册》，一口气松下来，提笔疲倦。重读旧稿，欣喜是有的，毕竟写了那么多。更多惭愧，那么多不痛不痒的文字。

前些时回了老家，每天在小城闲逛。朋友约我去皖南，没心绪，近来越发懒得远行。少年游，早非少年之身。晚年游，年纪还不够。不尴不尬，也就不想出门。背负着生活的身体，消受不住游山玩水的惬意。再说几百里外的皖南，吸引我的只有两点：

黄山与毛峰。

老家离黄山不远。黄山是好地方，归来不看岳，但还是不想去。所好是黄山之名，去不去都好。像喜欢鲁迅一样，无须面谈，字里相逢就好。前些年，热衷收藏各种版本的鲁迅作品以及关于鲁迅的各类书籍，全集、选集、精装、简装，新的、旧的……大概有几百本，一摞摞放在书架上，虎视眈眈地面带微笑。

计划中想去黄山玩，看看天都峰、莲花峰，看看云海、瀑布，然后买几两毛峰回来。毛峰的名字我喜欢，像个卷毛狮子狗的名字。我不养狗，偶尔在大街上看见美少妇或抱着或牵着卷毛狮子狗，觉得很美。

据说毛峰味道不错，只是据说，无从喝起。对于茶，至今还没遇上完全不喜欢的。信阳毛尖味道冲，入了我的嘴，还是将其镇压了。我是泛爱的，所有的茶叶，所有的山水，所有的食物，所有的美文，幸亏没有爱所有的女人……

曾去一远房亲戚家，大冬天，冷，在厢房烘了半上午炭火，午饭后到处走走。下午喝了几杯茶，说是从皖南带过来的毛峰。那么多年的旧事，我忘记了，脑海依稀微苦的清香。

老黄山人，饮茶不断，朝也茶午也茶晚也茶。不知道这茶是不是毛峰。有年祖父去徽州办事，带回一锡壶胆老茶具，茶叶放胆中，胆置壶内，胆上有细孔，汁出叶不出。后来茶具不翼而飞，大概它习惯了毛峰，容不下乡下土茶，月黑风高夜，化为一缕清风潜回故乡了。

黄山，我没去过。毛峰，不知道喝没喝过。

补记：

《毛峰记》写于二〇一〇年十一月十七日，时居中原。旋即回皖，自安庆而合肥，今已六年多时间。六年里喝得毛峰无数，去过两次黄山。

黄山毛峰，鲜且清，入嘴甘爽清淡。年年岁岁茶相似，日日夜夜人不同。人健笔不健，奈何奈何。

二〇一七年二月九日夜，灯下泡脚补记

笔墨余事，身体青山。笔不健人健，欢喜欢喜。

二〇一八年十月十五日再记

云南、四川、贵州、浙江……很多地方都有毛峰，黄山毛峰是善本。毛峰之好，好在日常好在家常。黄山毛峰虽是善本，却如萝卜、白菜、豆腐，其中日常气让人不离不弃。春日去皖南，饮得好太平猴魁，饮得好黄山毛峰，作五言：

徽州春夜雨，晨雾绕人家。

竹木依依绿，烟村处处茶。

二〇二四年四月十五日记

饮秋茶记

　　忘了，常常忘了，这几天总是忘了喝茶。琐事缠身，没工夫喝茶，白开水也忘了。喝茶是种心境，或者说要心情。人间烟火渐重，喝茶心情渐渐淡了，不过在饭桌上偶尔多喝碗汤罢了。要写文章，要做饭，要打扫卫生，要编稿子，要读书，还要习字，近来如此繁忙，无心喝茶。

　　上午稍闲，想起茶。平日里都是喝春茶，春风已过，春茶犹在；春风已过耳，春茶犹在家；春风已过耳旁，春茶犹在家中；春风已过耳旁花，春茶犹在家中柜；春风已过耳旁花谢，春茶犹在家中柜藏；春风已过耳旁花谢矣，春茶犹在家中柜藏哉。

矣，哉！非要说透彻吗？这年头，许多事不仅要捅破窗户纸，最好把窗户卸掉。有人说我写作过于晦涩，还有人说我写作过于灰色。那就写几篇明白如话的文章。没闲心坐下来，你们走着瞧吧。突然觉得应该分行：

春风已过，春茶犹在。

春风已过耳，春茶犹在家。

春风已过耳旁，春茶犹在家中。

春风已过耳旁花，春茶犹在家中柜。

春风已过耳旁花谢，春茶犹在家中柜藏。

春风已过耳旁花谢矣，春茶犹在家中柜藏哉。

有点宝塔体的意思，不过是平顶宝塔，或者说是平顶山，或者说是梯田。

刚才说平日里喝春茶，今天喝的却是秋茶，上次回乡所得。天南地北的朋友送来那么多好茶。茶是君子，君子之交淡如茶。因为茶多，也就不知道爱惜。前些时逛茶庄，发现茶钱比饭钱贵得太多。一篇文章能换来一顿好饭，十篇文章未必讨得一杯好茶，惭愧。以前惜饭不惜茶，惭愧。人应该有惜茶之心，惜饭是境界，惜茶则多了情怀。

上午，喝到秋茶，一款叫秋里雾的茶。其名大有诗意，顿生好感：秋天早晨，起雾了，白霭弥漫，满山茶园在秋雾中苏醒，叶片尖上挂着昨夜的冷露。采茶的农民，采茶的少女，穿梭其中。

采茶风雅，贯穿人间气息的风雅。

春茶有香，岳西的春茶，有板栗香或者兰花香。秋茶不香，到底上了年纪，毕竟属于秋天，或许已不屑借香取宠，欲以味制胜。喝了一杯，口感稍重，比春茶涩。春茶是清逸的、向上的，秋茶则是浑厚的、下沉的。

同为绿茶，秋茶的叶底明亮丰腴，温润似玉。秋天肃杀，秋茶却如此明亮。春茶的明亮中透着绿意，秋茶的明亮中带着萧瑟，琥珀之黄。满杯浅绿中淡淡的琥珀之黄。

狗脑贡茶记

一边喝狗脑贡茶一边回忆唐人杜光庭《虬髯客传》。书中红拂女，原名张出尘，本是权臣杨素侍妓，常执红拂立于杨素身旁。她见到李靖，不禁倾心，夤夜相许，两人私奔出逃。

红拂女到底传奇。本以为唐传奇是孤本，岂料化作一缕幽魂，入了茶道，变为狗脑贡。狗脑贡泡在杯子里好看，绿意迷离。像红拂女发长委地，立梳于床前。喝茶人闲坐闲看，闲情如取枕欹卧的虬髯客也。

狗脑贡的名字只是奇，如鸟虫篆。狗脑贡滋味却素淡，舌尖流连之际又生出涩生出香，若隐若离的苦，还有些倔强。绿茶大抵女人气多一点，温婉贤淑，狗脑贡如此倔强，让人暗暗生奇，越发像风尘女侠。

　　狗脑贡是湖南郴州茶。炎帝吃野果中毒昏迷，其犬不弃，咬袍袖拖至一山。清晨，露珠顺茶树滴入炎帝嘴中，解了野果之毒。炎帝将此山命名为狗脑山，山上之茶后世遂成贡品。故事或许荒诞不经，但我听来欢喜。

看茶记

抬头，看到了薄雾中的茶园。

二〇一六年四月二十二日，去青阳黄石溪看茶。车进山时，掉下几滴雨。渐行渐深，峰峦渐渐大了。到底是江南，山崖峭壁也绿茵茵长有草木。

车到黄石溪，雨开始大了。山腰袅了层雾，雾极薄，美也正是美在这里。云要厚，厚云才有意趣。雾不妨薄，薄雾才堪清赏闲玩。

因为雨的缘故，茶园更绿。茶园之绿有种艳，不是艳丽的艳，而是鲜艳的艳。鲜艳的茶绿，让人心旷神怡，恨不得对山长啸一声才过。但不敢高声，怕惊了眼前的阒静。于是朝四周看看。

抬头，看到了薄雾中的茶园。

薄雾中的茶园或许以前见过。说或许，因为记不清了，权当第一次。雨越下越密，雾未见浓的意思，茶越来越淡。暮色前明亮的天空中，雨顿了顿。茶园越发精神，仿佛穿绿衣服的小女子拎一篮子浣洗干净的衣服，一身水汽，浅笑盈盈从河边走来。薄雾中的茶园，勾魂之处就在这里。

黄石溪的茶叫黄石毛峰。我喝的这杯黄石毛峰出自道僧洞，属高山茶。想到茶在此山中，云深不知处。想到道僧洞，茶不禁喝出了药气喝出了隐士气喝出了禅味。禅味究竟是什么味，说不好，也不知道，大抵是生活味吧。对面人家春联褪色了，依旧红彤彤不失喜气。红联白墙黑瓦青山绿树翠竹，心里一动，生出些终老于斯的意思。

黄石毛峰又名天台云雾。喝着黄石毛峰，想起天台的云雾，飘飘欲仙。高处不胜寒，四月傍晚的黄石溪有冷意，于是披上外衣。

抬头，又看了看薄雾中的茶园。

附录：

二〇一六年四月二十三日，夜宿黄石溪。一夜雨声不绝，溪水暴涨。天明雨点更大，跳珠翻滚如泼豆。山中人音鸟影俱无，只有风声雨声。从农家借一破伞，与友人访道僧洞。穿林过桥，缘山间石条路上行。云雾交接，云耶雾耶不分。走至云深处，云又在更深处。

半路见农妇披雨衣采茶，雨衣红色绿色蓝色，远望如一点。雨忽大忽小，落在伞面砰然，衣衫尽湿，不遇道僧洞，兴尽而返。

下午访翠峰寺，一行山路。路极窄，两车交错，吞吞吐吐，不敢僭越一寸。山间竹林无数，竹笋亦无数，根根挺拔，欣然傲立。竹林秀美如处子，竹笋壮美似男儿。越走越高，雾越来越大，弥漫山野，十步之外，难辨男女。前方巨石拦路，车不得过，兴尽而返。

回忆百叠岭

窗前一杯茶，心头百叠岭。百叠岭有茶，当地茶歌说得好：

一杯天地宽，两杯世事清。

百叠岭的茶就好在清上，清澈里一丝懵懂，迷离之际有云开雾散之美。冬日，想起秋天去湖南永州，永州有百叠岭，百叠岭云雾百叠，云雾缥缈里一叠又一叠山岭忽隐忽现。

那几日湘江大地天天下雨。百叠岭上喝百叠岭的茶，秋风秋雨，没有愁煞人。百叠岭云深处树枝的影子进了杯底，绿了，浅浅的绿，像白月光。

罗村茗眉记

宋人笔记说，川蜀有八个地方产茶，雅州之蒙顶、蜀州之味江、邛州之火井、嘉州之中峰、彭州之堋口、汉州之杨村、绵州之兽目、利州之罗村。

在蜀地，去罗村看茶，看罗村茗眉。

车走在大巴山中，路旁是青色的，绿色的，碧色的，或许也是闭塞的。闭塞也好，这是茶之旅。如果是绿茶，其性多阴柔，以性别论，大抵属女性吧。正像杜甫诗中所说，空谷有佳人，倏然抱幽独。

一些绿茶如花衫，一些绿茶似青衣，一些绿茶若老旦，一些绿茶像贴旦、闺门旦，乃至武旦、刀马旦……当然也有绿茶近乎老生、小生、花脸……

老生者，炒青似之；小生者，碧螺春似之；皖南喝到涌溪火青，像京戏舞台一花脸悦然眼底。

初访大巴山，据说李商隐的诗《夜雨寄北》即客居此地所写："君问归期未有期，巴山夜雨涨秋池。何当共剪西窗烛，却话巴山夜雨时。"少年读过，满心清丽的词句。如今再读，有些惆怅，有些孤寂，有些苦闷，是上好绿茶风味。绿茶底色到底要有些惆怅有些孤寂有些苦闷才好，如果一味欢喜，格调似乎流于浅薄。

这回，有幸遇见巴山夜雨，只是心境与诗人不同。比李商隐幸运的是，何当共剪西窗烛时，不独却话巴山夜雨时，还能却话罗村茗眉时。

且说却话罗村茗眉时，一缕山风吹过，是温润的风，隐隐野趣，淡淡茶香，一时通透，舍不得挪开脚步了。也实在是一杯新芽被唤醒不久，不舍得离开那杯清亮通透如翡翠色的好汤。他们去看茶山了，我不舍得离开这曼妙的美人。在廊下静坐着，彼此浅浅相守。果然如《东斋记事》里说的，罗村茶色绿而味亦甘美。

以形而论，罗村茗眉轻巧巧如古画工笔娥眉。杯茶在手，看见了挂轴里古典仕女款款走来，看见古诗词中绿衣罗衫的女子款款走来：是《楚辞》里嫭目宜笑、娥眉曼只的那个人；是鲍照诗中"始出西南楼，纤纤如玉钩。未映东北墀，娟娟似蛾眉"的那个人；是唐人笔下那个弹弦鼓吹裙袖广长的人，神仙娥眉，被服烟霓。

罗村茗眉，不独娥眉，还有明媚。这款茶的好，好在明媚。雾霾太多，阴冷太多，灰暗太多，迷雾太多，明媚是稀罕物。这款茶的好，好在透彻，一口口入喉，身体好像被月光照过，清幽来了，安宁来了，静谧来了。人如钟如松如水，一时照见自我，一时五蕴皆空。也未必空，空茫里陡然一声高呼。

川蜀饮食麻辣，一方水土一方人物，绿茶也不例外，唇齿间徘徊之际，顾盼目雄。再看那茶，形体干瘦，滋味倔强。如果是女子，也是重义守节的侠女，心里不由生出几分敬意来。茶道庄严啊。

三道茶

徽州府，黄山脚下。隋唐时期，此地属歙州和江南道，天宝年，设立太平县，属宣城郡。此地因为不太平，故名太平。太平也被用作年号，先后十次，但时局总是格外不平。不平则鸣，无非哀鸣，往往孤掌难鸣。

张养浩散曲《潼关怀古》感叹，兴，百姓苦，亡，百姓苦。正所谓人为刀俎，我为鱼肉。鱼肉连哀鸣也发不出也，只能听之任之。人在太平，想起太平，万世太平。北宋张载有名言，字字掷地有声：

> 为天地立心，为生民立命，为往圣继绝学，为万世开太平。

今朝风日好，好在太平，于是喝茶。夜里喝了三道茶。

第一道：桂花祁红金针

秋日，采鲜桂花加入祁红金针窨制而成。茶气饱吸桂香，桂花之香收拢起红茶那一抹涩和苦，入口雍正平和，真真太平，有盛世况味。玉食锦衣，高堂大厦，一片祥和。这款茶喝了五六泡，还有余味，汤色不改，心头越发感觉太平，想起旧年故乡人家常用的春联："向阳门第春常在，积善人家庆有余。"

第二道：祁红香螺

祁门红茶结合黄山松萝制法，形似松萝，质乃祁红。这款茶喝过几十回，这次是逸品。过水洗过茶，杯口香气高长。汤色依旧喜气洋洋，白瓷杯里祥光蔼蔼。陡然降温了，几杯香螺茶入喉。寒意走远了，体内春光明媚，好像有只喜鹊在灵府鸣叫。

第三道·太平魁红

生平饮茶数百种，新逢魁红，却像《红楼梦》里宝黛初会。黛玉忽听外面人来报宝玉来了，一见之下，大吃一惊，心里奇怪，觉得好像在哪里见过的，何等眼熟！宝玉看了黛玉，也觉得这个妹妹曾见过，看着面善，算是旧相识。

魁红茶用太平猴魁鲜叶制成，长条形，芽叶颇肥壮，色泽乌润。汤色红亮美艳，清亮透彻，果香甘香共存，淡淡的甜回旋出微微的苦与涩，其格尤高。

一道茶饮三杯，三道茶，得九杯，形状虽如牛饮，却让人痛快。《红楼梦》中妙玉有茶论：一杯为品，二杯即是解渴的蠢物，三杯便是饮牛饮骡了。如此喝茶，几乎饮象，近似鲸吞，妙玉见了定然厌弃不已，避之不及，也好，反正我也不愿见她。

辑三

茶相

　　一杯嫩翠像春日阳光穿过松枝。茶极嫩，想起柳树新芽。三十岁后喝绿茶，最重其色。秀色可餐，一杯好茶胜似好饭。我好绿茶之色，好红茶之香，好黑茶之味。昨夜喝安化黑茶，不温不火，不燥不热，低眉有观音相，落喉之际，金刚相、童子相、水墨相隐隐在焉。

饮茶是个空旷的过程

暮春时节，看树和草鲜嫩的绿叶，看新茶在杯子里翻滚。茶汤入口，鲜。青嫩之鲜自唇而入，一跃舌尖，迅速弥漫开来，滑落喉底。醉了，醉得薄，一身绿意。

喝着今年的新茶，突然发现，饮茶是个空旷的过程。茶越喝越淡，喝到心中升起一轮明月。月自半空垂下，洒下一片清辉，照得肺腑清亮，于是通透。于是我们一一作别，各自回家。

立夏随笔

立夏，雨，小雨。

立春让人心底生出柔情，想起冰雪融化，柳枝要发芽了。立夏让人多盛情，枇杷、杨梅快熟了，荷花要开了。立秋让人添幽情，凉风飒飒，树叶转黄，心绪也有几分惆怅。立冬让人怀冷情，霜来了，雪来了，雪年年回来，离开时光却一去不还。

窗外肥绿浓得快溢出来，枝头雨滴一颗颗翡翠色，月季盛大，大鸣大放、大开大合、大手大脚、大模大样……又烂漫到大彻大悟、人行大市、大吉大利、大富大贵。蔷薇也开着，含蓄一些内敛一些羞涩一些。风吹来，绿叶和红花一起柔柔摆动，喜气弥漫。

近日降温，外出时，料峭的凉意像蚊叮虫咬一般扎进体内。鼻底隐隐有花香，可惜我分辨不出来。

天气阴郁，居家喝茶读书。

喝了江西铅山红茶，喝了徽州绿茶，喝了福鼎白茶，读毕半本新书，又翻唐人《封氏闻见记》。书上说三国时吴国每宴群臣，必定令众人尽醉而归，有臣子酒量甚浅，吴主孙皓暗中使人以茶代之。孙皓沉溺酒色，好杀戮，暴虐之名惊动中原，居然也有如此体恤的一面。但那人后来还是触怒了他，杀头送了命。书上还说陆羽著《茶经》，制茶具，言茶之功效，并煎茶、炙茶之法。监察御史常伯熊为其论润色之，茶道大行，王公朝士无人不饮。

御史大夫李季卿去江南临淮县馆，请来常伯熊，只见他着黄被衫、乌纱帽，手执茶器，口通茶名，区分指点，左右刮目相看。茶熟后，李季卿喝了两杯茶才停下。到江外时，又请陆羽，陆羽着布衣野服，随身带来茶具，坐下来，言辞举止和常伯熊仿佛，李季卿鄙视其形状。茶毕，命奴子取三十文钱以作酬谢。此事《新唐书》亦有记也。

后来陆羽游历渐广，往来又多名流，居然自感羞愧，写出《毁茶论》。常伯熊饮茶过度，患风疾，晚年劝人少饮茶。宋朝有人作诗嘲讽陆羽，说他先是为茶所困，后有毁茶之论。不如脱去村野之服，洗盏烹茶即可，心绪平正，意态健朗，做个贤达的人最好。

古人说，早采者为茶，晚采则是茗。唐朝时候，南方人喜欢茶，北方人并不多饮。开元年间，僧人怕坐禅犯困，茶风盛行，俗世互相仿效，诸多城镇广设茶铺。茶叶堆积如山，多发自江淮，车船不绝。

《续搜神记》故事，有人生病，能喝茶十二斗，客劝茶，他又饮下五升，不多时吐出一个东西来，形状像牛的胰脏。放在盘子里，茶灌下去，正好装十二斗。客云：此名茗瘕。瘕者，腹中之结块也；茗瘕者，茶之块垒乎？

如月

大月亮地，坐在庭院，泡杯绿茶。

鸡冠花丛边，几根竹子。风吹过，竹影零碎一地。竹声清凉，竹影清凉。

绿茶如月，清凉似夏夜之月。饮进喉咙，月放光明，是幽幽的冷光，直抵肺腑，身体一清。那清幽到后来都要出汗解衣裳，那清幽使人难忘。

茶精神

　　天南地北的茶一款款坐喝。有客共话也好，无人独饮也好，不损茶精神。茶精神者，兼济天下、独善其身也。红茶绿茶黑茶白茶青茶，有的菩萨低眉，有的金刚怒目，有的平缓疏朗，有的急促陡峭，这是茶的性灵，也是茶的趣味。

　　倘或是红茶，喝出一身热汗。肉身不知不觉消散了，遁迹虚空而去。倘或是绿茶，茶香微细，畅通全身，缥缈间如坠烟雾。倘或是黑茶，黑夜晴空一道赤霞，车行辚辚驶入大荒。倘或是白茶，顺畅润喉，人静下来，如沐月色。倘或是青茶，黏稠生津，口味一沉，气贯全身。

茶气如一炉香，袅在鼻息间，让人顿入空寂境，似有若无，一片空明又踏踏实实。茶予人力量，让人欢愉，也给人安详。

茶之苦

喜欢茶略带一些苦味。好茶皆有苦味，苦得漫不经心，苦得无所事事，蓦然回首之际变成一丝回甘。茶之苦与平常的苦不同，茶味是清苦，苦瓜是甘苦，中药是锐苦。

小时候怕药苦，现在也怕。小时候怕茶苦，现在却怕茶甜。有人在茶里放糖，味道不伦不类，太杂，糖非糖，茶非茶，喝在嘴里茶糖上蹿下跳，不安分。有知味者说："喝茶以绿茶正宗，红茶已经没有什么意味，何况又加糖与牛奶？"茶禅一味，这一味当系于茶之苦。禅宗公案里赵州和尚让人喝茶去，喝的肯定不是放糖的茶。

清苦往往贫瘦。茶之清苦落在舌尖，丰腴得很，一点也不贫瘦。茶水一点点苦味，是钟鸣鼎食之后的持斋把素，不见得怅然，更多素然。素然里有一分肃然，肃然里还有一分怡然，怡然且不自得，这是好茶的教养。

绿茶是新的好，鲜美中几缕不易捉摸的轻苦。新茶恰恰需要轻苦来增添一分旧气。有了旧气，新茶的格调高了，像宋元绢本青绿山水，让人愉悦。

茶水倘或失之苦，那些甘甜那些清香多么孤立无助。茶之苦，在舌尖流连徘徊，琵琶轻弹，如烟似雾，苦得生机勃勃，充溢着生之呐喊与活的彷徨。

茶之涩

新得一款滇红，汤色端庄艳丽，更难得有涩味。入嘴起落不平，格调上来了。倘或一味甘滑，茶汤显得流俗，非得有涩止一止才好。涩如当头棒喝。黄檗禅师，接纳新弟子时，不问情由给对方当头一棒，或者一声大喝，而后发问，要对方对答如流才过。

涩是茶本味之一。好茶涩得清远幽静，涩是大气度。人生也好，文章也好，有几分涩，能跌宕心胸。

多年前在西湖边吃饭，菜还没上来，朋友的朋友带了上好狮峰龙井，泡在玻璃杯一棵棵如剑如戟。这一道龙井茶，香好、形好、味好，味好正是好在涩上，涩是点睛之笔。比过去与后来喝到的龙井茶都要好。

茶性俭，涩生俭。茶里素淡家风，是涩给的。茶之涩，素白又严肃，难矣哉。涩的好，好在不逾规。回味之际浅浅一涩如蜻蜓点水旋即离去，又像窗纸的风声。茶之涩，过犹不及。涩得侯门深似海，涩得心事无人知，这样才好。涩过了头，茶沦为下品。

茶之形

碧螺春茶形好看，螺字专指茶形，真真像南方夜市上常见的小螺蛳肉。碧螺春泡开之后茶形更好，在杯底细细点染，仿佛文徵明行草线条。

论茶形，太平猴魁是绿茶之异数，有大块文章意思。桐城产小花茶，一朵朵开在杯底，像是晚明小品，一点也不像桐城文章。

泡开后的太平猴魁苍绿老到，耸立于杯中，让人想起《水浒传》中的云里金刚，魁梧壮实，肥厚磅礴，又想起鲁达提着醋钵大小的拳头，扑一拳，正打在镇关西鼻子上。打得鲜血迸流，鼻子歪在半边，却似开了个油酱铺，咸的、酸的、辣的一发都滚出来。那人挣不起来，尖刀也丢在一边，口里只叫："打得好！"鲁达骂道："直娘贼！还敢应口！"提起拳头来就眼眶际眉梢，打得人家眼棱缝裂，乌珠迸出，也似开了个彩帛铺，红的、黑的、紫的都绽将出来。

同样产于皖南，黄山毛峰是太平猴魁小妹，大妹是六安瓜片。毛峰茶形有乱头粗服之美，泡在杯底，不及龙井、碧螺春精致。但随心所欲，素面朝天，处处可见本色，处处可见本性。六安瓜片蓬蓬松松，肥大如瓜子，无芽无梗，绿里泛青。

前些时，偶得一款日照绿，茶形也不错，不输碧螺春，但少了吴门人家小桥气流水气。毕竟是山东茶，多了一丝齐鲁气脉的英挺。信阳毛尖也英挺，英挺又轻盈，在杯底如春日天空中飘浮的游丝。

岳西翠兰茶形小巧，龙井也小巧，巧如雀舌。龙井经过压制，一泡之后，头面变化不大。翠兰一泡之后，叶芽绽放，模样有点接近黄山毛峰。

徽茶名品里还有款老竹大方，据说此茶由僧人大方禅师在徽州歙县老竹岭大方山创制。老竹大方我喝过，深绿褐润，色如铸铁，形似龙井，又像竹叶青，比竹叶青的样子老气一些。老气不横秋，还是清水出芙蓉的样子。

红茶黑茶岩茶之类，以味诱人，以香撩人，形神难言啊。

茶之骨

酒之骨，石也。酒有棱角，有峥嵘，有锋芒。哪怕是红酒黄酒清酒，喝在嘴里，兀自有热风。茶之骨，玉也。茶光润、圆融、清白。古人说茶性洁不可污，玉精神亦如此。损之又损玉精神。苏轼认为茶骨清肉腻和且正，有君子性。君子如玉。

关于茶渍的怀想

茶没了，茶渍还在。

茶几是白色的，茶渍格外醒目。不禁想起往事：

厢房墙壁刷石灰，屋顶渗雨，墙面有雨水漫漶的痕迹，浅淡的褐色常引人联想。这一块像公鸡，那一块像桑叶，还有一块像云霞。看着看着，仿佛从什么地方传来了森林的潮气，似乎还有落叶的霉味……

屋子里很静，静得可以听见墙上挂钟指针嚓嚓的声音。那种感觉，仿佛两个慢性子的人欣赏一帧发黄的古画。小心地一点点打开挂轴，画面上出现了落霞孤鹜，水天一色的景象。

在小屋幽暗的天光里，会想一些事。情绪的语言飘浮在空气中，它们流动、飘浮、漫溢，让心里暖和安定。

——录自拙作《空杯集·后记》

和雨水漫漶在墙壁上的痕迹不同，茶渍更丰富。每次喝完茶，茶几上的茶渍都是不同的。

有一晚喝完普洱，茶渍像弥勒佛。禅茶一味，佛茶一味。有一晚喝完滇红，茶渍像几片桑叶图，采桑采茶好辛苦。有一晚喝完铁观音，茶渍也如观音图。那观音端坐莲花。有一晚喝完黑茶，茶渍如徐渭《墨荷图》中的荷叶。

有茶渍像老猫，有茶渍像小狗，有茶渍像南瓜，有茶渍像枯树。

夜夜喝茶，夜夜观画。

一腔苦茶，满眼秋风。

叶底六记

茶喝残了，偶有闲情，会把玩叶底。

红茶叶底以色泽明亮叶片成条为上，反则次之。绿茶叶底以细嫩成朵、均匀整齐明亮为上，反则次之。青茶叶底以光亮柔软，且叶片细嫩洁净、无花杂为上，反则次之。黑茶叶底以红褐均匀、肥厚黄绿为上，反则次之。白茶叶底以黄绿幼嫩、肥软匀亮为上，反则次之。黄茶叶底以紧实挺直、芽身金黄、色泽润亮者为上，反则次之。

红茶也好，绿茶也好，青茶也好，黑茶也好，白茶也好，黄茶也好，叶底皆以柔软匀整为上，粗硬花杂为下，深暗多碎叶者尤劣。

馋茶

朋友里茶客不多，贪杯的不少。热爱白酒的人是勇敢的。当然，不喜欢的人，也不能说他们胆怯。滴酒不沾，多少会给人柔弱感。酒肉是富贵之物，朱门酒肉。茶蔬为食，耕读人家。茶味清苦，酒味甘醇，苦中作乐是少数人性情。酒友多，茶友少，不足为奇。

茶令人幽，茶令人爽，一个人舍弃了烟酒，若不在茶水里寻些乐趣，简直有些委屈自己。又一个雨夜，无聊且漫长。客居他乡，诸事索然，只好以文度日。叵耐今夜书读厌了，那就喝茶吧。杯茶在手，身处闹市，也能冲淡燥热，觅得一丝闲适。如果恰逢好茶，简直可以躲进小楼成一统。自在地裹一口茶汤，看外面世界千帆过尽，闭上眼睛，仿佛长了翅膀，虚生出清风明月的疏朗，湖中采莲，莲女依窗，窗前赏花，花下谈情，青衫潇洒，秀眉如画，画上湖中采莲……

常常是这样，饭吃到最后，小醉微醺，嚷着还要如何如何。我就不奉陪了，一人散步回家。夜里冷意淡淡，街灯溟蒙。归家后换双拖鞋，披上外套，蜷进沙发里喝茶，喝红茶。

有人爱喝放糖的红茶，我不喜欢，太甜，抹杀了清香与苦涩。喝茶清饮即可，茶叶自有茶叶之香，不必放梅花、茉莉、蔷薇之类喧宾夺主。有人在茶水里放些枸杞、菊花，还有西洋参片。真是唐突茶了空谷佳人。

人心隔肚皮，饮食喜好隔有十万八千里。喝酒要快，慢慢品则难以下咽。喝茶不妨慢一些，茶水在口腔里四溢轻漫。从嘴唇到牙齿，到舌尖舌根，一泓茶水在口腔里回旋。喝快了，纯粹止渴，未免少些情味。

近来喝茶，从洗杯子开始，玻璃杯洗得透亮，白瓷盏洗得发光，紫砂壶洗得明润。碰巧紫砂壶与白瓷杯堆放一起，红白相叠，大小参差，幽僻中有喜气。白瓷似雪，一尊紫砂，红艳绝伦。此情此景，令人不禁失笑，想起"一树梨花压海棠"的诗句。此情此景，仿佛旧时员外郎拥着一群小妾出门踏青。员外郎面色枣红透黑，身材壮实，一众小妾娉娉袅袅。从喝茶到饮食男女，我自得其乐。

你们喝酒，我馋茶。

喝绿茶的习惯

不爱大蒜，写饮食随笔，谈到炒茄子，有人一本正经地告诉我，要想烹调得法，老蒜子必不可少，阁下不要忽视这一要素。不能说人家煞风景，因为这是一个人的习惯。

一个人的习惯也在变。以前喜欢饭后喝汤，现在喜欢饭前喝汤。

老舍离不开茶，外出开会，人知道中国人爱喝茶，特意备了热水壶。他刚沏了一杯茶，还没喝上几口，一转脸，服务员倒了。老舍先生愤慨："他不知道中国人喝茶是一天喝到晚的！"一天喝茶喝到晚，也许只有中国人如此。外国人喝茶论顿，难怪人家看到半杯茶放在那里，以为老舍已经喝完了。说到底，这还是习惯。

过去不知道茶叶品类，只好用颜色区别：茶叶和茶汤绿色的，我叫绿茶。茶叶和茶汤红色的，我叫红茶。茶叶黑色的，我叫黑茶。茶叶长满白茸的，我叫白茶。茶叶和茶汤黄色的，我叫黄茶。

最喜欢绿茶，一般泡三次，先用少许水温润茶叶，轻摇杯子，充分发散香气，使茶叶充分泡开。冲泡的时候，水温不可太高。绿茶如花似玉，叶芽鲜嫩，开水泡茶，汤色发黄，味道也变得苦涩。待茶汤凉至适口，小口品啜，缓慢吞咽，让茶汤与舌头味蕾充分接触。此时舌与鼻并用，从茶汤中品出香气与鲜味。饮至杯中茶汤尚余三分之一水量时，再续开水，谓之二开茶。二开茶，汤味正浓，饮后舌本回甘，齿颊留香，身心舒畅。饮至三开时，茶味稍淡，有落英缤纷之美。这是我喝绿茶的习惯。

回忆茶

（二〇一五年七月十三日，合肥）

以格调论，绿茶在红茶之上。绿茶坦荡，红茶黑茶乌龙茶泡开后统统有些阴恻恻。普洱茶饼像福建土楼，泡开后顿入侯门，已非寻常人家。

绿茶是回忆不尽的。喝过那么多绿茶，一款有一款风致，以至回忆之际空空如也。绿茶如春梦，春梦未必全无痕，偶有碎片。

在敬亭山烟雾蒙蒙中喝敬亭绿雪。春茶刚上市，细雨中茶园绿油油冒尖。在六安喝瓜片，鸟鸣在峡谷生长。雾长了脚，飘来飘去，从山这边到那边。在山东烟台喝一款不知名绿茶，陡然想起梁山好汉。

喝青岛崂山绿茶，想起蒲松龄老夫子笔下的崂山道士。在霍山喝黄芽，绿了又黄，黄了又绿。

茶水冲了又冲，淡了又浓。淡也不是真淡，浓也并非真浓。绿茶的好，不是喋喋不休，而是娓娓道来，从容不迫，这一点红茶黑茶青茶不及也。

（二〇一五年七月十三日，合肥）

回了趟乡下，到处闲逛，田埂、河滩、山前、屋后，走了许久。十年前、二十年前的往事聚集，渐渐清晰。青山已变，夕阳依旧，青山修了马路，盖了房子，成了林场，不复当年模样。突然想，故乡是帮人回忆的，更是一个离乡文人的旧日记。有些茶也是帮人回忆的，譬如红茶。今天下午，几杯天柱红喝下去，有了回忆，关于童年的记忆顷刻复苏。想起乡村的点点滴滴，老井旁的村姑，槐树下的老牛。想起冬天清早，赖在被窝里，看着窗户发呆的辰光。糊在窗棂上的白纸，风吹日晒，已现出淡淡的灰黄，白里泛黄，黄中夹灰，淡淡的，淡得令人忍不住惆怅。窗边有杯红茶，乡下最普通的粗茶。粗茶放在瓷碗里，瓷碗似乎有个裂纹。那样的瓷碗如今不见了，那样的裂纹更不见了。

一杯红茶像风物志，入嘴总觉得有久违的田野之气与浩荡民风，或许和记忆有关。一杯茶是一篇随笔，很多绿茶有日本随笔味道。红茶一改日本随笔的唯美纤细，注入了民间的淳朴与厚重，弃哀艳为淡然，清雅的同时多了些许明亮。绿茶的明亮是透，红茶的明亮是殷，红殷殷，殷殷红。除此之外，红茶的明亮里还有惊艳的迷惘。

喝过红茶不多，记得名字的不到十种：滇红、祁红、天柱红、洞庭红、正山小种、金骏眉……天柱红是天柱山下的一款红茶，天柱山下还有映山红。多年没喝天柱红了，多年没去过天柱山了。

朋友赠一款宜兴早春红，茶汤一脸肃穆，叶底极嫩。记得有画家叫沈红茶，浙江人，一生坎坷，作联自况："一生两足茧皮厚，老来犹然作画师。"有怅然有慨然，淡淡的，语气温文尔雅又不乏文士

173

173

骨气，像杯上好的红茶。

红茶适宜秋天喝。几场冷雨，红茶在手，能抚平秋意渗入肌肤的战栗。渐渐地，身子慢慢晴朗。

（二〇一五年七月十三日，合肥）

黑茶在记忆的梦境里是黑色的，黑也不是漆黑，说褐色更为恰当。黑茶放在铁壶里，掀开盖子瞻望片刻，乌黑黑一团，一团乌黑黑，什么也看不见。

黑茶倒出来，盈盈一杯，茶汤橙红透亮，像红茶，又多些剔透，水路细腻，入口醇香而清润。醇香大放光芒，让人喜不自禁。黑茶味道质朴，不只质朴这么简单，似乎还有种精致的粗糙。精致的粗糙该作何解，我说不好，只能意会。探究一款茶的好坏，境界品位之外，还得讲缘分，缘分到了，入嘴会意，会心一笑，反之则懵懂无知。

关于黑茶，不知深浅，平日喝得不多。黑茶是茶叶里的青铜器，况味如《全上古三代秦汉三国六

174

朝文》。青铜器与《全上古三代秦汉三国六朝文》我都不熟,《全上古三代秦汉三国六朝文》去年买了一套,读过大半,被朋友索去了。

黑茶是上古文章,红茶是唐人传奇,绿茶是宋人小令,花茶是明清小说。过去小说地位不高,花茶地位也不高。很多江南人不喝花茶,某不解茶味,或者茶品不高,有人语含不屑,说是吃花茶的。南方好茶太多,花茶是名不正言不顺的小妾,以致在南方喝花茶的人气短。

朋友送了两盒黑茶,用的是上等雨前槠叶种。一盒转赠了友人,一盒自己留存了,一直没舍得喝。喝黑茶要年纪,要境界,张岱、袁宏道、蒲松龄、鲁迅,他们比我适合喝黑茶。

喜欢黑,倘或是墨团之黑更好。石涛云:"黑团团里墨团团,黑团团里天地宽。"多年前在台湾出过一本散文自选集《墨团花册》。墨团之黑好,黑茶之黑亦好。黑里乾坤,黑茶里一片天地。

（二〇一五年七月十五日，合肥）

福鼎天空在回忆里那么青，青得像泡在杯底的福鼎白茶。青吗？也不一定，转眼，杯底有些淡黄了，透亮像清晨的阳光。热水一泡，清香扑鼻。香气像云浮在山腰，衬着碧海晴空的白云。云在山上，清逸之气沁人心脾。福鼎的山好看，太姥山像龚贤山水画，湿润厚重。

福鼎白茶，采摘后，经轻微程度发酵，不炒不揉不捻直接烘干。口感除了绿茶的恬淡、黑茶的幽深、红茶的悠远之外，还有一份澹静。喝上几口，如嚼橄榄，风流隽永。仔细品味，鲜甜、清爽。

福鼎白茶如药，夏日喝来，可解暑气。从福鼎回来，朋友赠一饼老白茶。那次顺便去了福建土楼，觉得自己仿佛收藏了一栋土楼。

（二〇一五年七月二十九日，合肥）

花茶喝得不多。过去写过《花茶记》，该说的话差不多说完了。回忆花茶，只记得起花茶有种市井气，喜庆饱满。说的是茉莉花茶。除此之外，别无他忆。多年前读过老友王祥夫先生的随笔《大众花茶》，略作删节，引来备忘，算作我的回忆：

　　京津两地，客人来坐，一般上花茶。主客相对，在浓浓花茶香气中说话。

　　张一元花茶最好，从杨梅竹斜街穿过去到荣宝斋买南纸，总要顺便到张一元看看，想闻闻那个味儿。那是经年累月的茶香，真好闻。没事还喜欢上同仁堂，也是喜欢闻那股味儿。各种药品，惟有煎中药的时候让人想到居家过日子金木水火土的生活。中医药房，一格一格的药柜子，药柜抽斗上横平竖直用毛笔写着各种各样的药名，王不留、刘寄奴，像宋代的词牌，有说不清的风雅。

　　喜欢或自以为懂茶的，一般对花茶不屑一顾。花茶家常，喜欢花茶的人多。居家过日子，家常喝茶，还是以花茶为好。大夏天，京津两地，惟有端上浓浓的花茶才像那么回事。花茶是夏天的主角儿。

我兄弟偏爱花茶，送茶给他，几乎每次都不满意，说，怎么没花茶？我说有送人花茶的吗？从来没有人送我花茶，朋友带过来的不是龙井、六安，就是猴魁或安吉。没人送花茶。

我不怎么喜欢花茶，有时候也喝。吃早点，比如吃混糖饼，北京叫自来红的那种，非得一壶花茶不解气。

以前住四合院。夏天，朋友来了，坐在丝瓜架子下，或坐在开红花的豆棚下，这时候对路的一定是花茶。花茶之好，好在家常大气。没听人说哪种茶小气，花茶却真是大气，可以让人从豆棚喝到澡堂，从澡堂喝到饭店，几乎深入人们的每个角落。

花茶好，好在没什么形式和规矩，想喝即得，有碗有开水就成，抹掉一切形式，让你立竿见影地解渴。怎么能让人不喜欢花茶？

此文又名《节录王祥夫先生〈大众花茶〉记》。

茶帖九章

玩茶帖

朋友来访，在家玩茶。泡了三道茶，第一道信阳毛尖，不耐回味，泡了三开水，换成汀溪兰香，略略滋味单薄，也泡了三开水，换成黄山毛峰。黄山毛峰好，观之如翠玉沉底，口感鲜爽，唇齿留香，入口绵甜有酥软之香，一点点诱人贪念不止。

思乡帖

采过茶。在生长有茶树的山上，有通灵之感，有触仙之奇，何况在空山不见人，但闻采茶曲的境地里。昨天想喝家乡茶不得，改喝普洱。从老茶饼上取下一小块，黑黑的，不细看，还以为是鸟粪泡在水中，浑浊浊像过期的红药水。普洱是好茶，只是喝茶人起了思乡之心。

风月帖

喜欢岳西翠兰，翠兰是个好名字。岳西方言不甚悦耳，翠兰二字说得缠绵细腻、柔和动人。翠字发音干脆，像豫剧唱腔，戛然而止透着欢快。兰字吐词柔美，有昆曲味道，颇似琴后余音，又像琵琶轻颤。听在耳里，有些痴，仿佛一俏丫头倚门而立，虽无万种风情，却让人眼前一新。

岳西的山，湿润且肥沃，秋冬犹青，一株株茶树终年隐身绿中。各类果木在山间交错杂生，树枝相连，根脉互通，花气、果香，环绕翠兰嫩芽。每当春月，翠兰凝结在一片花海香风中，吸附着地之精华、天之雨露、花之芬芳。娇嫩可人的兰花也伸出羞涩的舌头，清幽恬静，撩得人心柔软，泛起丝丝涟漪。喝翠兰茶时的心境也是软软的，软得连话都不想说，恨不得让人扶着。苏东坡赞曰：

> 汤发云腴酽白，盏浮花乳轻圆，人间谁敢
> 更争妍，斗取红窗粉面。

粉面让我想起女人，蓦然忆及春日荡秋千的粉面女人，一晃一荡，裙子飘起来了。她的笑和媚眼穿过空气，甩在地上，溅了我一身。真好风月也。

机关帖

绿茶若即若离的口感，仿佛女儿家浅浅心思。

大半年没喝过翠兰了。上午无事，翻箱倒柜地找，天道酬勤，居然寻到一小盒，绿色盒子印了一尊茶气袅袅的紫砂壶。欢喜之下，给饮水机插上电。饮水机真好，叫机的电器都好，电视机、录像机、抽水机、焙茶机，还有发电机、柴油机、碾米机。只有机关不好，一来机关算尽太聪明，反误了卿卿性命，二则机关中人有官气。《红楼梦》第四回写机关中人贾雨村与门子在密室商量葫芦案一事，贾雨村让门子坐下详谈。面对着贾雨村的官气，奸猾似门

子者也只敢斜签着坐了。

无聊帖

旅途总有些无聊，无聊且喝茶。宾馆的茶通常不大好，不是陈了就是存放不妥。用来打发时间，茶低劣一些无妨，只要是茶。有次住宾馆,泡袋装茶,闻了闻，不敢喝，与茶无关，只好倒掉。平常舍不得这么浪费茶叶。

干茶帖

捧干茶于掌心,一股幽香如两条细线,滋滋蔓蔓,顺鼻孔钻进肺部，心里一静。

一道细白的水线，轻轻注入杯底，哗哗如泉水淌过石隙。茶叶吸水、膨胀,随着水的冲击上下翻滚,变得鲜绿。像刚从茶树摘下来，清水被染成浅绿色，绿得恍惚。小呷一口，用舌尖抵住，香，香到腮帮子上了，牙齿没了，舌头没了，全化了，稀释在茶水中，汪洋，肆意，独余一片香甜……

远方的天空有一朵彩云，茶壶里有一朵彩云。天空的彩云在凝固，壶底的彩云已漾开，像一捧雾、一团烟。站在窗前，裹一身茶气打发着一天的最后辰光。深入水底，深入南方，深入最后一抹斜阳。黄昏过后，走进阳春三月，人飘浮着如坠云雾。

暑热帖

暑日酷热，闭户读书消遣。好久没喝翠兰茶了，上午烧水泡了一杯。茶是雨前茶，水太滚，凉了片刻，怕烫伤了茶叶。傍晚友人约饭，饭菜不好，茶好，石斛汤泡的祁门红茶。第一次喝，入嘴既稳且温，祁红的一丝锐气敛紧了，口感蕴藉，与日常喝到的不同。

茶饭帖

昨晚熬夜，睡至上午十点。早餐鸡蛋荞麦面。饭后泡信阳毛尖，明前新芽，青嫩娇柔，杯底薄茸茸一层，换三开水，嘴里兀自一片清新的苍郁。

启窗开门，夏风涌入，室内自然凉意。有人洗发，清香飘到家里，真好闻。案前读书，写作。信阳毛尖喝残了，又换了龙井。泡绿茶得有耐心，水滚了不行，水凉了不行。

中午炖海带排骨汤，海带极烂，排骨烂极。

冬茶帖

越来越冷，身子渐渐懒了，出游兴致几近于无。孔子向往在水边沐浴，在高坡上吹风，穿上新做的春服，踏歌而归。冬天衣装厚，手脚不利索，差不多只有读书让人惬意。

午间小憩片刻，醒来，愣愣的，有些恍惚，起身泡了杯太平猴魁。茶香与水雾扑面而来，鸟语花香。这些年，总要留一点太平猴魁打发秋冬茶水时光。太平猴魁生得魁梧，味厚，符合寒天况味。安静而舒适的瞬间，坐在沙发上翻书喝茶，茶水有些热，入嘴温润，让人觉不出烫。

雪夜的茶

　　窗外清风舞动雪片在街巷中低吟浅唱，幕天席地一层层像筛粉。冬越陷越深，春天还很遥远，在世界的另一个端口冷漠徘徊。

　　回家路上，雪还在下，衣服、鞋、头发甚至睫毛，沾满雪花冰凉气息。绿化带盖上一层雪白，雪色中，越发显出城的灰暗。树梢枯枝湿了，颤巍巍于寒风中，马路倒映白亮的水光。打了个寒噤，紧紧衣服，大步而行。归家后，喝了三杯普洱茶，才觉得春回大地。

茶韵四帖

猴韵

绿茶里有韵的不多，太平猴魁为其一，或者也是唯一。其他绿茶似无韵之说。韵为何物？是口味，又不仅仅是口味。是情致，是风韵，也不独如此。我的理解是蕴藉的口味。

猴韵藏着一段往事，鲜亮中潜藏有睡意，似醒非醒似梦非梦，像晚年沈从文先生用淡墨写在隔年旧宣上的一帧章草手札。沈从文书法，书的是才情与性情，还有心情。见过他不少条幅，信笔写来，如柳枝拂面。

太平猴魁泡在杯子里，老苍中透着清润。像是白头宫女说旧事时手里摩挲的一支碧玉簪，清幽，碧绿，包浆厚实，处处是岁月，处处是岁月不着痕迹。

绿茶气息大抵菩萨低眉，太平猴魁气息昂扬，偶有金刚怒目处，这是猴韵决定的。猴韵之贵，全在清厚、鲜活、悠长。有人说藏芽、味浓、香高、成熟、脉红、含情，称为猴韵。到底泥实了。韵为何物，我说不好。韵如道，《老子》有云："道可道，非常道。"猴韵高标清远如禅，不立文字，无迹可求，无处不在。

瓜棚，豆架，架子上牵着扁豆藤，藤上有紫白相杂的扁豆。如此天地，闲饮一杯猴魁，可得其韵也。

音韵

音韵为观音韵。据说观音女相男身。音韵沉郁顿挫，有须眉的味道。音韵宝相庄严，哪怕喝残了，汤味还有一分端庄。音韵有王气，偶尔略带些调皮，也就是烂漫之心不去，清香型铁观音更明显。铁观音卷曲紧结，质沉如铁，醇厚有木气。

暮春，翠竹萧萧，况味几近音韵。

陈韵

陈韵里有梦，陶庵之梦。冬天，一人索居，无事时，常常就普洱茶读几篇陶庵文章。苏子美汉书下酒，胡竹峰陶庵佐茶。

紫檀架上古物下，普洱在白瓷壶里缓缓舒开，有中年人的不动声色。酱红色的茶汤凝于白瓷盏，有中年人的不动声色，经年陈化使然。陈韵清澈，又得隔年温润。

普洱茶入喉，微静的刹那忽然宁谧，俄而心花静开。陈韵之独特，正在前时气息，仿佛陶庵文章。张岱下笔，追忆之际，有痴人说梦之美。

两三年的陈韵还有躁气，如跳脱少年。八年陈韵，变得老成持重了。十年陈韵，开始波澜不惊。二十年陈韵，鹤发童颜，又老又新，有一种湿润的干爽，有一种干爽的湿润。三十年陈韵，落尽咽喉，养老杖乡。《礼记》云："六十杖于乡。"谓六十岁可拄杖行于乡里。南朝沈约《让仆射表》上说："养老杖乡，抑推前典。"印象中有老人拄杖，须发皆白。那杖为杂木所制，高过人头，累时可以用双手扶一扶。如今，很难看到拄杖的老人了。

三十年的普洱茶，有幸喝过两次，云淡风轻，一片烂漫。

岩韵

岩韵清绝。清似轻舟已过万重山，绝如两岸猿声啼不住。

岩韵含药气，很多茶都有药气。音韵是厚，猴韵是扬，唯岩韵沉，压在舌根，沉甸甸的。再看汤色，倘或是夜里，让人恍若喝药。岩韵老于世故又一片天真。老于世故是茶味渊博，一片天真是茶味纯朴。在绍兴书圣故里喝过两款岩茶，一道黄观音，老于世故；一道肉桂，无邪天真。

茶事手记

酒里有神，李白斗酒诗百篇，天子呼来不上船；酒中有鬼，知章骑马似乘船，眼花落井水底眠。樊迟问智，孔子说专心致力于人事，敬鬼神而远之即可。我对酒的态度近乎此论。

酒肉，酒肉，酒心越发淡薄，肉慢慢吃得少了，荤腥之念不重，偶尔一点牛羊鱼虾即可；茶饭，茶饭，茶心渐渐浓了，饭量却已减退，一人三餐吃不下两碗。饭量小了，睡眠也少了，偶得饱睡，真快意事。

宋代民间有人结党营事，皆菜食，不茹荤，官书称其吃菜事魔。我不结党不营事不事魔，吃菜事书、事文章、事小古董、事笔墨丹青、事柴米油盐，事击缶歌，事黑老虎，事惜字亭，事空杯，事民国的腔调，事竹简，事花鸟清茶，事日常欢喜……

居家长茹素，得闲多饮茶，一壶也好，两盏也好，三开也好，乃至六泡、七杯、八口，腋下生风，无所谓雅俗，比觥筹交错的酒席舒适。于是作歌曰：

新晴爱晚霞，雨后赏桃花。

迎客常温酒，居家独煮茶。

有闲真富贵，无病即仙家。

纸上桃园隐，诗书度岁华。

先前亦作得四句，意思仿佛：

世事多悲咤，临溪避市哗。

相逢斟小酒，会饮大杯茶。

相逢饮小酒，略显夸张，偶尔连半盅酒也不愿意喝。会饮大杯茶，全然写实。日常里，我好用大杯泡茶，以求痛快，以求浩荡。

三十而立，此后即是大人了。年轻时候不妨说说酒话，如今，年届不惑，应该多说些茶话了。酒话昏，茶话醒；酒话乱，茶话整；酒话奇，茶话正。酒话不知所云，茶话清白分明。

　　读书作文日常，杯茶不离手掌，一杯又一杯，红茶绿茶，红茶养人，绿茶怡人。春天里喝绿茶，秋来了饮红茶，这是我的红绿自在。这些年喝了不少茶，其中有道，茶之道是通往内心的花园小径。茶是老调，书是新词，老调易弹，新词难作，人也过了为赋新词强说愁的年纪了。

　　杜甫诗赠友人："诏谓将军拂绢素，意匠惨淡经营中。"艺之道，向来少不了惨淡经营。正如宋诗所说的那样，十年惨淡经营处，一点青荧灯火知。如今世间太多经营，只让天知地知，唯恐人知，最怕人知。机关算尽原来不过游戏，耕读文章诗酒茶，到此为止，回归本相与小我。各有命，各有志，各自安心，各自安好。人生在世，难的是安心，难得是安好。

偶尔，一杯茶是安心的汤药。

偶尔，杯茶即安好。

偶尔，茶好，前世修来好大福报。

俗话说，碗尽福至。吃饭务尽，我喝茶也务尽，不独惜水，亦惜茶也。好茶不易得，辛苦不让诗。贾岛《题诗后》说：

二句三年得，一吟双泪流。

知音如不赏，归卧故山秋。

诗待知音，琴待知音，文待知音，茶也待知音。知音不来，独饮自适，文章自适。

大年初一，爬山，登高，取吉祥寓意。下山见街边门联，平仄对仗欠佳，意思甚妙："一壶不事二茶，三餐饮食四季。"饮食四季顺应天道，天道乃大道。《易经》上说谦卦亨通，宛如天道，将光明照耀人间，宛如地道，使万物生长地上。天道以充盈补不足，地道用充足润泽未有。鬼神也损害满盈者而福佑谦卑者，人道厌恶盈满而喜欢谦虚。谦道，尊让，一个人从而光明高大，此为君子性也。

旧历年前就已经立春了。立春后，连日阴雨，天空晦暗，心情也颇晦暗。好久不曾晦暗，晴朗里有晦暗，是人生的浓淡阴阳。午饭食腊肉萝卜、菜薹，十足清白。小睡片刻，起床饮绿茶，青绿浮在杯子里，诚觉得世事皆可原谅，归于平静。

节气刚过雨水，果真下了几场雨，是寒雨冻雨，再化作冰雪。夜里出门走了片刻，只见冬意，并无半点春消息。凛冽的寒风穿过衣物，刺入肌肤，深入五脏六腑，暖和的身体，片刻就凉飕飕的寒彻入骨，仿佛灌满冰块。于是喝茶，喝热茶，红茶、黑茶、青茶，一款款坐喝，喝出了一元复始、万象更新的意思。茶喝多了，不得早睡，只能读书消茶。

夜里读书，纸页有雪意。突然想喝一杯绿茶，近来红肥绿瘦，很久没喝绿茶了。泡了杯猴魁，三五根悠然杯底，春意颇浓。窗外春意迟迟不来，如此也好，如此也罢，且来饮绿茶。

春日常有雪，今又春雪。春雪轻薄，世间轻薄皆不足道，唯春雪轻薄迷离可人。新得龙井一款，虽是陈茶，色香味还是好的。世人都说龙井佳妙，似乎不太合我的口味。绿茶得逸者为上，常有绿茶佳品，却少见逸品。此款龙井茶几近逸品，芽头在杯水沉浮，亦如春雪轻薄迷离可人，入嘴却沉，少年老成气在焉，鹤发童颜气在焉。

白雪绿茶，有枯木逢春之美。

春节里只要天气晴正，总觉得有喜气，下雨天差一些，湿漉漉的乡村只是阴冷。今日晴好，入城会友。晚饭后，分吃白果，饮绿茶，翻书，看字画。不知夜之几深。

猴魁还是好看，泡在玻璃杯，森然古林气。滋味也厚，厚而不朴，窥见几缕灵巧。太平一带去过多次，其山水如晚明小品，太平猴魁却是唐宋大块文章，不似桐城小花。昨日喝桐城小花，不像桐城派文章，滋味更像张岱、李渔，又近似鸳鸯蝴蝶。

正月吉日，喝完猴魁，喝红茶，祁门红茶。猴魁是厚德载物，红茶里喜气盈盈。都是赏心乐事。

降温了，春日凉寒天。《五灯会元》上说："春寒料峭，冻杀年少。"晚春薄寒，侵入肌骨。有杯热茶便好。喝完太平猴魁，又泡了信阳毛尖。

小恙初愈，体内犹存病气。饮了一杯绿茶，觉得寡淡。改泡福鼎白茶，十年陈物，汤色并不厚，黄澄澄如初春阳光。连喝数杯，精神稍微振奋一些。好茶有神，振发人的精神。

喝了两杯黄山毛峰新茶，腹中甚饥。新茶之妙还是色，人人皆好色之徒。喧腾多日，面目可憎，人无静气，而后浮躁。于是一日闭门不出，只是读书,只是喝茶。书里有静气,茶里有静气。人生碌碌，当需守静。

徽州雨天有破落气，前朝旧事碎成一地瓦砾。青瓦似老墨，白墙如老纸。好在山清水绿，得了自然之美。徽州水秀气的并不多，胜在绿茵茵怡人。

在龙川候晚饭时，饮得金山时雨，为绩溪名产，原称金山茗雾。茗雾之名比时雨好，不知何人点金成铁。此茶条索紧细，微带白毫，醇厚味芳，汤色清澈明亮，比黄山毛峰倔强。晚饭的肉笋不见佳妙，鱼头汤甚好，腹饱而归。

夜里喝绿茶一款,芽头细嫩,散落杯底如花如画。不知其名，不知产地，但觉佳美，如艳遇。

初春第一季明前茶果然不同，饮得一款黄山毛峰，又鲜又艳。鲜是口感，艳是视觉。

宜兴绿茶第一次喝，形如碧螺春，汤色尤好，好在纯净。近年所见西山碧螺春，多有浑浊，汤色浑浊，气息浑浊。宜兴绿是嫩幼清，碧螺春略显老。

友人送我龙井明前新芽，并有手帖："茶园边是李子树，最近开满了花，不知道会不会喝出花香。"喝不喝出花香我不管，这样的文字让人嗅出了花香。

龙井并非我心头好，然这一款是友人自制，一颗颗芽头饱满，亦如友谊之饱满。一杯在手，江南在手，烟雨在手，杭州在手。二〇二三年三月十七日，与友人过杭州梅家坞，此地出龙井茶，口占四句：

酒家卧看春江涨，万户山村透绿光。

桃李开时芳草美，清溪流水有茶香。

清明将至，雨意连绵。春雨中得了两罐新茶，黄山毛峰。一叶一芽，入杯底有叮咚玉佩声，茶形结实。清香里有呐喊，这是新茶独有之质。绿茶放得久了，呐喊声渐渐彷徨。

友人家在太湖洞庭西山，惊蛰方过，碧螺春出来新芽，得了两罐。钟情一杯清茗，一叶一叶皆是山水灵性。温热的水冲泡，茶形温软却有质感，清淡淡如梦如雾如露。

饮碧螺春，新嫩一杯。仅此这一杯所用之茶芽，经人手采摘也有近百次吧。制茶亦繁琐，火烤揉搓，方成佳茗。有缘饮得，当惜福，惜福是对农人的敬，须知一茶一饭来之不易。

去过几次桐庐，偶得桐庐的茶，想起范仲淹，更忆及他的诗：

潇洒桐庐郡，春山半是茶。

新雷还好事，惊起雨前芽。

桐庐茶的滋味也与诗味近似，清新，自然。或许离杭州近，桐庐茶底色隐隐有三分龙井风致。龙井如潜龙，桐庐茶似飞龙，飞龙偏偏不在天上，而是贴地而行。并非龙行龘龘，而是龙行虎步。

暮春之夜喝六安瓜片，想起旧年小说中看到的剑铭：重剑无锋，大巧不工。

连喝两杯瓜片，仿佛又看到黑黝黝沉重至极的一把剑，重量竟自不下七八十斤，比之战阵上最沉重的金刀大戟犹重数倍。两边剑锋都是钝口，剑尖更圆圆的似是个半球。

天气颇有些反常，夜里更是清凉，瓜片茶过喉，好像是读过几章《中庸》。这道茶有君子性，不卑不亢，谦和恭谨，刚毅中正，本分守己，恰到好处；锋芒内敛，不争而自有风骨；适乎时宜，顺势而大道乃成。

天气颇好，几朵云掩映树叶后，突然想喝点陈皮。新会茶枝柑是奇物，长皮不长肉、皮甜肉不甜。微微香甜里有沉沉的香，花香大多清灵，陈皮香得沉，此亦物之奇也。

微寒，风是凉的，暮春时节不多见这样天气。新得太湖东山碧螺春，杯底柔嫩，我见犹怜。怜农人之艰辛，稼穑劳苦。这一粒粒嫩芽，采下、杀青、揉捻、搓团、烘干，何其不易。文章好得，佳茗难寻。

友人手工制作翠兰，略加揉搓，茶汤厚一些。第一开茶，入口果真有花香，又有淡淡的炼乳气息。香气慢慢淡下去，滋味渐渐浓了。杯底蓬头垢面，天生丽质。故乡一杯茶，忽忆故乡事，并无多少细节了，只剩遐想。想象这些茶长在岳西山头，那些风啊，那些雨啊，那些雾啊，那些露啊，凝附其上。那些采茶的人啊，有的老了，有的走了，茶树还在。

喝完翠兰，又泡了一杯狗脑贡，茶形如碧螺春，茶性极舒缓从容，又鲜爽，有厚味，几缕蜜糖香味在黄绿清澈的茶汤回旋。

夜深，不忍早睡，无所事事地翻书。燃起沉香，一根细烟袅袅腾腾，娉娉婷婷，婀娜向上，隐隐几分香艳，其实香而不艳。于是喝茶，喝祁门红茶，这款红茶存放几年，已经艳而不香了，如此更好。

深山，窗外黑漆漆难问东西，蛙鸣不绝。春日风味淡下去了，夏天意思渐浓，屋子闷热，浑身汗津津。抬头看看，不知身在何处，不知此地何名，取泉水泡茶，红茶，无名之水泡无名之茶。一口口喝下，像饮了一卷荷花。

暮春，江南，枇杷茶，茗香茶香。夜色深沉，百年老宅寂寞，多少生死离别，多少悲欢离合，如炊烟消散半空。

初夏，午后，龙井茶。茶叶放多了，水不敢过烫，温水倒进杯子里，须臾而饮，润滑的豆香，几缕回甘，半屡涩味压在舌根，茶之格一下高了。陡然觉得，龙井茶有士大夫气。碧螺春、毛尖、毛峰，大部分绿茶都是青年少年甚至童年，龙井有中年味道。

二〇二四年小满后第三日，独自喝了几杯龙井。窗外鸟鸣声、割草声、市井声不绝于耳。

出了一身汗，喝祁门红茶。这款茶格外平、稳、缓、和、轻，一口口喝下去，汗更细密，浑身通透，仿佛有风，顿时清凉。小巷子里，几个人闲坐长凳短椅，老少男女。大壶里满满的红茶倒入白瓷杯，茶水亦如夜色，亦如夏风，心事了无，窗外人来人往，我看得见，我听不见。

夏夜的红茶，逼出一身热汗。汗出而身轻，身轻又神清。红茶似乎比绿茶深情。

径山我没去过，有幸喝过几次径山茶。茶细嫩有毫，其色翠绿，其香清灵，其味嫩鲜。地方志上说，径山四壁坞及里坞，产茶多佳，山寺僧人采谷雨茗，用小罐贮藏以馈人，用来供佛。又有高僧植茶树数株，逾年蔓延山谷，即今日径山茶。

大方茶，形状挺直，口感有遒劲处，或许水温过高了。大方茶以老竹岭大方山产地而得名，故称老竹大方；又说是僧人创制，以大方和尚之名命茶。其形平扁光滑似竹叶，色深绿如铸铁，又有铁叶大方之称。铁叶大方四个字，掷地有声。

喝过多次汀溪兰香，兰香馥郁，茶味却浓，与皖南茶性不同，自有境界。叶底青翠，入眼尤赏心。

初夏，天气阴沉，仿佛是秋天，秋意爬满心头，于是喝绿茶。绿茶最有生意，酒也有生意，但酒之生意像火，茶之生意如水。流动的山泉水。近来终日饮毛峰。歙县深山所产。芽头细嫩，汤色是柳绿之春意春色。茶里欣欣，窗外欣欣，一派荣景。

滇池一脉好水，辽阔。雨幕里看来，多了婉约。临窗饮普洱生茶。滋味大是懵懂，心情大是懵懂。

生普之美，美在懵懂。所谓懵懂，不可言，开口便错。

很久没喝红茶，暑天里每每绿茶。午后牛饮祁门红茶两杯，汗出如晾衣，水滴不止。

看常德城，觉得通脱，城市格局通脱。忘了带茶，日常饮白水。白水滋味亦好，好在气吞长江。过津市，饮得本地茶一杯。绿意婆娑，有少妇意态。体型稍逊风骚，但滋味风流。风流就好。

雨下在江南，越发潮湿温柔。老房子气息悠远，悠远里有幽怨，是江南的愁肠。江南雨天自有三分愁肠。木窗瓦屋下饮茶，福鼎老白茶。繁华落尽，一汪热水淡淡药香茶香。白茶名字颇好，白毫银针、白牡丹、贡眉、寿眉。有吉祥意思。

天气炎热，昨晚熬夜，睡到九点起床，气息恹恹。饮安吉白茶。叶片洁净如新芽初放，茶汤又高古又清爽。

康熙年间的老县志，说宿松丘家山，峰矗云霄，为诸峰第一，亦名罗汉尖，产茶。道光时候的老县志也说："罗汉荡山⋯⋯常在云雾中，产异蔬、名茶、灵药⋯⋯"这些文字多年前读过，忽然想起。上午饮宿松香芽茶，茶叶如松枝，形如君山银针，汤色亦好，略有厚味。安徽绿茶大多内敛低眉，柔顺和气，宿松香芽有金刚气，奇味在焉。

宿松香芽极好，然不耐经日饮用。一来是梁园不是本乡，二则茶味浓厚，金刚气伤了日常心。

今夏常喝岳西翠兰，大概是一方水土的缘故。滋味不论，岳西翠兰喝来有家常欢喜心。他乡的茶有欢喜心，但不是家常欢喜心。

终日大热，暑气蒸腾如蒸笼。黄昏时才出门。晚食料理，饮玫瑰花茶，入嘴清香，那种味道想起云南鲜花饼。

酷暑炎热，身子骨像装有豆浆的纱布袋，淋漓不止。饮江西武夷山红茶，一股红薯香。茶一遍遍喝下去，暑气退了，薯气也退了。薯气消退全无的时候，红茶滋味一沉，隐隐几分老谋深算。

今日立秋，窗外夜雨。孤灯下喝绿茶，气候干燥，几口茶下去，唇齿滋润，身体也觉得滋润了一些。心有所感：

莫夸秋日好，我独恨秋驰。

又是立秋日，惊秋悲讶时。

继续喝茶，绿茶喝残了，换了杯红茶。

与友人闲聊，怡红快绿。一杯红茶喝出和风，一杯绿茶喝出冰心。

依旧大热。近来每日饮一杯菊花茶。淡淡的苦，颜色也淡淡的，淡如初秋天光。

乡下阳光大好，稻茬出有新苗。喝农人自制的炒青，苦、涩、香皆饱满，入眼有五谷丰登、人畜两旺的红纸黑字。

气候干燥，饮金丝皇菊，硕大一轮明月，橙黄赤金。少年时候，乱花迷眼，如今花茶类独爱菊花。

午后闲坐，饮天目湖白茶，颇有辽阔意思，该是通感。此茶香气高，汤色清醇，回味甘甜，与安吉白茶略有不同。天目湖没去过，有回一连吃了几顿天目湖鱼头。炖汤、红烧、剁椒，各有风味，不离野趣。饮食以野趣为上，好茶野趣之外还要闲情。

新得一罐极品白霜雾毫。外形清秀，是佳年华。芽叶泡开舒展如兰初放，茶汤色泽浅绿明亮，毫锋显露，香气清鲜，滋味亦持久。

很久未喝太平猴魁，新得一罐，上午试饮。滋味稍微寡淡了一些，第二泡，回甘上来了。茶意如秋千，亦如水上浮萍飘荡。想起旧小说中，武林豪客踏雪飞来，不留踪迹。

又来徽州，夜宿披云峰下。披云二字极好，超然意思。饮土茶一种，不知其名，颜色黄褐色，茶形如水墨勾勒而成。不算佳茗，略有意思。饮茶有意思就好，其中意思，不足与外人道也。

午后起了茶意，饮古树普洱生茶，赫赫生气扶摇直上。想起刘禹锡的句子：晴空一鹤排云上。

中秋时节，天气温热，饮碧螺春，一杯洁净，茶色洁净，茶叶洁净，舒展后柔嫩如春日细柳。

泡壶祁红，第一遍茶，只有香不见丝毫的涩，清浅的红色仿佛秋日傍晚夕照。续水三次四次，香气越来越淡，茶汤滋味不减，有厚德载物的沉实。

一包安吉白茶，放了快五年，忘记喝。起兴泡了一杯，洗过茶，容貌当然年老色衰，身形依旧窈窕玲珑。口感有涩味，香气一丝也无，但茶的清苦平稳胜过新茶。一连泡了两杯。

在秋浦河畔流连，村庄外有荒废气，蔬菜碧青让人欢喜。在老宅里饮绿茶，一股幽香暖暖的，是生之喜悦。

好茶如云，一杯入喉，淅淅沥沥好似下了一场雨。近来大旱，故家山中茶树渴得焦黄，村人盼雨，我也在等。几场雨后，天气就凉了。秋风起时，卷起庭前落叶。亲朋到访，抓两撮老茶，烧半壶井水，炒一盘南瓜子，闲饮坐看，高天流云如水。太久远的往事，如今只剩回忆，只能回味。

晨起，饮五峰绿茶，茶存得好，杯底新鲜如春芽，冬日腊月看来如野游。旧画册上见到徐悲鸿的羊，孤零零一只宣纸上，羊须委地，垂垂老态，一脸慈悲。窗外寒风呜咽吹过。

饮铁观音，香气浓，有一种静气。铁观音的香往往滥情，难得安静。铁观音的安静有观音相。内心一时肃然。

躯体染恙，空腹多天，病体渐妥，进食两日，抑抑仍在，傍晚时候陡生茶心。绿茶有春意，可冲淡病之冬寒。一杯碧翠一片冰心，果然心情透彻。

文章虚无，人生虚无。

桂花又盛开了，采来入茶，格外多了馥郁。泡杯桂花茶，口沿袅起热气，热气更虚无。且在这虚无的茶香里用虚无的人生作虚无的文章吧。

桂花年年开，喝茶人一年年不年轻了。

傍晚又饮桂花红茶，凭空多出三分贵气。红茶比绿茶更宜桂花，桂花香若有若无，旁敲侧击茶味的苦涩与甘甜，口感荡漾，况味近乎远山连绵。窗外黄叶零落，一片梧桐悠悠兮荡荡兮旋旋转转在黯然的天色里，心境依旧和美。

饮普洱生茶，是陈茶，十五年光阴过去，茶里还有不顺之心。一口茶汤，好大的委屈好大的冤枉，真是咄咄怪事。茶里有人情有世道。

喝舒城小兰花，水不忍太热，三泡兀自欣欣向荣，有丫鬟气——带点浅浅的涩，恬淡若无，带点浅浅的甜，回甘清爽。

一场秋雨一场寒，快立冬了，寒气不来。坐在窗前泡老白茶，恰好有片落叶坠下，感觉很艺术很文学，又欢喜又伤感，不如喝茶。

深夜，冬意苦涩，一杯绿茶，一块云南鲜花饼。光照下，身体发肤乃至五脏六腑多了几缕春光。

饮藏茶,第一次喝,颜色透红,颇鲜活,茶味稍微有些苦浓,入嘴爽口,略略有陈香味,滑润醇厚。

住在徽州明代老房子里,几个人喝铁观音,据说是极品。果然是极品好茶,纯净温润,喝在嘴里仿佛有光芒,化开了深冬夜之寒凉,暖意来了。

富春山几日,富春江近在咫尺,觉得有江水浩浩之气,温润的福泽。于是喝茶,喝了半个月祁门红茶,觉得有人情,这款茶里人情脉脉。如果少了那些人情,茶虽然不会失色,到底黯然。

来北方多喝绿茶,以释苍茫。去南方常饮红茶、黑茶、普洱之类。饮碧螺春,一杯翠绿,隐然江南春意。江南春意里有生机,好茶有一份生机。天机不可泄密,生机不可露气。

瓶梅开了,有红梅有白梅,淡香丝丝缕缕。夜里在梅边饮茶，喝舒城小兰花。茶边心思与梅边心思况味相似。

又煮老白茶，取落梅一掬放入茶中，有杏仁香，极馥郁。窗外忽起大雪，纷飞乱舞。岁末年关的雪，越发急管繁弦。老白茶产自福鼎，多年前去过福鼎，游玩太姥山。太姥山石头极美，肥硕富态，有雪之形态。

饮绿茶两杯，下午换了红茶，正山小种。浓烈如艳妇，眉目却清秀着。

随船而上，窗外景色逶迤，富春江的山水就是黄公望的手卷。玻璃杯里几片龙井，茶叶不佳，但香气旺盛。阴雨中喝来，心头多了晴朗。

雾霾又来了，一片灰暗，心情不抑抑，眼底抑抑。泡了杯五峰绿茶，楚地气息来到我家。那几天在五峰，下过雨，雨中看山，雨中喝茶，和一帮友人有过几次茶话。很怀念那样的情味。这几天又读了《红楼梦》，书事坎坷，但文字晴朗，心情也晴朗。以晴朗冲淡雾霾，无非如此，妄想如此。

五峰绿茶极嫩，嫩是绿茶重要底色，然后才是其他。五峰茶气息干净，汤色也干净，难得耐泡，到底经过几番揉搓。二八佳人，历经沧桑，五峰茶或可谓之历经沧桑的烂漫。烂漫容易，历经沧桑也不难，难在历经沧桑的烂漫。

窗外，树叶落尽，四野枯意无限。喝了一杯茶，是湖北的白毫茶，好在白毫，一颗颗茶头，有萌发感。投入水中，瞬间散发出鲜活。饮下两杯，荆楚大地无边春色落入腹中。

天气阴沉，翻旧书。看看杯底，看看院子里的樟树。没有风，树叶定在那里，杯口袅起的热气是生命的呼吸。

雪后大晴，空气清冽，日子自一杯绿茶开始。是湖北五峰茶，饮罢一杯，突然觉得硬挺，其中或许有一方人物性情。

窗后看积雪从樟树枝头滑落，碎冰散玉。

皖北友人赠大铜盘一只，铮铮有声，形状颇美，做茶盘亦好。夜里开新壶，泡了道五峰红茶。浅浅的鲜甜，令我想起《论语》"敏而好学"四字。红茶似乎比绿茶多了敏，绿茶胜在灵。

埋头茶杯，抬头，不知何时，窗外下了场雪。茶里也有雪意，薄薄的小雪意思，让人生出怜爱心。微风吹过，拂得雪片如烟泛起。世上有多少人曾捧一杯茶看雪？人看雪，茫茫一白，洁白无瑕，其中藏了世间万象；雪看人，高低胖瘦，各怀心事，多少自寻烦恼，多少庸人自扰。心事太多，不如喝茶。

白开水之歌

　　兴致好时，家里有十几种茶叶，乱花迷眼。绿茶清雅可人，红茶迷离周正，黑茶老实本分，花茶清香四溢。常常这样，不知所措，也就没了喝茶的兴趣，索性倒杯白开水。

　　虽是茶客，也爱白开水，喝来省事，有时懒劲上来，懒得泡茶，喝白开水。人说白开水无色无味，实则无味之味乃至味也。白开水有开水之色，开水之味，分明色味双全。难道赤橙黄绿青蓝紫才是色？非得酸咸甘苦麻辣甜才是味？

　　在乡下，偶尔喝到山泉白开水，感觉几如艳遇，当然，更多是意外之美。乡下的水纯净。山泉清冽，能喝出丝丝甜味。井水甘郁，能喝出一片冰心。河水澄澈，入嘴是短平快的酣畅淋漓。玻璃杯晶丽透明，如果水倒得太满，从视觉上看，依旧空空如也。饱学之士胸襟谦虚，浅薄之徒妄自尊大。这是杯水之道。

喝茶要趁热，烫点没关系，可以慢慢品。茶一凉，香气散尽。再低劣的茶，趁热喝总有些味道。再优质的茶，凉了，进嘴也如同寡水。喝水要稍凉，水一热则烫。茶烫有香有色，有甘有甜。水烫，则是一烫到底，干而硬。温凉之水，喝起来才从容才潇洒，或气吞长江，或浅尝辄止。

大碗茶不温不火，喝了只是胀肚子，如遭水厄，宁愿拿杯白开水。喝茶有时候像写格律诗，讲究稍微多些，一个平仄不整，一个对仗不工，有失风雅。白开水通俗易懂，是梆子戏、快板书、大鼓词，热热闹闹。

烧白开水尤其热闹。以前住所附近有家水房，每天清晨傍晚，男女老少排长队。水房旁，是漂白粉和煤火气的味道，与两侧小吃店、杂货铺、豆腐坊应和着。这是过去的风致，多年没见到了。

最喜欢的还是老家红白喜事时烧白开水的场景。两眼土灶柴火熊熊，大铁锅装满水，雾气蒸腾，灶口有人添柴把火。几十个大小不等的保温瓶在一边列阵，俨若沙场点兵。

小时候喜欢白开水淘饭，淘冷饭。开水淘饭粒粒爽，再佐以咸豇豆，我能连吃两碗。

十五年前，坐在门槛上，捧一大碗白开水，祖父躺在堂屋，眼泪滴入碗底。十年前，坐在门槛上，捧一大碗白开水，堂屋两管红烛，笑容印在碗底。

白开水不变，变的是人。白开水，穿过今夜的喉咙，流进肠胃。想象身体是透明的，一根水线渐渐推移，安静坚定。伊睡深了。喝完水，握着空杯。真快，一转眼，这么多年了。空杯在手，仿佛打灯笼的古人。日子从古人那里一路走来，多少岁月老去啊。

后记

明朝断园居士在友人山居，泉茗为朋。喝的是什么茶，未从交代，但景况不恶。早晨推开窗，有红花、绿树、闲鸟、烟岚、藻荇、静池、细风、清帘，更有庭院悄然。此番风致比纸窗瓦屋更具风韵。

一直喜欢喝茶，有幸喝到天南地北各色好茶，前世修来福气。四方之茶，异色异香异味而同乐。茶之乐，乐在隐逸，乐在闲适，饮啜间发现人生与自然的情致。

生性好旧，唯喝茶贪新，当然说的是绿茶。普洱、黑茶之类，越陈越好。都说酒也是陈的香，奈何肚无别肠，饮不得那物。

饮食饮食，饮在食前，皆为人生大事。一饭

一粥，当思来之不易，茶尤如此。喝茶殊非易事，不易有闲，不易有心。喝茶光有闲暇还不够，更要有闲心。三分茶三分水三分闲心，剩下一分闲情用来写喝茶的文章。偶有所感，遇则记之，得文若干篇，非醉非醒，或实或虚，连同以前写过的有关茶的随笔，新篇旧作醉醒虚实团圆在此一册小书里。小书比大书好读，轻便。

写茶风气古已有之，陆羽《茶经》后，不乏讲茶著作。一壶乾坤，茶天地山山水水，一言难尽。书中文字，由茶生长发芽，好坏不论，自忖写出了一点不同的地方。清水淡茶，一杯水，一团香，一片叶，以纪实、回忆、想象、幻觉交织而成，与茶有关也与茶无关。袁于令论《西游记》："文不幻不文，幻不极不幻。是知天下极幻之事，乃极真之事；极幻之理，乃极真之理。故言真不如言幻……"袁先生可谓前世知己。

二○一七年一月五日，合肥，二九楼头

陶渊明结庐在人境，总觉得他家草庐的窗前有酒也有茶，以陶碗浅浅盛着，酒水茶汤映出庭前的垂柳。山中的气息与酒、茶的气息融为一体，飞鸟结伴而来，在庭中树上。

好茶平白简洁，洁白如雪，好茶是绿雪，纷纷扬扬一杯子。文章也应该写得平白一些简洁一些。

文章实难。近来写作，想说的话越来越少，行文越来越短，心到意到即可。琐屑的这样一本册子，怕是辜负了案头那抹茶香。

兴致淡了，水仙花开过，一杯茶残了。

二〇一八年九月二十三日，北京，鲁迅文学院

文气漫漶，于是喝茶。

常怀闲雅吃茶酒，偶有性灵写文章。

《文心雕龙》上说意气骏爽，则文风清焉，好茶让人意气骏爽。文风文风，文章如风，飘忽游离。作文捕风，笔墨捉影，从来由天不随人，仿佛老来得子。我未老，还未得子，更未老来得子。文章如子，

222

龙生九子，模样不同，性情不同，面目不同，身段不同，各司其职，龙各有命。文章家要有龙性，云从龙，龙司雨，纸上一支笔，翻手为云，覆手为雨。

茶书者，喝茶之书也，谈茶之书也，该有清淡味闲雅味，不染酒味肉味糖味烟草味才好。茶味者，苦味香味涩味也。一杯茶，百般人间味。

近来白发越来越多，两鬓渐白，揽镜自照，窗含西岭千秋雪。岁月不饶人，陡然苍凉，好在此生此世的字里相逢，佳美如茶，到底门泊东吴万里船。

有人走马天涯，有人不出居家；有人晨光晚霞，有人看云赏花；有人大肉烈酒，有人茹素淡茶。时令已近霜降，阳气内收，一天天开始冷了，山中茶园老了。茶老了，明年依旧会长出新芽，人老了却无再少。茶回回新，人年年老，正当是：

一季新茶一岁身，如今我已不青春。

中年时序再回首，锦绣青山半老人。

此书已成往事，如今写不出这样的集子了。

二〇二四年十月三十日，合肥，作我书房

记得旧时家，跟随妈妈去采茶。

蝴蝶身畔舞，青山开红花。

如今人长大，点点添霜华。

饭书

胡竹峰 著

长江出版传媒 | 长江文艺出版社

目 录

前言

入得古室，高十余丈，空阔阴郁，满壁皆书。逐一检阅，见清刊本《随园食单》，并有木刻雕版无数，欢喜不知身是客，页页翻看，须臾醒来，却是一梦。袁枚的诗话笔记向来不喜欢，只有那本食单一翻再翻，当作小品文读。其间有味，人情味、名士味、饮食味、闲适味，更有好风味。好是春风湖上亭，风来蒿艾气如薰。

藐姑射之山的神人不食五谷，吸风饮露，乘云气，御飞龙，游乎四海之外。神人能如此，凡尘男女到底需要一日三餐，庄周也不例外，鼓腹而后才能游。只有伯夷叔齐不食周粟，以身殉道，饿死首阳山，求仁得仁，历来传为美谈。

《论语》上说，君子食无求饱，居无求安，此事我不从孔子。老子说得明白，圣人之治，虚其心，实其腹，甘其食，美其服，安其居，乐其俗。最怕虚其腹，实其心，苦其食，乱其居，恶其服，败其俗。曹操《置屯田令》，字字饱满，掷地有声：

> 定国之术，在于强兵足食。秦人以急农兼天下，孝武以屯田定西域，此先代之良式也。

齐白石自称诗第一，印第二，字第三，画第四。友人问我如何？

回："厨艺第一，文章第二。"

友人不信。

道："饭自己吃，文章却是给别人看的。"

一笑。

前几年常与锅碗瓢盆为伍，以烹炒煎蒸煮炸为能，腕下色香味俱全，文章不过余事。少时即下厨，故乡瓦房菜饭香气永远是追忆逝水年华的引子。庭前梨树有一年丰收，葫芦梨亮堂堂装满几个竹笋；枣树年年开花年年结果，乌桕上葡萄藤累累垂垂，挂满童年岁月。江湖夜雨的灯盏何止亮了十年，三十多载岁月过去，越发惦记桃李春风下的那杯薄酒。南瓜、白菜、萝卜、豆腐又清淡又清爽，文章倘或如此，那是境界。

笔墨述食，或荤或素，鸡鸭鱼肉，瓜果蔬菜，酸甜苦辣，一言难尽。味道在舌尖，难与他人言。少年忙碌衣食，容不得仔细体味。此后渐渐知味，却无多少茶饭心情了。人生颇难知味，若说不知，或许又知；若说知乎，大约不知。知是不知，不知即知。知或不知时，口舌生津矣。

汉朝的事，一女子与夫君作别，想到此去万里，彼此远离，衣带渐宽而人形消瘦，道路阻长，不知何时会面。胡马离乡依北风而立，越鸟北飞在南枝筑巢，那人却如浮云蔽白日，不见踪影。愁绪袭来，心生老境，惊觉时光流逝，岁月已晚，只能聊以自慰，希望心上人努力加餐饭，今时读来，心有戚戚焉，我辈之愿也无非努力加餐饭。黄庭坚的词里也说身健在，且加餐。

文以载道，文艺栽稻。文章好得，稻粱难寻；稻粱容易，著书艰苦；字字看来皆是血，十年辛苦不寻常。乡俗说人头难顶，人头难顶人要顶。著书只为稻粱谋，岂是易事，天下无如吃饭难。黄粱未熟，大梦未醒；黄粱未熟，大梦已醒；黄粱已熟，大梦未醒；到底无味，到底苦味。人生须臾如此，虚无如此，虚无如此，虚无如此，虚无如此，虚无如此……如此虚无，如此虚，如此无，如此……

文章辛苦事，吃饭长精神，我得多吃一碗。有道是：

闲闲史记与春秋，笔墨劳神已白头。

画饼充饥终不饱，文章换得稻粱谋。

一卷文章换饭钱，饥来饮食困时眠。

不求谁解其中意，甘苦酸甜云在天。

二〇二三年九月五日，合肥，作我书房

辑一

寻味篇

酸

请北方朋友吃饭，主食酸汤面叶，滋味甚好，宾主相欢。北方人口味似乎偏酸咸，南方人喜欢甜辣。南糖北醋这个说法不知道能不能立住脚，山西老陈醋倒一直是四大名醋之首，稳居宝座。南方也产醋，镇江香醋、福建永春老醋、阆中保宁醋。

南方的醋，酸中带香，口感微微有些甜。甜是南方滋味底色，小桥流水人家，青花瓷小盏载不动苦辣酸咸。北方人吃面，能搁半碗醋，一太原朋友用醋泡蛋炒饭。饭吃完，碗底剩一勺醋。我不喜欢醋，受不住那股酸。有回吃西红柿捞面，咬牙在碗里倒了几勺醋，呼啦啦吃完，索性喝干了汤，自此开始吃醋。男人不吃醋则已，吃起来，比女人醋劲大。

房玄龄纳妾，原配妻子大怒，唐太宗以毒酒相逼，谁知道她并不畏惧，接过一饮而尽，才知是浓醋。后世以醋喻妒。《红楼梦》中晴雯对袭人不觉又添了醋意。《儿女英雄传》上作书人旁白，切切莫被那卖甜酱高醋的过逾赚了你的钱去，你受一个妒嫉的病儿，博个醋娘子美号。话本《清夜钟》说石匠樊八怕陈氏吃醋，又怕捻酸怪他。《儒林外史》里凌家两个婆娘彼此疑惑，争风吃醋，打吵起来。清杂剧唱道："则见那，娇惰的熏香闲坐，悍妒的拈酸泼醋。"

乾嘉浙江盐运史张映玑，山东人，心性宽和滑稽。一日出官署，有妇人拦轿递状纸，告夫家宠爱小妾欺压自己。张映玑学杭州话从容道："阿奶，我系盐务官职，并非地方有司，但管人家吃盐事，不管人家吃醋事也。"笑而遣之。此事梁绍壬《两般秋雨庵随笔》有记。

醋之酸,汪洋肆意,顺喉咙直下肠胃。柑子也酸,热情似火,自口中散发,直冲脑门,绕头三匝,再酸遍全身。旧家庭院栽有柑子树,小时候嘴馋,没等柑子熟透就摘下来吃,常常酸倒了牙,吃饭咬不动豆腐。

腌菜酸、柑橘酸、醋酸、梅酸、奶酸、枣酸,都是酸,滋味不同,酸得大相径庭。酸味之上者,酸菜第一。酸菜切碎,放入蒜苗、干辣椒,热油爆炒,又酸又辣,又纯又好。

酸菜用白菜腌制,吃的时候捞一点出来,做小菜,也可以用来炒饭,少年时候没少吃酸菜饭。挖半勺猪油,将剩饭和酸菜放一起,加热炒熟,放点辣椒粉,酸辣互融。酸菜饭香、鲜、辣、咸,还有农人的朴素与油润,我一次可以吃两大碗。

初离乡,偶尔会吃蛋炒饭,大概记忆太深,总觉得不如酸菜饭有老朋友的体己。如今十几年没吃过酸菜饭,酸菜面吃过很多回,放肉丝放雪笋,也吃过酸菜慈姑汤,都有颇好的口味。前几天伊炒了盘酸菜鸡蛋饭，橄榄油煎蛋，猪油炒酸菜米饭，撒上蒜苗。蒜香蛋香和着酸菜香，十足美妙。

腌渍酸菜的历史甚久，《齐民要术》有介绍。东北自不必说，河北、河南、山西、陕西、甘肃、宁夏、内蒙古等地，到了冬天，酸菜常见餐桌。陕西安康民谣："三天不吃酸，走路打蹿蹿。"酸味已入得日常饮食了。老家岳西，也有人做酸菜。小孩子蚊叮虫咬，大人从酸菜坛蘸一点酸菜汁擦上，祛痛止痒。我以前会做酸菜鱼，这两年和文艺太亲昵，厨艺吃醋了，已经烧不好那道菜。

除了酸菜之酸，梅酸我也喜欢。近来望梅止渴，望金农画在宣纸上的梅子止精神之渴。金农的梅子、吴昌硕的枇杷、齐白石的白菜、张大千的樱桃，是我眼里的水墨果蔬四绝。

见过一件《三老尝醋》宋代瓷塑：一口大醋缸，苏东坡、黄庭坚和佛印禅师立于一旁，一僧二儒，袒胸露乳，各以手指尝醋，同样的酸，不一样的表情。一味有百态，有人酸得皱眉，有人酸得眯眼，有人酸得咧嘴，有人酸得龇牙，有人酸得面无人色，有人酸得一脸动荡，有人酸得倒吸凉气，有人酸得大吐舌头，有人酸得点头，有人酸得哈腰。

酸常常与穷一起，旧时称迂腐穷困的读书人为穷酸。自古人穷被欺，王九思《曲江春》第二折："这里有一位客饮酒，不许穷酸来打搅。"金农梅子画上如此题跋：

江南暑雨一番新，结得青青叶底身。

梅子酸时酸不了，眼前多少皱眉人。

金农是扬州八怪之首，号冬心先生，能诗能文，工书工画，偏偏一生坎坷，郁郁不得志，多少心酸，多少辛酸。辛酸是天下至酸。近来独恋金农，老夫子像一尾野生鲤鱼。

甜

粤菜淡雅清爽，品名花哨，用料如天方夜谭，神妙处大有仙趣，菜中之尤物也。苏帮菜刀工精湛，和顺适口，回味醇悠，可谓菜中之隽物。

粤菜与苏帮菜偏甜，吃惯川菜、鲁菜、豫菜、徽菜的舌头未必消受得了。广东人在肉羹里放糖，吃了几口，不习惯。南人热爱甜食，大街小巷不少甜品店，卖炸香蕉、榴梿、泡芙、西米露之类。

有食客说，无锡炒鳝糊放那么多糖！包子肉馅里也放很多糖，没法吃！感受至深也。肉馅放糖的包子，我见亦惧，生不起食欲。无锡炒鳝糊倒是很喜欢，喜欢它色香味之外的声音。上桌时滚油滋滋响作沸腾状，香气四溢，过一会才平息下来。黄鳝因芡汁而粘连在一起近似糊状，食之柔滑软烂。糊的烹调法大都为烩，鳝糊名为炒，实际烹调还是烩。

无锡菜的确偏甜，无锡排骨与脆鳝比炒鳝糊更甜。如今无锡菜用糖减量，很多菜没那么甜了。无锡菜的甜，有一方水土的温情。

喜欢甜食的，以地域论，南方比北方多一些；以性别论，女人比男人多一些；以年纪论，老人与小孩多一些——外祖母六十岁后爱吃糖，逢年过节，母亲准备礼篮总少不了两包红糖。

有人说，喜欢甜食的人性格软弱，嗜辛辣苦咸的人就刚强勇敢？小时候嗜甜如命，胶切糖、小桃片、云片糕、酥糖、蜜枣、茯苓饼，无所不爱。睡觉前经常含一颗糖在嘴里，乳牙尽坏。换齿后，不敢再贪糖果，另外口味也改变了。

吃过最奇怪的糖是松针糖。冬天，松针上长出松针糖，绿豆大小白色晶体，甜甜的，有脆奶糖的口感。老家还有一种甜品叫芽子粑，植物稗子的籽发芽后磨粉发酵蒸制，奇甜，贪多必腻。

饮食随笔，常有滋润的甜食：蜜麻花、酥糖、麻片糖、寸金糖、云片糕、椒盐桃片、松仁片、松子糕、蜜仁糕、橘红糕、松仁缠、核桃缠、佛手酥、菊花酥、红绫饼……甜食美而艳，少年时每逢春节，总会吃到很多甜点，如松仁缠、核桃缠，在干果上包糖，算是上品茶食，实在甜上加甜，甜过了头。松仁、核桃之类，空口吃最好，味道单纯。

甜能让人放松，寻得一丝悠远清闲。甜品几乎都带一股香气，甜在嘴里，直上心头，可以消解沮丧和焦虑，可以冲淡烦躁与不安。甜品入嘴令人无法抗拒，眷恋难舍。过去喜欢吃一种叫江米条的甜点，秋冬夜，边读书边吃，吃完半斤还意犹未尽。

一个人偶尔需要甜的心境。散淡恬静，拈花微笑，差不多可以算作甜的心境吧。曾说中国文化有三味——茶味、酒味、药味，现在看来，可以加上烟味与甜味。才子佳人的小说，花间词派的作品，底色甜腻或甜而不腻。如果诸子百家生活的年代，甜食风行，老庄孔孟的竹简木牍加入甜味，或许中国文化底色会有所改变。

苏轼喜欢蜂蜜，豆腐、面筋、牛乳之类，皆渍蜜食之，客不能下箸。他又自酿蜜酒，可惜蜜水腐败，喝坏了肚子。我以前嗜蜜，现在喝了作呕，好久不敢吃了，百思不解。人生苦短，实在该多一些甜的。

苦

瓜豆两个字我喜欢，有乡野味道，也带一丝谐趣。有人随笔叫《瓜豆集》，书名极好，屡屡心生夺美之意。我爱瓜，冬瓜、西瓜、南瓜、丝瓜、节瓜、青瓜、白瓜、茄瓜、毛瓜、瓠瓜、蛇瓜、佛手瓜、番木瓜、云南小瓜，都喜欢，唯独不待见苦瓜。老家没有苦瓜，这些年回去，经常在菜市场遇到，外乡拉过来的，偶尔，本地菜农也有种。朋友家餐桌见过苦瓜炒蛋，没伸筷子，早年吃苦太多，如今视苦如仇。

带苦字的菜肴，喜欢苦笋。苦笋可以凉拌、煮汤、素炒，各有美味。苦笋又名甘笋、凉笋，质地脆嫩滑口，有白玉颜色，清香里一丝微苦而已，淡薄而味足。苦笋炒肉，味更足，笋可去肉之肥腻，肉能解笋的寡涩。苦笋入口，脆然有声，微苦后有甘爽，灿若光芒。

茶味太苦涩，也只喝两口，要求泡别的茶吃。好茶之苦，实在的情形还是爱其鲜香慕其自然。

不喜欢苦味，却喜欢苦字。以前住所附近有个地名叫苦菜湾，因为喜欢这个名字，去过不下十回。苦菜湾的风景，底色是苦的，苦得茅草萧萧，苦得苦菜成丛。想起读过的日记片段："春天在晴空下盛放，樱花开得灿烂。一个人留在这里，我只感到茫然，想起秋刀鱼之味。残落的樱花有如布碎，清酒带着黄连的苦味。"

苦与甜关系微妙，苦的余味是甜，很奇怪。譬如苦丁茶，喝过之后有回甘。即便喝中药，嘴里也有苦尽甘来之感。吃得苦中苦，方为人上人。世间没有"吃得甜中甜，方为人上人"的话。吃苦耐劳四个字，听了几十年。说一个人睡在蜜罐里，固然是称赞他享福，骨子里何尝不是嘲讽？

世间万物，利于人的，往往苦在其中，良药苦口可治病。苦的层次比甜要高，卧薪尝胆比锦衣玉食艰难。但苦一味我从来没有喜欢过，避苦趋甜是人之常情吧，卧薪尝胆之类，不想干也干不了。胆之苦，是剧苦，苦得舌尖发麻。朋友请我喝不放糖的咖啡，入口清苦，苦得贫乏，苦得悠远，苦得孤帆一片日边来。

入夏后，胃口下降，不思饮食，低烧，体乏疲倦，医生说那是苦夏。有人苦夏，有人悲秋，有人春困，有人畏冬。

桐城人姚弱侯写过一联,蔼然儒家心性:"但觉眼前生意满,须知世上苦人多。"儒家仁爱,墨家兼爱,道家博爱,都让我有亲近感。年来案头置《老子》《墨子》《庄子》《论语》《礼记》,读出太多温情,书里岁月冲淡了人生之苦。

辣

辣椒,不爱吃,不爱吃的原因,怕辣。

坊间传言:四川人吃辣椒,不怕辣;江西人吃辣椒,辣不怕;湖南人吃辣椒,怕不辣。我口味清淡,只能吃一点柿子椒,辣味较淡又保持了辣椒的清香。故地有种辣椒,生得小,朝天长着,乡人称为朝天椒,因为太辣,从来不敢碰。

食欲欠佳,吃点辣椒能开胃,饭菜不好时,添上辣椒能改味。说过一句话,虽不成文,似乎还有些道理,抄来备忘:茶只要是滚的,再难喝都可以喝;菜只要是辣的,再难吃都可以吃。热盖百味,辣也盖百味。咸是百味之心，辣则是百味之骨。辣椒的模样也颇有骨感，嶙峋挂在菜园里。

以辣椒为主料，我会做改良的虎皮尖椒与辣椒炒鸡蛋。把辣椒籽掏空，将熟透的猪肉馅放进辣椒壳里，入油锅中煎至转色，外皮略略泛白，虎皮尖椒乃成。这道菜，油润中有清淡。油润的是馅，清淡的是皮，辣中带鲜，实为下饭之良菜。从姑妈家学来后，做过三五次。

将辣椒切成碎末，和鸡蛋一起搅拌均匀煎成鸡蛋饼，两面煎。说是辣椒炒鸡蛋，实际上成了辣椒鸡蛋饼。吃起来也辣，但辣得短平快，辣中有香。乡下人还喜欢制一味腌辣椒。取个头小一点的辣椒，放在腌菜坛，十天半月即成。祖父在世，偶尔喝点小酒，晚饭时持椒把盏，怡然自得的神气，颇有文人雅士持螯把酒之风，十分享受。

除了朝天椒和柿子椒，我还知道海椒、米椒、七星椒、灯笼椒、线椒、尖椒、大角椒、干椒、肉椒……我们安徽产牛角椒，是常销菜。立秋后的辣椒，夕阳下一个个深红地拉长了影子。因为红，秋收后的菜圃一片生机。

去湖南吃饭，很多菜都有辣椒。湘菜我之所好，湖南更是好地方，山水有辣椒味，辣得深远辽阔。辣是阳刚之味，湖南人性格霸蛮，有人归因于辣椒。云贵湘三地把辣椒称为辣子，有亲昵之心；江浙人称辣椒作辣货，是远离意思；故乡称辣椒为大椒，恭敬之情赫然。辣之一味，不能被其他味道征服。大人物是辣椒或者芥末，秦皇汉武是辣椒，唐宗宋祖是芥末。

祖父嗜辣，辣椒面拌辣椒酱，桌子上还放一盘盐辣椒。父亲吃辣，一碗辣酱三天吃完。见过几天不吃辣，食不下咽、寝不能眠的人。

某年在北京，友人请饭，一道芥末凤爪把半桌人哽住了。有人辣得咳出声，有人辣得泪水横流。艺高胆大的，自诩无辣不欢，也辣得半天没说话。我好奇，尝了一个，一股奇辣、毒辣、剧辣从舌尖轰炸整个口腔，一头扑进鼻孔里，跟着弥漫到头颅，波涛汹涌，整个脑袋瞬间蒙掉，眼前顿时模糊。

知道芥末很晚，是吃生鱼片时候的事。生鱼片要和芥末搭配，吃龙虾也要蘸一点芥末。朋友没有芥末不吃龙虾，我吃龙虾居然不要芥末，被他视为咄咄怪事。他吃龙虾非得芥末，我觉得岂有此理。

辣性除了助消化、开胃之外，还有祛湿功效，大概是川人、湘人喜欢辣椒的地域原因。巴蜀、三湘等地，湿气重，日照太短，引得人心情抑抑，饭菜里放一点辣，可以化解忧郁。

川菜有七味八滋一说。实则一辣蔽之，自有王气霸气，菜中之纵横家是也。辣能去腥膻，烤羊肉、炖牛肉、烧大肠之类非得放点辣才好。这时候辣被腥膻中和了，辣功成身退，羊肉、牛肉、大肠丰腴滋润，吃一口，风吹草低见牛羊，辣出了大境界。

酸味入嘴调皮伶俐，甜食的口感则丰腴滋润，苦有死心塌地、忠心耿耿风格，吃咸货几近独望春风，辣如大汉，意态潇洒。辣味之动人，在激；酸味之动人，在诱；苦味之动人，在回；甜味之动人，在和；咸味之动人，在敛。辣味的激，来得凶，一进口像刺入舌头，勇猛如岳飞枪挑小梁王。酸味入嘴也像刺入舌头，但刺得慢，仿佛美人舞剑。

近来喜欢做一道辣菜，干煸辣椒，从朋友处偷来的手艺。在安庆时，经常买一点牛角椒，去籽，洗净后，用刀平拍，入油锅，放酱油少许，滋味卓越，极好的下饭菜。可惜合肥的辣椒太辣，此菜荒废太久，手艺快还给人家了。

咸

楼外有大片荒地，经年空着，有人闲不住，开辟了几块菜园。母亲也闲不住，锄头铁镐忙活半月，翻土播种，种上白菜、萝卜、菠菜、莴笋、豆角之类，起早贪黑去经营那三分地，乐在其中。

白菜长势好，一时吃不完，母亲说做点咸菜。夜灯下，一刀刀切着白菜，白的菜梗与绿的菜叶化作碎玉散翠堆在那里。找来坛坛罐罐，满满装了，用盐腌上。我在一旁读书，切菜唰唰唰又有些木噔噔的声音不绝于耳。一时有些感动，又勾起旧事。印象中，乡下入冬后，主妇第一要事就是腌咸菜了。小雪腌菜大雪腌肉，这时节腌渍的咸菜味道好，不苦不酸不涩。

晴好天气，将一棵棵大白菜连根拔起，截去菜根，洗净后摊放在竹篮、草地，或者挂在篱笆上，阳光照过，白花花晃眼。略有些蔫时，几个女人家商量好，彼此帮着切菜。刀磨得透亮，大家有说有笑。

乡下腌咸菜是大事，吃不完的豇豆、黄瓜、辣椒、扁豆，放进腌菜缸，闹菜荒了拿出来，胜过寡饭。做腌菜很讲究，盐放多了，菜太咸，放少了，菜泛酸，弄不好还发臭。有些菜腌之前还要晾晒。霜降后的早晨，走在乡下，堂屋前的砖柱间，稻床外的大树上，到处拴有绳子，挂着萝卜、白菜秆之类，霜花如星，是乡村一景。腌萝卜要用棒槌捣压，一层萝卜一层粗盐，装入陶瓷粗瓮里。

往年贫穷人家，咸菜是下饭好菜。记得祖父除了旱烟和烧酒、辣椒之外，也喜欢吃咸菜。

中国咸菜很讲究，各地做法不同。绍兴人喜欢腌苋菜梗，待其抽茎疯长、肌肉充实时，去叶取梗，切寸许长，用盐腌藏瓦坛，发酵即成，生熟皆可食。江南一带用小萝卜做咸菜，腌好后缨子还是碧绿的。鲁迅小说中，女人端出乌黑的蒸干菜和松花黄的米饭，热气腾腾冒烟。这样的场景在我家乡也常见，不过米饭上头的蒸干菜是咸菜。梅干菜我吃过，蒸得乌黑的，热热冒着雾花。有年在绍兴闲逛，午饭时，寻得一水边人家，农人捞出鲜活的白丝鱼，以梅干菜做底，略咸，很香，经年难忘。

做梅干菜以霜打过的雪里蕻为佳。鲜菜洗净后堆干、腌制半个月，此时用来炒肉、炒笋、煎豆腐、做汤，都有独特的鲜美。腌在卤水中的雪里蕻黄如金片，绿似翡翠。

咸菜沥去菜卤晒干，以坛子贮存，越陈越香，可用来埋存腊肉。咸菜色泽墨黑，一股扑鼻的腊油香，入口又嫩又糯，用它烧鱼、炖肉或者添水蒸了吃，老幼咸宜。有人用咸菜焖肉，菜香肉糯，咸中带甜，肉少了油腻，咸菜尽去寒酸，是很好的搭配。

布衣暖，菜根香，读书滋味长。布衣诚然保暖，菜根味道也清香，连吃几顿，却不好消受。倘或每天吃菜根，读书滋味大概长不了。不如放下书本，且去劳作，换个温润的一日三餐。咬得菜根，百事可做，有人闻之击节叹赏。那是读书人略有些迂气的心绪，向来不以为然。人每每不得已才去吃菜根，旧年老家村人以咸菜下饭，也因除此之外，实无他物。如今乡民只将咸菜当佐餐小肴，吃得少了。

　　小时候，冬天早晨，下了一夜雪，园子里青菜冻住了，我家总是吃咸菜煨豆腐。豆腐滚跳跳煨在木炭火锅里，细嫩、清香，无可比拟。窗外的雪是白的，米饭是白的，瓷碗是白的，火锅里豆腐是白的，窗纸也是白的，红炭火散发着暖意。

　　近年不大吃咸菜，也有例外，倘或在餐桌上遇见咸豇豆，能多吃半碗饭。咸豇豆有奇香，让人胃口大开。咸豇豆的颜色好看，黄亮亮诱人，像黄花梨椅子扶手的包浆，如果配上红辣椒，装在小碟子里，俨然是餐桌小品。以前读书到半夜，饥肠辘辘，经常吃咸菜泡饭。

西方似乎没有咸菜。韩国泡菜不能算作咸菜。日本有咸菜，吃过几回，和中国咸菜味道不同。

乡下家常菜普遍偏咸。春耕秋收之际，农务繁重，主妇会在饭菜里多搁一点盐。久而久之，口味重了。乡下人对咸近乎崇拜，认为是力量的化身，民间一直有吃盐长力气的说法。盐也当药物用，身体不适，不知究竟，先喝半碗盐水。

如今喜欢咸菜的人不多了。朋友回乡下秋收，老母亲备了点咸菜，带回来后少人问津。旧年大受欢迎的腊肉、腊鸡、咸鱼、腌鹅、咸鸭之类，也失之诱惑。去年春节从乡下买了半爿猪腌成腊肉，差不多吃到了秋冬天。炒家常菜蔬，放几片腊肉，味道很香。腊肉不依不傍，青菜一意孤行，吃起来有昏黄的回味与微绿的向往。

鲜

鲜颇具私密性，滋味太美。美从来只可意会，无法言传，大美尤其无言。有鱼有羊是为鲜，鱼羊同烹，口味美滋。在南方吃过几次，或许做不得法，并不见佳。在四川简阳遇见过极品鱼羊清汤，灼灼其华。相传孔子游列国，行至皖北时，又遇困顿，弟子找来羊肉和几条小鱼，饥饿难忍，应急将羊鱼同烩，滋味十分鲜美，故取名鱼咬羊，流传至今。

鱼类自是鲜美，家常的鲫鱼、草鱼、鲢鱼，名贵的有石斑、河豚、黄鱼，各得其鲜。著名的长江四鲜，银鱼、刀鱼、鮰鱼、鲥鱼，吃过三种。银鱼细骨无鳞，明莹如银，其鲜短平快。刀鱼细腻鲜嫩，入口即化，其鲜清新婉约。鮰鱼集河豚、鲫鱼之味于一身，其鲜平滑肆意。鲥鱼没吃过，苏轼称为惜鳞鱼，说尚有桃花春气在，此中风味胜鲈鱼。其味可见一斑。桃花春气之感，还是不吃为宜，一吃就泥实了，失了想象。

有年在扬州，过高邮，食得鱼鲜五六品，有雪菜豆瓣烧虎头鲨、红烧昂刺鱼、鳗鱼、赤眼鳟……忍不住作诗以记：

登楼不见盂城马，渐老秋风怅落花。

三日高邮湖上客，陶然美意问渔家。

楼者，镇国寺古塔与文游台也；盂城马云云，因城中古时候有盂城驿站。

鲜字右边是羊，羊肉鲜美，不像猪肉油腻、牛肉劲犟、驴肉粗重。羊肉盐煮也好，红烧也好，煎、炒、爆、炖、涮，都能淋漓尽致。冬日吃涮羊肉，像踏入暮春田野，鸟语花香，一切正在蓬勃疯长。

吃过的东西，有很多比鱼羊要鲜美，譬如菌类。一来先民发明鲜字太早，盐没能广泛使用，显不出菌鲜。二则旧年菌类身份卑微，不及鱼羊高贵。据说云南的鸡枞菌最鲜，用来做汤，极危险，人贪鲜，会喝到水饱，甚至直到胀死。有人怀疑那菌里含有什么物质，能麻痹大脑里的拒食中枢神经。一家之言，不必当真。

道家认为食气者寿，李渔说菌类清虚之物，来源于天地之气，食菌等于食气。吃过最鲜的菌类是老家人称为鹰爪菇的珊瑚菌，做汤或者炒食，滑且嫩，抄几口吃下，入嘴之际，触电一样，鲜味氤氲，顺嘴唇舌尖舌根到喉咙，跟着弥漫整个胸腔。此刻，悠然进食，埋头吃喝才是赏心乐事。可惜这道菜二十多年未见，杳不可寻，鲜美得成了传说。

小时候经常吃毛豆鸡蛋汤，入口清冽，甘鲜异常。剥好的毛豆倒入滚油锅，炒至八分熟，放盐，添水，烧开后，捻碎青菜叶一撮撒上，淋下搅拌好的鸡蛋糊，即可起锅盛碗。只见豆粒于碗底沉浮，荚衣出没汤面，蛋花随汤匙荡漾，青菜像轻舟徜徉。馋意袭人，轻呷一口，一条温暖的水线贯通腹中，猪油、毛豆、蛋花、青菜之味鲜美如梦幻，仿佛天上人间。可惜现在找不回过去的味道了。

三四月，有一道春鲜——豌豆配春笋：春笋切成方丁，在淡盐水内焯烫后清炒至九成熟，加生抽。接着倒入豌豆，快速煸炒，放盐和鸡粉，翻炒均匀出锅。豌豆颗粒圆润鲜嫩像翡翠，方丁春笋如玉，十分好看。口感脆嫩，味道鲜美，清雅隽永。这样的菜，不要说在大鱼大肉中，即便放入家常菜里也款款多情。

这些年间或赴宴，叵耐美食遁迹，好在宾客相欢，美食与食美退居次位了。倒是有回在深圳吃到一款膏蟹，很肥，厨师火候掌握得很好，蟹肉细嫩，汁也收得利落，鲜美可口。

东瀛生鱼片有名，吃过几次，不以为美。口味有时候和习惯有关。东瀛饮食不如文学，文学不如绘画，江户时期浮世绘风情够鲜够美，堪比美食。

膻

饮食有偏执，饮食也是个性。有人不吃羊肉，怕膻；有人却只知其鲜，不觉其膻。羊及羊肉别名膻根，在古代，膻肉专指羊肉。古人称祭祀时焚烧羊肠间脂肪所散发出来的气味为膻芗，膻本意也正是羊臊气。苏州旧俗，认为春天羊肉有毒，主要还是膻味作祟。

羊肉有两绝，内蒙古手把肉风情独特，苏州藏书羊肉鹤立南国。藏书羊肉汤烧得好，略带膻气，膻得清新，有吴地小桥流水的旖旎。内蒙古手把肉也带些膻气，膻得豪爽，风味辽阔。或许是地域带来的联想，吃到椰子，总想起海滩，喝青稞酒，脑海更是一片高原风情，吃葡萄干想起吐鲁番，吃烩面想起河南，吃米线想起云南，吃米粉想起桂林，吃拉面想起兰州，吃臭鳜鱼想起皖南，吃海鲜想起大海，吃山珍想起森林。

第一次吃手把肉，是在北京。白水煮肉，用刀割食。座中有内蒙古客人，割肉有真功夫，骨头上羊肉丝毫不剩。第一次吃藏书羊肉，是在安庆。拙作《豆绿与美人霁》中写过：

喜欢藏书羊肉这个名字，有书有食。想象一个藏有万卷诗书的江南小镇，微凉夜色下三五成群的人坐在八仙桌边喝羊肉汤，那场面多好。如果再冷一些，呵气成雾的寒夜，滚烫的羊汤，几个人边喝边聊，足以令人低回了。

写虚了，言不及味。现在补记：藏书羊肉汤色乳白，香气浓郁，酥软不烂，口感鲜而不腻。饭馆大厨一口吴语，无怪滋味正宗。

故乡饮食不风行羊肉，记忆中仅仅少年时吃过一次红烧羊肉。奇怪的是，宰羊前，先给它喂了一碗冰糖红枣。后来在书上见过类似描写，说某烧羊肉的大师傅，有一次宰羊，羊流泪，人不忍下手，又养了几天。当然，最后还是被宰了，因为羊偷吃了老母亲炖的冬令补品冰糖红枣。不料，偷吃补品的羊，肉质格外丰美。从此，杀羊之前先喂一碗冰糖红枣。情节可能是小说笔法，技法已行之民间。

鸟类大概不乏嗜膻之癖，唐诗中有"弃膻在庭际，双鹊来摇尾"的句子。内蒙古羊肉鲜美，是因为羊吃野葱，自己把膻味解了。我看未必，主要也有饮食习惯因素。内蒙古朋友告诉我，秋天羊肉最好，因为羊可以吃到沙葱，还能喝到霜冻过的冰泉水，此二物可以去除羊膻气。说得煞有介事，我却半信半疑。

真要说到膻，狗肉比羊肉膻。狗肉烹不得法，不放辣椒，膻不可食。旧年山里猎户捕获到野味，剥皮后总要烟熏火燎一番，风干后方可食之，若不然就是用辣椒粉裹住了也膻得冲鼻子。

腥

腥膻一家，难兄难弟。不怕膻，但招架不住腥。私下开玩笑说自己厨艺第一，文章第二，因为饭只做给自己吃，文章却是给别人看的。可惜做不好鱼，主要原因还是对腥无可奈何。

我怕腥味，也制服不了它，感觉充满凶险，让人胆战心惊，或许和血雨腥风有关。血的确腥，猪血、鸭血、羊血、牛血都有股铁腥气，凝固后，闻起来又微微有些香甜。最喜欢猪血，一次可以吃一小碟子。川菜毛血旺里的鸭血，嫩滑细腻，是点睛之笔。

腥是形声字，从肉从星。肉与星组合的意思是说，介于臭味和无味之间的味道。腥味的食物，制不得法，总感觉臭，成了一堆秽物。古人说水居者腥，肉者臊，草食者膻。差不多如此。鱼、虾、蟹、鳖、泥鳅、黄鳝还有各类海鲜，腥气扑面。

世间常有逐臭之夫，更不乏嗜腥之徒。有人吃生鱼片不放芥末，说就贪那股生腥气，腥得人清醒。我嗜蟹之腥，甚至不觉得腥，相反倒很鲜。每年秋天，常有朋友惠送大闸蟹。清瘦的夜晚，食蟹而肥，一次两三只，十分温暖。

鱼腥气主要在鱼线上。厨师烧鱼前先在鱼头处划开一刀，再划开一刀，用菜刀侧面使劲平拍几下，鱼线就出来了，轻轻捏住，往外拉动，会抽出丝状白线。抽过线的鱼生腥气锐减，做汤、清蒸、红烧，多些鲜美。

腥是最具诱惑力的气味，因为有两面性，要么升华成鲜，要么恶化变臭。听过一个偷腥的来历，鱼鳔可避孕，人用后身上会带股腥味。这里幽默成分多，不必当真，我倒是觉得事涉生理。

前不久去了趟贵州。贵州人口味杂，酸甜辣咸且不说，对苦与腥的嗜好，独步一方。每餐总有凉拌鱼腥草。第一餐吃了一口，又苦又腥，强咽下去，再不敢尝了。苦不打紧，反正吃过不少苦头，关键是强烈的生鱼腥味，实在难以招架。鱼腥草我老家也有，无人染指。有年去徽州，暮色里饭桌上有一盘鱼腥草。强忍吃了四根，不敢继续，实在不能再吃了。

贵州人称鱼腥草为折耳根。折耳根，折耳根，想起小时候念书不听话，老师过来扯扯耳根。现在禁止体罚，戒尺烟锁重楼。

麻

人间有五味，酸甜苦辣咸，最喜欢甜。甜食吃多了损牙，近来不敢贪也。饮食各自癖好，有人喜欢吃苦瓜、苦菜，喝苦丁茶。有人爱酸，好吃西红柿、山楂、葡萄、杏、柠檬、橙子。有人嗜咸，最爱咸菜、腊肉。有人无辣不欢，洋葱、芥末、辣椒是餐中常物。

甜是软，辛是冲，酸是收，苦是闷，咸是和。甜让人愉悦，辣总是刺激，辛能回味，酸得生津，苦使人冷静，麻则是麻痹。麻痹之美，美得诡异。第一次吃麻辣烫，碗头袅起的热气十分诡异。不小心吃到一个花椒，嘴巴麻得发木，暗暗心惊，味觉一下钝了，感觉越发诡异。

麻其实麻在花椒上，皖地口味或辣或淡或咸，从来与麻无染。小时候没吃过花椒，也没见过花椒。花椒以陕西椒、四川茂汶椒、广东清溪椒为上。

去南充，川地潮气重。怕我们受了寒湿，主人每日特意做一款麻辣菜。麻得舌尖迟钝，辣得大汗淋漓，毛孔舒张，十分痛快。汤料里放的正是茂汶花椒。花椒除了带来味觉的麻之外，还可以压腥除异，增加鲜香。

有人不吃花椒，说辣。有人不吃花椒，说麻。我喜欢花椒，做酸菜鱼、水煮牛肉，炸半勺花椒，吃起来满口奇香，吃饭时多盛一碗，胃口开了。

川渝人做菜常放花椒，青花椒、红花椒、青红花椒，面条也沉浮几颗花椒。川菜在烹调方法上，有炒、煎、烧、炸、熏、泡、炖、焖、烩、贴、爆等三四十种之多。最大风味是麻辣，多辣椒、胡椒、花椒。豆瓣酱是川菜的主要调味品，不同配比，配出了麻辣、酸辣、椒麻、麻酱、鱼香、怪味等各种味型，无不厚实醇浓。

花椒之麻是川菜点睛之笔，也是点金之笔。

辣味是放是激，川菜里有一种口感如野马，放肆放纵激荡激扬，麻味是敛，将川菜这匹脱缰野马拉回来。每次吃川菜，总在一曲川江号子与一段京韵大鼓之间徘徊。辣味如关西大汉，铜琵琶，铁绰板。麻味却是十七八岁的山野女郎，执三弦。

花椒之花甚小，嫩而巧，粉红色花瓣在枝叶间躲躲闪闪。这样的花结那样的果，真可谓世事难料。大抵属异类草木吧，特立独行，不中不和，老而弥坚，有遗老气。放有花椒的菜，吃进嘴里，一口有一口味道，越发世事难料。

麻味的菜，喜欢麻辣鱼、水煮肉片。这两道菜第一口是麻，嘴唇微微颤抖，跟着就是辣，一股冲劲上来，然后一阵鲜香，发觉烫的时候，为时晚了。

可惜不会做鱼，想吃麻辣鱼只能去饭馆。水煮肉片做过几次，比不得厨师。滋味上乘的水煮肉片，味厚。

我做水煮肉片，总嫌轻薄。轻薄倒也罢了，有一次居然做出了浅薄的味道，所有的口感都浮于表面。

吃过最好的麻味是广东人做的海鲜麻辣香锅，入嘴麻、辣、鲜、香。麻辣香锅有荤有素、有淡有辣，天南地北的食材融在一起，味道丰富多样。麻得干干净净，辣得干干净净，鲜得干干净净，香得干干净净，四种味道互不干扰又纠缠不清。因为麻，辣无丝毫躁意。因为辣，鲜不沾半点腥气。因为鲜，香味悠长淡远。

在郑州吃到一款麻辣花生，滋味大好，麻辣香之外多了爽脆，吃了一颗又一颗，回家还带回一盘。可惜第二餐稍稍受潮回绵，口感少了脆一味，打了折扣。后来在外多次遇见麻辣花生，找不到那次的感觉了。美食常常像孤本善本。

麻味的菜还会做麻婆豆腐，装盘后撒花椒粉。麻得像李清照的词，婉约中有惆怅。

臭

"火宫殿的臭豆腐还是好吃"，这句话刷在长沙火宫殿墙上。湖南各地臭豆腐都好吃，湖北、上海、江苏、浙江的臭豆腐也不错。炸熟配上辣子或者咸酱，有独特风味。

味觉太具私密性。有人嗜甜如命，有人自讨苦吃，有人炒菜总要放点辣，丝瓜汤也漂着红辣椒。曹植给杨德祖写信说："人各有好尚，兰茝荪蕙之芳，众人所好，而海畔有逐臭之夫。"逐臭之夫见过不少，满大街找臭豆腐吃。我口味清淡，不要说苦臭之味，辣过了头、甜过了头，也招架不住。

十几年前在黄山，晚饭时，上来一盘鱼，众人下箸如船桨齐发。夹起一块，刚入嘴就吐掉了，对身边人牢骚："真不像话，坏臭了，还给我们吃。"那人笑笑告诉我，这是徽州名菜臭鳜鱼，吃的就是臭，这道菜制法独特，有异香。闹笑话了。

徽菜馆去得多了，慢慢能吃一点臭鳜鱼，异香没能吃出来，微臭一直挥之不去。近年终于体会出臭鳜鱼之妙。丁酉年，去了趟徽州，连吃三五条臭鳜鱼，各有其臭、各有其香，其妙处即在于此。

记得多年前，去皖南，在一个个白墙灰瓦的老村里兜兜转转，如漫步在世外桃源，看木窗走石巷过小河，老人悠闲地坐在堂屋磨墨写字。村口细巷深墙下，挑柴担重的农人擦肩而过。傍晚时，夕阳西下，寻一农家小菜馆，有上品臭鳜鱼，味道极好。片鳞状脉络清晰可见，鱼肉坚挺呈玉色，筷子稍稍用力便如花瓣一样碎开了。吃到嘴里，柔软鲜美，腴而不腻，开始微臭，继而鲜、嫩、爽，余香满口。骨肉相连、软塌塌的臭鳜鱼则为下品，食之无味。

烧过几次臭鳜鱼，腌制好的鱼打花刀，五花肉炒出油，下生姜、蒜子，将臭鳜鱼两面煎，再放黄酒、酱油、白糖，添水大火收汁。汤汁浓稠即可出锅。

相传两百多年前，沿江鱼贩用木桶装鱼运到徽州。为防变质，在鱼上撒盐并经常翻动，七八天后，鱼鳃仍是鲜红，鱼鳞不脱、肉质不变，似臭非臭。

将鳜鱼洗净红烧，鲜香无比，别有一番风味。

徽州臭鳜鱼好，毛豆腐味道也好。毛豆腐为徽州名菜，表面长有寸许白色茸毛，煎熟后，咸鲜微辣、外脆里嫩，亦略有臭味。

吃过无数徽菜，去过徽州多次。坐在窗下，窗外是徽州的夜，隐隐有竹影有风摇，黑漆漆里有空蒙的绿意。与伊对坐，一杯淡茶，那情景，犹如春梦。

宁波人将冬瓜切块煮熟，撒上盐和臭卤，密封半个月。说有解暑、通气功效。我吃了一点，不合口味，加入辣椒粉，方才稍稍压住了臭味。绍兴人吃腌制发霉的臭苋菜梗，越发滋味冲鼻，也只敢吃一小截下饭。

京中有豆汁，以绿豆渣发酵而成，可谓臭名远扬。喜欢豆汁的，赞美气味醇醇，酸中带甜，不爱喝的嫌酸臭难闻。小胡同，老旧的木桌子，大碗豆汁，清洁可饮，一摞形如手镯的焦圈，色泽深黄，焦香酥脆，从容而食，别有一种山野市井之趣。

涩

　　山西人嗜酸，有人吃馒头，掰开后夹一点酸菜，还要蘸上醋。无锡菜偏甜，酱排骨好吃，但一般人第二顿就招架不住了，到底太甜。一朋友去厦门，发现包子竟然是甜的，肉馅里放了很多糖，食不下咽。算不得矫情，实在习惯不同。四川人崇辣，有一年在蜀地，餐餐不离辣，汤里也漂浮或者潜伏有辣椒，不少人叫苦连天。绍兴人吃咸极了的咸菜和咸极了的咸鱼。咸菜、咸鱼也是徽菜特色。

　　口味的咸淡酸甜和地域是有关系的。人说南甜北咸东辣西酸，大抵不差。北方人口重，江南厨娘烧菜基本偏淡。这也与个人的性格习惯有关，安徽菜并不辣，但有徽菜馆喜欢放辣椒。

　　不知道有什么地方的人爱涩。过去乡下物资贫乏，不少老百姓吃未熟透的梨与柑橘之类，又酸又涩。童年时候，我也吃过，居然乐此不疲。

　　涩之感，在诱，一进嘴，其味缓缓弥漫，最终整个口腔都是涩的。涩是大多人都不喜欢的味道。也有例外，霜打后杂在柿子里面的涩，我就很欣赏。有种水果柿子，完全不涩，甜得不像话，枉担了柿子之名。北方大柿子的涩，非常清香，有种特别的甜。糖果的甜，甜得直截了当，甜得单纯，似乎是一种傻甜。柿子的甜因为有涩做铺垫，与各类瓜果各类糖果的甜来得不一样。说到底，这里好涩实则爱甜。

味不甘滑谓之涩，杜甫说酸涩如棠梨。棠梨之涩，涩得穷敛。究竟什么是穷敛，我也理不清，朝细里说，也就是棠梨味道单一，入口只有单薄的涩。小时候邻居家有棵棠梨树，挂果熟后，大如牛眼，小似汤圆，极酸极涩。摘回来放稻草或棉絮中捂十天半月，变褐变黄，入口亦酸亦甜，涩味轻飘飘的，回味之际，又迅速袭来，吃起来仿佛打仗。

涩一淡薄，味道就厚了。譬如笋，略略沾一点涩，吃起来舌尖有丝丝麻的感觉，其味神秘醇厚。

因为涩，因为厚，因为生气，高粱是上好的酿酒原料。故乡人家做有高粱汤圆，团团滚滚装在粗瓷白碗里，汤色绛红。熟透的汤圆，隐含朱粉、朱砂与橙红的肌理。碗口蒙有汤气，薄薄漫向桌子，平添了茫茫雾幛。夹起一个，酱在筷子头上，色泽丰美像古旧的红木珠子。高粱汤圆掺有糯米粉，口感糍软，淡甜中稍微有些涩，祖父很喜欢吃，说消积解毒，与他同吃的情景，逐渐模糊一片。记得端着粗瓷碗，有庭前看美人蕉的心情。

高粱汤圆像多年后读到的废名文章。鲁迅说废名文章冲淡为衣，冲淡之衣下柔筋脆骨、松筋鹤骨。废名一派文章，逸气高拔，竟陵余脉斜阳夕照，虚静随缘，有枯涩的朝气，像奇峰怪石。

竟陵派文风求新求奇，字意深奥，幽深孤峭。谭元春涩，钟惺涩，刘侗涩。他们的涩，如一枝一花一蕊，山禽静飞，山澹其晖。刘侗的《帝京景物略》，写明朝帝京风物风俗风情，行文刁钻，四库馆臣斥之为幺弦侧调、吊诡之词。然其造句冷隽，自有面貌，状物拟人，绘声着色，非平人能及。隔世之涩，显得格外厚，更有挥之不去的生气。

涩有阻滞收敛作用，医书说酸入于胃，其气涩以收。万物有灵有美。人间百味，味味皆道。

嫩

有种豆腐极嫩，入口即化，触手立碎，让人无可奈何。做不得法，每次弄得乱成一锅星，不敢再买。那种嫩豆腐，吃起来少了快意，容不得回味已落入肚中。豆腐要老，烧、煎、炸、炒、焖、烩、煮、拌，皆无不可。嫩豆腐似乎只能烧汤。牛肉要嫩，肉嫩，烧法也嫩。牛肉烧老了，香味气闷。

肉一嫩，多了鲜味。老肉不香，乡下养了多年的老母猪，最后只能埋掉，谁也不愿意吃。做土豆鸡块，如果鸡肉不嫩，味道要稍逊风骚。四川菜中，水煮肉片吃起来不觉得辣，说到底还是牛肉极嫩的缘故。宋朝人喜欢吃羊肉，也是因为嫩，当时陕西冯翊出产的羊肉膏嫩第一。神宗时，有年购买羊肉达四十多万斤。先秦老百姓吃饭，在豆瓣粥中加入豆苗嫩叶，混煮成碧绿的豆瓣粥。

江南人做莼羹，将鱼和莼菜炖在一起，煮沸后加入盐豉，鲜美无比。农历四月，莼菜生茎而未长出叶子，叫作雉尾莼，肥美新嫩。莼菜本身几乎没有味道，妙趣在汤，颜色嫩绿，吃起来令人心醉。豫东人用尚未熟透的麦仁熬粥。口感极嫩，又多了清香。这样的吃法，一年不过十来天，是节令美食。

说到嫩，马齿苋不可不提。取其茎叶，开水烫软后切细放醋，淋上芝麻油，炒吃或凉拌。入嘴滑且脆，酸酸甜甜，伴随淡淡清香，极为新嫩清爽。

很多年前在老家县城吃饭，见饭店餐台上有一种通体微绿泛白、淡红带绒的郎菜，极嫩，点了一盘。配羊肉、胡萝卜、野菇、粉丝共炒，盛在白瓷盘里，叶细茎小，丝丝入扣，缕缕粘连，荤素齐备，令人舌底生津，齿颊留香。

吃南瓜，我欺嫩不怕老。嫩南瓜，切丝烧菜。老南瓜，剁块熬粥。河南人还将嫩南瓜切丝，焯过放凉水中，与蒜汁、藿香凉拌，做捞面，特别爽口。吃玉米，我也欺嫩不怕老。嫩玉米或烧或蒸或煮，老玉米炸爆米花，酥软香脆。

杜甫在草堂浣花溪边得过好诗句："繁枝容易纷纷落，嫩蕊商量细细开。"花到盛时容易纷纷飘落了，嫩蕊啊，你慢慢开。立春后，到处是嫩嫩的颜色，屋檐下，篱笆旁，去年的野草吐出新芽，柳树冒绿。风都是嫩嫩的，吹面怡然。

脆

祖父年轻时候专挑硬东西吃，老了之后，依旧欺软不怕硬，每餐盛锅上面的干饭。小孩子吃东西喜欢脆，老人吃东西喜欢软。年纪大了，口腹之好，也会变。过去岳西人常把晒干的老蚕豆以铁砂炒熟当零食。老人见小孩吃炒蚕豆，一口一个响亮，嘎嘣嘎嘣，讨来一颗尝尝，崩掉了半颗牙齿。

脆则香，吃来爽口。母亲炸的花生米，掉在桌子上，一断两瓣，江湖鲜见那个手段。十年前在天津，吃到胳膊粗的大麻花，不小心摔落地上，碎成粉块。后来买到的麻花，绵软，口味就弱了。

安庆人喜欢鸡汤泡炒米。炒米泡过，松松软软，细嚼之下松脆清香、起起伏伏，心情大乐。炒米各地都有，郑板桥说它是暖老温贫之具。小时候吃炒米，直接干吃，脆咯咯嚼。现在吃炒米，还是喜欢用鸡汤泡。有人用排骨汤泡炒米，香气不够，没有鸡汤泡出来的好吃。鸡汤泡炒米，外加两根香脆的油条，不敢贪多，一年三五回，过过嘴瘾。有朋友定居北京二十几年，每次回乡探亲，临行总要称几斤炒米，说天下炒米，安庆第一。在合肥吃过几次鸡汤炒米，鸡汤醇厚，炒米稍微绵软了，没嚼头。

念书时候，学校大食堂烧柴火饭，锅巴半寸厚。食堂师傅把饭铲出来，锅巴用小火烘焦，脆脆的，偶尔买个半斤八两，装进铁盒子里存了当零食。吃起来满嘴都是香味，只是吃多了累牙，腮帮子疼。

在千岛湖吃到很地道的袜底酥。小小的酥饼，一层一层薄如蝉翼，颇似袜底。刚烤出来的袜底酥，清新松脆、甜中带咸，买了一纸袋，同游的朋友都喜欢吃。袜底酥名字不雅，但实在好吃，因为脆。

脆的东西，好嚼，唇齿一合，香气四散，吃起来快意。一块肉，在嘴里左右十几个来回，还没嚼烂，着实使人恼火。将连着一点点瘦肉的猪脆骨，放上孜然调料烤熟，与羊肉相比，吃起来又是一番风味。

不喜欢芹菜，但桐城水芹，掺肉丝或配豆腐干清炒，菜质脆嫩，余味甘甜，最可下饭。有一种水晶梨，一口能咬下小半个，脆嘣嘣的，好吃。

淡

春天时候，椿、韭、荠、菜薹最好。夏天时候，豇豆、莴笋、南瓜最好。秋天时候，菠菜、扁豆、茄子、黄瓜最好。冬天时候，萝卜、冬瓜、笋、芥菜最好。略施油盐，有些菜甚至不放油盐，开水焯一遍，碧绿绿的，又好看又好吃。

曾经无肉不欢，这两年抱朴见素，每顿饭只要有一盘蔬菜、半碗米饭或者稀饭。稀饭是常见的豆、玉米、山药之类，偶尔添些江米，口感软糯糯的，又香又滑又嫩。也配有小菜，腌制的雪里蕻，切得细细的。萝卜干指甲片大小，腌豇豆半寸长，拌几滴香油。当然也有人胃口好，至老餐餐浓油赤酱。

古人说大味必淡，似乎颇推崇淡。大味是至纯之味，也就是说至纯的味道必须淡一点。烧菜做饭，油盐多了，其色美艳，其香流绚，其味绝伦，总与菜饭本原隔了一层。

淡是味道的本原，古人说淡是水的本原，所以天一生水，五味之始，以淡为本。因为淡，才可以同天下万物之味相谋相济。老子懂得淡的道理，"道之出口，淡乎其无味"。淡薄才会浓厚，无味才会甘美，清淡、自然、平常才会淡而不厌，久而不倦。是以君子之交淡如水，唯其淡如水，才自然长久。《菜根谭》说浓肥辛甘非真味，真味只是淡。这淡不是无味，而是本味。

京菜调理纯正，盘式雍容，以鲜嫩香脆为特色，倚仗宫廷款目，煞有富贵气，如菜中缙绅，得意处正好在淡。徽菜也好，但一笔浓墨，偶尔需要淡一点，口味才多些回旋。徽菜里改良的猪肚汤，入嘴爽口清美，让人想起青梅竹马。沉醉啊，沉醉！喝了一碗，又喝了一碗，有天真无邪之感。清淡的香气和风味，给人一种似有若无的淡泊，好似水墨画留白。

平常一日三餐，经常自己下厨。我家厨房调料极少，除了油盐酱醋，就是姜，葱蒜也不多用，嫌其味道冲。

人吃家常菜，不改其乐，这乐是家常之乐。家常之乐，乐在长久，乐在温润的细水长流，吃了几十年，不厌不腻。不像去饭馆，连吃两顿就倦了。家常菜的好，就好在淡，所谓粗茶淡饭。这些年茶越喝越精细，饭越吃越清淡。茶不厌精，饭不厌淡。实则我喝茶也淡，盈盈一层茶叶铺在杯底，叶片竖立。茶的淡香里一口口留有空白，留有余地。

颜色上我喜欢淡，淡红、淡蓝、淡灰、淡紫、淡青……唯绿要浓。浓绿一树，浓荫匝地，南方的山浓绿浓绿的，那些绿树那些青草挤在一起，欣欣向荣的肥沃。淡是形声字，从水从火。水火不容水火容，容成一淡。饭菜难得淡，难在水火相济。做人难得淡，难在水火相济。人淡如菊，菊花常见，乡下漫山遍野都是野菊。淡如菊的人，似乎并不多。

梅尧臣说作诗无古今，唯造平淡难。唯造平淡难，伪造平淡更难。文章写平淡了，那是大道。文似看山不喜平，这平不是平庸。宋诗说得好，欲为平淡愈崛奇，子有婉微句，藏之平淡间。宋人笔记简洁潇洒，比典册高文亲切，得了平淡诀的缘故。

饮食男

去年初还是前年底，忘了，朋友相约家宴，临时要我做两道菜。那顿饭大家吃得不亦乐乎，事后居然封我为饮食男。人生在世，草木一秋，都是匆匆过客，挣个名头不容易。饮食男三个字，一听到就暗暗叫好，神采奕奕，精神焕发，有奢侈在嘴的感觉，或者说是寄情于胃的感觉。眼前蓦然呈现出这样的场面——

一个白衫青年，闲逛菜市场，左手提尾鲜活的鲤鱼，右手篮子装满苦瓜、豆角、青椒、山药、马铃薯、蒜薹之类。

这青年正是饮食男，他提着一篮蔬菜走在回家路上。青蓬蓬的菜叶兀自从袋口探出来颤巍巍抖动，正所谓：

满篮蔬菜装不住，一棵莴笋出头来。

蔬菜的淡香飘在身边，浮过街道，钻进人心，饮食男视而不见。白衫新染了一道碧茵茵的菜渍，那是别在胸前的一枚植物印记，仿佛来自遥远乡村的绿月亮，浅浅一弯，像油画一样清晰，又如水彩般清逸。水彩时光是别样的春愁，事关记忆，速飞的大脑一空……

水冲出一道白亮的弧线，打在指间，旋在瓷盆里，菜叶漂浮像一叶扁舟，饮食男是打鱼晒网的渔民，是泛舟湖上的逸士。想起螺蛳、蛤蜊、牡蛎、牛肉、羊排、白菜，烟火日子凝成淡淡的风雅。穿过喉咙的美好记忆，经年不忘。

大米熟了，清香溢出锅盖，飘荡四周，胃里爬满饥饿。放油入锅，饮食男煎炒煮炸焖炖。

以前喜欢吃肉，现在偏爱吃鱼。城市米贵，肉价飞涨，哪天鱼价再涨，干脆戒荤茹素。青菜格比鱼肉高，家常青菜，色如翡翠，盛在瓷碗里，香腾腾有股暖心的透彻，有股明润的透彻。蒜蓉油麦菜，放酱油，爆火速炒，滋味直逼人心，然后风韵弥漫。酸辣大白菜，放陈醋、辣椒粉干炒，出锅后，清爽中有一丝酸辣，令人舌齿生津，惜乎那种滋味，只可意会，无法言传。

饮食之道，风韵与心境一体，表相共味道相依。

花露烧

　　花露烧的名字好，好在妖娆。花露二字有江南烟雨气，烧字后缀，雨过天晴。味道出来了。花露烧的色泽也好，八年陈酿花露烧在玻璃杯里剔透如融化的玛瑙。艳丽，晶莹，清透，嫣红，摇动杯子，风情出来了，而且是异域风情。花露烧的味道更好，有清甜有辛辣，甜非甜，辣非辣，点到为止。鲜美、软嫩中带一点烧酒之烈。

　　花露烧浅浅歪在酒杯里，舍不得喝也不忍心喝，怕扰了美人心事，扰了绛唇珠袖两寂寞的气氛。

　　近年饮酒，浅尝辄止，却也遇见过两款佳酿：十月白、花露烧。十月白有深秋白月光下的清凉，花露烧是初夏正午阳光。十月白、花露烧，是女人也是古琴。一尾琴十月白，弹出平沙落雁，弹出深秋的安静。一尾琴花露烧，弹出高山流水，弹出初夏况味。

春天喝花露烧，坐在玉兰树下吃春膳，玉兰像生长在枝头的瓷片，田野的花香与酒气一体。夏天喝花露烧，坐在竹丛旁，身边有开花的树，桌上有新鲜的鱼，喝到夜雾凝结。秋天，坐在月亮底下，喝到夜深露重。冬天喝花露烧，窗外最好下点雪，坐在小室里，风日大好。

花露烧，如梦如花，如露如电。饮着花露烧，耳畔有啸声，顿生空明。

即兴

含山县，二〇一一年四月七日晚上十点三十分，暮春之夜的小城，感觉大好，可惜找不到句子来描述。街头不冷不热，温水一般，三五成群的男男女女谈笑着轻轻走过。酒足饭饱的人做梦去了，闲情未了的人喝酒闲聊。路边小店暗红色的灯光下，几个妖娆的女子倩笑盈盈左右张望。

寂寞的夜晚，能做什么？喝不了白酒喝啤酒，喝不了啤酒喝红酒，喝不了红酒喝果子酒，喝不了果子酒喝果汁，总之要喝点什么。友人忽起酒兴。据说酒能乱性，我铁石心肠，它奈我何哉？

点了三个菜，鸭血炖豆腐、酒糟焖小鱼、韭菜炒螺蛳，外加花生米。韭菜炒过头，过犹不及，吃在嘴里少了嚼劲。酒糟焖小鱼，第一次吃，没见过代表作和力作，说不出所以然。鸭血炖豆腐，味道清淡，红是绛红，白是乳白，红白相间。大为悦目，极其爽口。我要了鲫鱼汤，蒜姜同烧，味道在不经意间。虽然吃过晚饭，还是连喝了两碗。有人恨鲫鱼多刺，现在看来，还是做不得法。

三人围桌而坐，心境甚好。心境好了，小菜也是大餐。别人都睡了，我们半夜方归。别人都睡了，我们谈兴正浓。

同坐者，宣城黄复彩、和县魏振强和我。

小吃

　　小吃的小，是外形之巧，是体积之小。小吃的吃，是名词一食，是味道一绝。有些地方，很难涉足，吃一份颇具当地风味的小吃，如同亲临。饮食之旅就是味觉漫游，尤其一方小吃，其中可见地域风情。大餐往往相似，小吃各自不同。饮食上，应该南北通吃。小吃在某种程度上可以代表市井文化，品尝小吃，就是品尝民间味道。

　　小吃始见明清之际。《醒世恒言》中有人家宴，三汤十菜，还有小吃，顷刻摆满桌子。《儒林外史》中景兰江、匡超人、支剑峰、浦墨卿四人小聚，叫了一卖一钱二分银子杂烩，两碟小吃，一样是炒肉皮，一样就是黄豆芽。《镜花缘》作者李汝珍借吴之和谈时人饮食习俗，除果品冷菜十余种外，酒过一二巡，则上小盘小碗，其名南唤小吃，北呼热炒，少者或四或八，多者十余种至二十余种不等，其间或上点心一二道。喜欢旧小说中饮食谈。和吊人胃口的传奇相比，一份静躺于古书纸页间的小吃，更让后人怀慕。历史深处的烟火气息是前人的体温。

小吃品种繁多：粥、酥、团、卷、饼、条、冻、饭、包、饺、糕等，数不胜数。和南方相比，北方小吃历史悠久些，西安的羊肉泡馍、锅盔，散发着秦汉古意；开封、洛阳、杭州许多小吃，颇有唐宋遗制。

时间让我们和古人不能谋面，小吃却让彼此口味相连。热气腾腾的点心，白居易吃过，欧阳修吃过，王安石也吃过，油然生出风雅。品尝小吃，享受的不仅是一份美味，更能体会饮食文化源远流长。我非美食家，但一个凡人更难拒绝美食的诱惑。美食家曾经沧海，除却巫山不是云；饮食男孤陋寡闻，见风就是雨。

大餐是精雕细琢的歌赋，小吃是家长里短的随笔；大餐是满桌名菜，小吃是几样点心；大餐是富丽堂皇宾客言欢觥筹交错，小吃是茶余饭后款款生情低声细语；大餐不过平凡生活几丝点缀，小吃却是风雨人生一份守候。守候是动人的，有朴素有温馨弥漫其间。小吃的小是浅浅一笑，小吃的吃是百味人生啊。

晚上饭局就不去了

越来越失去宴会的热情，疲倦。午睡刚醒，几拨朋友约晚饭。文人聚会，商人聚会，官人聚会，闲人聚会，忙人聚会，聚而会之，会而饮之，觥筹交错，兴高采烈……但今天晚上的饭局，我还是推了。虽是好朋友，也聊得来，因为心里排斥，还是告诉他：

晚上饭局就不去了。

说是排斥，到底还是怕。闲散惯了，怕敬酒，怕记不住人，怕规矩……买了毛豆、买了土豆、买了扁豆、买了四季豆、买了豇豆，回家烧饭。今天的晚餐够丰盛，醋熘土豆丝，干煸四季豆，红烧豇豆，毛豆炒鸡蛋——豆之盛宴。

吃过晚饭，时间还早，时间还早是说离睡觉时间还早。泡杯茶，三五片茶叶，历历在目。喝完茶，时间还早，拿出冯梦龙《三言》，读完《金玉奴棒打薄情郎》，复读《杜十娘怒沉百宝箱》，再读《王娇鸾百年长恨》，读出女子多情、男人无义。洪昇《长生殿》说得好，有道是：

从来薄幸男儿辈，多负了佳人意。

恨不能钻进书中，替了那负心人。于是读《蒋兴哥重会珍珠衫》《卖油郎独占花魁》，心头稍微多些暖意。读完书，时间还早，写了篇随笔，换点菜饭钱。城市米贵，居之不易，必须勤写苦读。少赴饭局，多收了三五斗文章，也说不定。

秋日食

　　天还热着，却已入秋。窗外花木，翠绿中浮现一抹鹅黄，淡淡秋光仿佛夏日的尾巴，长长的，骄阳意犹未尽。人说古都的秋是肃杀的，时令未到，火候不够，滋味不够。故都的秋倒肃杀得很，凉意扑面，携一股老民国气息，在郁达夫文集萧瑟经年。

　　初秋夜，一月如钩，倒挂柳梢头。无人相约黄昏后，灯下翻书作神游。看完最后一页，睡意迟迟不来，蠢蠢动了作文之心。

　　人在夏天，食欲欠佳，经常熬薄粥，调凉菜，简单打发一日三餐。数月下来，当真寡得可以。秋风起兮，胃口渐开，就想弃素转荤，去菜场买了只三黄鸡。三黄者，黄喙、黄羽、黄脚。这种鸡，皮嫩骨软，肉质鲜滑，很适合初秋的肠胃。

那日，几个朋友相约东郊吃蟹。书家兴致勃勃要送我字。写什么呢？几番沉吟，随口念道：

雁阵远，菊花香，且买三黄熬鸡汤。

抛纸笔，远诗行，持螯把盏滋味长。

多情苦，无情伤，五谷杂粮一盘装。

山之外，水中央，碧波照影秋风凉。

书家用金农体一笔一画抄在宣纸上，字少了古拙多了柔媚，别有一番气象。临窗而坐，不知过了多久，太阳早已西沉，湖水一波一荡，响在耳边。夜已黑，风正凉，真个是有蟹无须酒，美味亦醉人。托盆堆满蟹壳，众人都有些心满意足。店家送来两碟花生，一盘水煮的，一盘盐卤的，说是下午刚从地里挖的，大家尝尝鲜。玻璃明净，餐桌狼藉，花生在筲箕中袅着热气，淡无痕，若有若无是扑鼻的香气，烟波湖上人不愁。

三男一女，围案闲坐，且把湖来看，且把月去赏，且听风吹细浪，边吃酒，边剥壳。花生是要剥壳的，听叔父说过一怪人，他吃花生前，总念道："花生，剥壳吃。"花生二字，微卷舌头，轻而缓，剥壳吃三字发音短平快，几近平地风雷。花生，剥壳吃，嚼在嘴里，水煮的，有几丝湿润的清香；盐卤的，有一口咸浸的鲜美；与炒食相比，味觉多了悠远绵长。

吃完花生，准备散了。一朋友慢腾腾掏出普洱。随身带茶的是茶客，随身带剑的是剑客，随身带书的为什么不是书客，而是书呆子？取来紫砂壶，添水泡茶。有几年觉得茶汤一红，恶俗不堪。然今夜普洱绛澄澄在白瓷盏中，倒也可人，不禁动了痴念。绿茶属阴，红茶性阳；绿茶静，红茶动；绿茶是脱俗的婉约佳人，红茶是入世翩翩公子。

秋日食者，三黄鸡，蟹，花生，普洱茶。秋日食者，所好之物还有玉米炒肉。挑嫩苞谷，买新鲜五花肉，入锅放酱油炒熟即可。鲫鱼汤也不错，口感清淡，鱼肉鲜嫩，婉约如盆栽小景。

粥

　　水多米少，非粥也；米多水少，非粥也。好粥米水融合，水米如一。水里有米的柔腻，米中有水的甘滑，方为粥中上品。

　　大米外加几颗甜枣、半把绿豆、一勺薏米、若干红米，舀瓢凉水淹没它们。锅内渐渐变得滚烫，汤水呈现出暗红的黏稠，融在一起，咕噜噜冒泡。拿本书，在一边守候，蒸腾的白汽淡淡地弥漫着，粥的淡香在四周飘溢。

　　吃粥就咸菜或鸭蛋，很惬意，有世俗烟火之美。

　　古人嗜米饭者多食粥，布衣下骨骼嶙峋，果然是粥养的肉身。《浮生六记》上，众客午后游园看花，陶然坐卧，或歌或啸，红日将颓，沈三白起了思粥之心，买米煮之，果腹而归。可惜其中无我。我还想喝一碗《红楼梦》中智通寺里那个龙钟老僧煮的粥。贾宝玉吃的碧粳粥，粥名吉美。碧粳粒细长，微带绿色，炊时有香。旧时宫廷中多食用，在清代属于贡品，其米汤可代母乳。

　　在黄山脚下吃过一次粥，薏米熬就，稀烂入了化境。微盐，进嘴清香，淡如春风，暖意上来了。暖意是炭火的温存。几段猪肚蜷缩碗底，素简以一抹膏腴画龙点睛。佐咸菜笋干，顿去经日行旅风尘。一连吃下四碗，腹中草长莺飞，九月徽州，吃出一片江南暮春。

耳食者

大餐名菜不好写，吃得也不多。粗茶淡饭的文章，让人有过日子的感觉。我等文人，更多时候是在家里念"一尺鲈鱼新钓得""桃花流水鳜鱼肥"之类的诗词。鲈鱼是何味，鳜鱼怎么肥，耳食终日，偶有口福，不得要旨。日常生活还是"桂花香馅裹胡桃，江米如珠井水淘""蒸梨常共灶，浇薤亦同渠"，是为耳食者也。

知味不易

偶有闲情谈饮食，独无兴趣论风月。

旧时读书，凡涉饮食部分一律视而不见。叙食之作太虚无，言词难及鱼肉青菜法相。问榴梿味道，答曰"软软的，有些臭"，分明答非所问。新捕的鲜鱼，滑嫩鲜美，经年不忘，别人问起，也只能说滑嫩鲜美而已。要说究竟，一言难尽。

读李渔、张岱、周作人、梁实秋诸位饮食文字，或有膏腴之美，或有蔬笋之气，或有春韭秋菘之味，终生心悦。饮食文字的写作，仿佛秘戏，有私密的快感。写其他文章，也有私密的快感，感受不如饮食文字深也。

相分妍与媸，吃有色香味。食物有绝色之表，人才生怜香之情。人有怜香之情，方存知味之心。《中庸》云，人莫不饮食也，鲜能知味，可见知味不易。知味者，非几十年嘴上功夫不可，要把食物的色香味立于文字，如此还远远不够，还需要笔下手段。

味道无法言传，这是饮食文字之难。将意会处录成文字，免不了自说自话、梦呓翩翩。忘了谁的笔记，说山里人不识海味，有客海边归来，盛赞海鲜之美，乡间人争舐其眼。此乃说味高手也。

竹引清风

四川简阳，吃到羹汤如花似玉。花者，花椒，玉是脱了外衣的嫩玉米，熬汤勾芡而成。三五个枸杞撒在上面，有几叶扁舟出没风波的意思。入嘴软糯，滋味近似鸡头米，却多些糖心感。又在湖边吃农家饭菜，一钵玉米羹澄黄透亮，连吃三碗，只是觉得好，好在空无，无一丝挂碍，清香泛着轻甜。甜淡如灵狐，回味之际，滑入咽喉遁于腹中，空余一腔滋味。

我好玉米粥，熬得稀烂温软，入口即化，再加入南瓜、红薯、大枣之类，滋味更佳。秋冬天捧碗而啜，日常清简湛然如竹引清风，入得虚寂之境。

饭扛劲

口腹之美大妙，妙不可言，却要言妙，乐趣即在此也。我日常吃食，寡淡得紧，但乡野瓜果蔬菜自有素雅风情，偶尔也丰腴饱满。饮食是人间第一要务。所谓开门七件事，油盐柴米酱醋茶，实在只是吃一样。做孩子时，喜欢饭量大者，现在每每见到饭量大的人，还有欢喜。我地俗话说饭扛劲。乡邻早出晚归，日日费苦力过生活，饭量极大，捧个粗瓷大碗，口阔如巨兽。碗头常见青笋、白菜、辣椒、黄瓜、茄子，三五根咸豇豆，透着温润的深黄。逢年过节或家中来客，餐桌上才见红烧肉泛着油光。

寝食安

病了，胆石症，疼痛十个小时方才逐渐消停。三五日不得饮食，结石不过厘米大小，芥蒂可伤人，何止四两拨千斤。想想人不过病中、病外，而到底要在病中走一遭几遭。病是逃不掉的苦。老话说，万般可无，唯恐没钱，所得皆好，最怕得病。没钱可以挣回来，人活一世，总有得病的时候，与富贵贫穷命理无关。对病房白墙沉思，感觉人生得安就好，不需要那么多金钱佳人美食权位，也不需要那么多文章，纵然是锦绣文章。病人往往寝食难安，寝食安乃大安。寝食安，天下方定。

桥边随笔

　　记忆中的桥边总在暮色或清晨，流水人家，岸边七八座白墙瓦屋。早晨此起彼伏的捣衣声，棒槌扬起、落下，砰然有声，声音穿过河潭，激荡田坝。谁家妇人粗心，一件薄衫放在石板上忘了带回去。只见衣服缓缓落入河凼，在水底舒展又漂浮。那样的景象，快三十年没见过了。

　　在温州娄桥东耕，居然遇见了曾经的桥边人家。风物古旧，树木尤其大，似乎是无柄小叶榕，几人合抱，虬枝繁茂，遮天蔽日，绿叶无语，轻轻与石桥流水人家守着日月星辰。

　　桥上空地有三港殿，大门紧闭，屋脊飞龙腾空欲起,屋顶耸起歇山顶,很庄严。殿内祀奉的是瓯江、飞云江、鳌江百姓所敬仰的三港爷陈逸。据说陈逸本为后唐船夫,生来有力,幼年时,两指握竹可破。后来他撑竹筏为业,事迹并无显赫,但其人至孝至纯、勤劳俭朴,有高士风,曾剿匪安民,后世追封为庄济圣王。此可谓立德之不朽。

天色向晚,映衬得周边暮霭森森。夜气上来了,没看见浣衣人。河水很深,两丈宽左右,友人说,端午节时龙舟自此进发。听得心里欢喜不已。

印象里,温州有两桥,一是娄桥,二是矮凳桥。很多年前,读过林斤澜《矮凳桥风情》,混沌而迷幻,一幅幅温州风俗画在脑海里留存多年,并不褪色。今日矮凳桥老街巷市井故事弥漫,见不到多少小说里的风情了。印象最深的是书中那篇《溪鳗》,矮凳桥边鱼非鱼小酒家专卖鱼丸、鱼饼、鱼松、鱼面,女主人漂亮袅娜,是男人眼里的女妖,都叫她溪鳗。岁月沧桑,几度苍凉,中年溪鳗风韵犹存,店里请人题诗:

鳗非鳗、鱼非鱼，来非来、去非去。

鳗，又称鳗鲡，江浙一带常见的淡水鱼，我家乡似乎没有。也是在娄桥，吃过一次老酒炖河鳗。河鳗肉质极嫩，尤胜刀鱼，醇香老酒激荡出河鳗的鲜美，香气扑鼻，口感朝气蓬勃、花团锦簇。

二十年后，居然在娄桥吃到几次《矮凳桥风情》里写过的鱼面。鱼面的颜色、厚薄、口劲、汤料恰到好处，热气里蒸腾着鱼的鲜味、香味、海味、清味。是新鲜的黄鱼、鲈鱼、鳗鱼，去皮去骨，蘸菱粉，用木槌敲成薄片，切成长条……娄桥鱼面好，娄桥的鱼更好，当地人称为包头鱼，用来炖汤，乳白无邪，令人有云朵之思。包头鱼的汤极鲜，鲜味入喉，人飘飘欲仙，故有云朵之思。

乡关何在，仰望云朵。

云朵上的故乡，霞光万丈。

包头鱼，学名鳙鱼，吃过三五次，有回红烧而成。鱼块两面煎至金黄，油盐之外，佐以胡椒粉、料酒、酱油、白糖、醋，大火煮，文火炖，最后蒜叶调味。

滋味一下子荡得久远，有唐人皮日休、陆龟蒙小品样范，鳙鱼汤则是民国人笔墨，相形之下，到底少了浑厚。

温州近海，海鲜里有种浩荡，毕竟扬波激浪过，河鲜多些家常。我家乡属于山区，习惯吧，从小对河鲜多些亲近。娄桥人求远也不舍近，在那里亦吃到鳝鱼炒面、泥鳅干、河蟹烧河虾，家常菜里平畴远风。陶渊明的诗，"平畴交远风，良苗亦怀新。"原野广阔与旷远之风相交，秧苗满怀生机欣欣向荣，是饮食滋味，也是一方水土的风情。

我喜欢那道河蟹烧河虾。河蟹大多清瘦，娄桥河蟹偏偏出落得丰腴，比河蟹更丰腴的是河虾，饱满喜庆。蟹鲜与虾鲜缱绻、缠绵、萦绕、回旋，桥边往事一点一滴勾进心头。

辑二

稻米书

南北食俗的情形，大抵南人饭米，北人饭面，古时如此，今日也如此。

在南方二十年，主食白饭。客居北方，思黍之心渐渐淡了。以为本性米饭，江山易改，本性难移，看来也未必，多少人忘了本性。北方朋友去南方，畅游山水，呼朋引类，不亦快哉，只是饮食有别，说米饭吃起来像含了沙子，不安本分，四处乱窜，无法下咽。吃米饭要慢，不可胡吞一气，舌头卷起，缓缓咀嚼，这样才能吃出滋味，吃出清香。

稻米是清香的。白米质朴，黑米厚实，红米轻灵，红米比白米、黑米、小米清香。没有菜，再好的米饭也味如嚼蜡。饭堂主谋者是菜，严格说来是米菜同食。饭菜饭菜，茶水茶水，须臾不分。设宴席，只说吃饭，不说吃菜，实际又重菜不重饭，逐末忘本。

盐为百肴之心，饭是百味之本。水多米化粥，水少米成饭。好饭颗粒分明，入口软糯。我有蒸饭诀：米要好，晚稻为佳。水要清，井泉为上，不多不少，燥湿得宜。淘洗时米从水中淋出即可；用火，先武后文，焖起得宜。老家有抢火饭一说，意指大米刚刚蒸熟，不待焖一会立即开锅盛饭。抢火饭水汽重。

《红楼梦》中乌进孝交租，有好米：御田胭脂米二石，碧糯五十斛，白糯五十斛，粉粳五十斛，杂色粱谷各五十斛……胭脂米少而精，据说其米粒椭圆柱形，暗红色，煮熟后色如胭脂、异香扑鼻，与白米混煮亦能染色传香。如此之好米，只合大观园中姐妹吃了才妥帖。

每看见红米，心里总漾出一份热情。白米是中年，黑米像老年，红米近乎青年。饭熟后，有人用梅红喜纸盖上，即变嫩红色，宴客想必可观。白米淘净后，以荷叶包好，放小锅，河水煮熟，是为荷香饭。

吃过很多品种的稻米。稻米品种每每以地域分，皖南稻米，苏北稻米，东北稻米……一粒晶莹的大米，一方风土人情。不同米粒，有不同的颜色不同的气味。有米椭圆形，饱满充实像关外大汉。有米狭长纤细如锥尖，像江南仕女。有米女儿家身子，骨核须眉，口感肆意。

少时常去粮库。稻米装在麻布袋里，黄澄澄倾泻而下，如大水走泥，极壮观。稻米坚实而闪耀，像丰饶充沛的河流。一粒米，一段成长的过程。一碗饭，一些生活的片段，还有日出而作日落而息的时光。一碗热腾腾的米饭，一颗颗闪耀着琼浆色泽的稻米，让人心里踏实。

大米煮熟了，剔透纤弱，淡淡清香。以物比，不是白玉，不是玛瑙，不是青铜，不是碑帖，是老水晶。幼年时候，祖母总会拾起掉落饭桌的饭粒。米如山大，不可浪费。菩萨眼里，粒米如山，须弥山。

笋干

读友人新作，像深冬吃火锅，有汤有水，有荤有素，可以下酒，也能下饭。作家文风颇像口感。有杂文像陈年老酒，绵厚辛辣，余味袅袅。有小说像西瓜，吃来痛快淋漓，汁水四溅。有随笔如山药粥，有老到极处的幽意。有散文清凉有深味，如凉拌海蜇。有人小品近笋，微涩，口感清远。

有人落笔近似春初新韭，秋末晚菘。有人行文俨若羊肉泡馍，料重味醇，肉烂汤浓。我自己呢？胡竹峰大抵小水萝卜，不能果腹，茶余饭后吃一个，咬下半截，脆生生、甜丝丝的。不说了，再说，下次有人看书会生口腹之欲。

上午无事，炖笋干老鸭煲。将老鸭切成块，沸水焯去血污，再以大火煮开，用文火轻熬。炖汤从来不怕耗时间。这几天春寒微凉，厨房里暖和些，索性伴火读书。汤汁慢慢厚了，放进几块腱子肉，让它们猪鸭一家。再投以葱、姜、野山菌，还有笋干。笋干被切成细条状，它是有灵性的，在汤水里几度沉浮。野菌摘了根部，像船又像伞，在汤面漂荡。静候着山菌与笋干的清香。这样的汤是清风明月。

笋干是老家野生水竹的笋，一段段呈丝条状。唯恐易尽，烧过一次笋干炒肉，藏了起来。很多年前，抽过水竹笋，回家后剥出笋肉，在开水里焯熟，再切成丝，金黄的颜色，细匀匀的，放在竹匾里晒。晒干后，一斤仅余二两。这样的笋干，口感绝妙。隔了十多年，居然再次撞上，真是天赐良缘。

乡下，一到深冬，天气晴朗的日子，常看见竹林挖笋人。无甚秘诀，拿锄头从裂缝或者凸起的地方下手，准有收获。

冬笋两头尖尖微翘似小船，壳薄质嫩，肉色乳白，其味清苦内敛有禅意。冬笋荤素百搭，炒、烧、煮、炖、煨，均有一番风味。母亲会炒笋，不见经传，却有手段。上好冬笋切成片，过水后放辣椒，加腊肉红烧。

冬笋终日藏在土中，颇有世外桃源之民风。

春笋涩味稍重，吃得人舌尖发麻，不如冬笋。不过春笋模样清新水灵，像江南人家女子，看着舒服。有人说春笋味鲜如鱼鸡，梁实秋赞其细嫩清脆。口味私密，何止千人百味，简直一人一味。味道味道，味如道，自有无法言传处，口感玄之又玄，一张嘴几近众妙之门。

刀和棒

吃喝里是有刀和棒的，鸿门宴众所周知。

商臣指使潘崇逼宫弑父，楚成王祈留一命，潘崇说一国岂能容二君！成王知道熊掌难熟，想用缓兵之计，问：已令厨师烹制熊掌，能等我吃了再死吗？潘崇识破了他的心事，取下自束脖颈，命兵士将其勒死。商臣即位，史称楚穆王。这是吃喝背后的尔虞我诈、刀棒相加。

食物的外形上，豇豆可称棒，四季豆可谓刀，柳叶刀，扁豆则有人称为刀豆，像太极刀吧。实则扁豆是扁豆，刀豆是刀豆，有人把刀豆叫作挟剑豆。

豇豆长在菜园里，农民说风调雨顺，文士说满园春色，商人说一地富贵，绿象牙？翡翠棒？我说兵气盈目，一根根棒子悬在那里。

痴迷《水浒传》时，每次路过菜园，看见豇豆垂地，棍棒如林，风一吹，木墩墩轻轻有声。不免想起景阳冈打虎一回文字：武松放了手来，松树边寻那打折的哨棒，拿在手里；只怕大虫不死，把棒橛又打了一回。眼见气都没了，方才丢了棒……看见四季豆、刀豆，想起《假李逵剪经劫单人　黑旋风沂岭杀四虎》一节：李逵放下朴刀，胯边掣出腰刀。母大虫到洞口，把尾去窝里一剪，便把后半截身躯坐将入去。李逵看得仔细，把刀朝母大虫尾底尽平生气力舍命一戳，正中粪门。只因使得力重，和那刀把，也直送入肚里去了。

一勺猪油放入锅中烧滚，青椒切成丝，快速过油入盘，然后将掰成小指长的豇豆下锅爆炒。豇豆翻滚，迅速吃油，绿得深沉熟透时，放入青椒，即成一款美味。有这样一盘豇豆，可以多吃半碗饭。

小时候屋前屋后闲逛。瓜蔓地种有四季豆，新豆初出，那么多绿色的小刀，不知不觉着迷驻步了。绿藤上的小花很美，紫红泛白，因了紫的映衬，越发清雅。如果是清晨，白紫花开在清凉的露水里，嫩嫩的，柔柔的，引得一个少年俯身来嗅。

与豇豆相比，四季豆有股青涩味。不论清炒或者红烧，都要放姜或者蒜瓣，否则生气未尽，入嘴豆腥犹存。我烧出来的四季豆，豆身自始至终是绿的，却熟得透，豆肉细嫩，盛在金边瓷盘里，真个金玉满堂。豇豆、扁豆、四季豆久吃不腻，喜欢那种碧绿，让人心旷神怡。

四季豆又名芸豆，芸豆让人想起《浮生六记》里的芸娘，林语堂眼里中国文学上一个最可爱的女人。四季豆在老家被称作五月梅，五月梅的名字，大有诗意，不知出自哪位乡贤之手。

有人称扁豆为藤豆、鹊豆、羊眼豆、膨皮豆，老家唤作月亮菜，月儿弯弯挂树梢。白扁豆，银光匝地；黄扁豆，清辉漫野；紫扁豆，紫气东来。那是乡村的诗意。

葛根粉

据说东晋葛洪炼丹清修，门人感染丹毒，久治不愈。夜里，有神人托梦，说山野有种青藤，根像白茹，渣如丝麻，榨出液汁，清甜，可解丹毒。后人称其藤为葛根。葛根味甘，微辛性凉，归脾胃经。医书上说，葛根气味薄，最能升发脾胃清阳之气。

葛根粉在瓷盏里以凉水稀释至液态，冲入滚烫开水——洁白褪去，灰褐走来，碗底凝凝冒着热气。撒入白糖，挑一匙入口，其味妙绝。

冲开的葛根粉，像琥珀，透明清亮，不时一股青气扑面，仿佛水乡夜航船，弥漫河岸草木味道，润朗、水灵、鲜活。

葛根粉是质朴的，带着乡村气息、民间气息、山野气息，不世故不圆滑。吃在嘴里，一线清凉从唇到齿，顺着喉咙流到肠胃，有种褪尽铅华的口感。

冲好的葛根粉，色如枯草叶尖之秋露，味似薄荷凉茶之甘辛，具清热、降火、排毒诸功效。据说真正的吃家，为求滋味醇正，冲葛根粉时不放糖。不放糖的葛根粉也吃过，略嫌平了些，好在入口有夏夜草气，让人发思古之幽。

在窗台边，背阳坐着，捧碗葛根粉，温润在手心，滋养着舌头。一些快意漾开，红的、黄的、绿的、紫的、蓝的，各色鲜花在晴朗的心头朵朵开放。时逢阴雨，情绪亦然。

芥蓝

芥蓝上桌，眼前一绿，觉得自己新鲜不少。

芥蓝脆生生躺在盘子里，白的瓷，白处极白；绿的菜，绿处极绿。白托着绿，绿衬着白，一段世俗生活绝世独立地走来。夹一筷子，盘子边的酱油微微漾起，经菜汁一冲，已经很淡了。淡得只剩一抹姜黄色，像雨后湖水，风中轻荡浑浊的涟漪。

芥蓝削尖脑袋，让人想起渔夫斗笠的帽尖，末梢的青菜则似蓑衣。这时的芥蓝，是一曲小令是半阕渔歌。退隐到山南水北的人，在湖心划船。湖是餐桌，船是餐具，筷子是双桨。冬天湖水，莹如碧玉，湖中人迹罕见，有鸟声相随。下雪了，四周一白，白瓷的白，衬得蓑笠、蓑衣越发青绿了。当真是：

青箬笠前无限事，绿蓑衣底一时休。

青也芥蓝，绿也芥蓝，坐在餐桌前，慢慢享用美食吧。不能亲近山水，含青咀绿，也颇有诗意。

前几天，朋友请饭，上齐特色菜，让我加道素食。随手翻菜谱，点了芥蓝。芥蓝，有美艳气，让人无限遐想。

芥蓝，十字花科芸薹属，花薹、幼苗及叶片可食。芥蓝一袭绿裙，艳而不俗，是秦淮八艳，是花魁娘子，让人倾慕。芥蓝茎粗秆直，肉质紧密，含水分少，爽而不硬，脆而不韧，色美味浓。

夹在筷子头上的芥蓝，气息清新，像采过桑叶留下的余香，隐隐约约在空气中飘浮，空灵而真切，婉约如舞姬。当年汉成帝命人手托水晶盘，赵飞燕在盘上歌舞助兴，何等旖旎销魂。慢慢将芥蓝送到嘴里，绿色在唇边摇曳，俨然汉宫往事。芥蓝色如翡翠，绿得沁人，做法或炒或焅，不能过火，二八佳人不宜浓妆。

那天吃的清炒芥蓝，白糖和料酒恰到好处，糖盖住苦味，料酒去了涩气。不该用花生油，香则香矣，可惜失之丰腴。素菜荤油，荤菜素油，炒芥蓝亦不例外。听人说还可以调一味冰镇芥蓝。幼嫩的茎白以开水焯熟冰镇，以甜酱、芥末蘸食，入嘴爽口，风味尤佳。

大头青

菜市场，看见新鲜的大头青。矮墩墩的个头，叶子宽且厚，成捆或散乱堆放着。

大头青，白菜之一种，叶少茎多，菜秆青白，长不过半尺，短仅仅数寸，菜帮子鼓鼓的，腰身稍细，紧紧收拢一起。这一瓣一瓣菜秆围着细嫩内心的蔬菜，裹一身清香，它的心事，深藏在细致的叶绿素中。

扎成捆的大头青倒放木板上，一棵棵立在那里，像刚刚梳洗完毕，一身水灵。散堆的大头青，凌乱有醉态，斜歪着慵懒的身子，一身风情，让傍晚昏暗的天光有了鲜活。让人看了欣喜，买一把在小指上钩着，可做下饭菜。

《封氏闻见记》说鱼龙畏铁，鱼龙尚且畏铁，何况大头青乎？舍不得菜刀加身，每次都是用手将大头青掰断，逢到细小一点的，嫌手都太粗暴了，囫囵一棵或者任秆子连着菜叶直接下锅。

冬天，下了几次霜，霜打过的大头青，越发绿油油明晃晃可人。大头青做法很多，醋熘、炒、炝均可。我喜欢爆炒，放干辣椒，外加葱花。起锅时，放两滴生抽。这样炒出来的大头青，无一丝苦涩，淡淡的爽脆甘甜里有微微香辣。香辣开门见山，淡甜绵里藏针，辣得不温不火，甜得若有若无。

炒大头青有三要诀：油稍多，火要大，用时短。

大头青菜叶翠绿，口感也翠绿，有春天原野的一片葳蕤。当你觉得它有春天原野的一片葳蕤时，就尤其适合暮秋初冬之际吃了。满目萧瑟，放在碗头郁郁葱葱像杏花烟雨江南的鸟语花香。

以前吃大头青，经常淋一点芝麻油，菜叶越发见绿，近乎苍翠。厨艺好的人烧大头青，菜叶自始至终是绿的，菜帮子坚而不硬，脆而不绵，盛在瓷盘里，像刚过门的小媳妇，温柔细腻，穿一身浅碧色的对襟凉衫，在庭院做女红。

北方人管大头青叫上海青或者勺菜。来郑州后，第一次去市场买菜，让菜贩给我称点大头青。人家半天也没明白，心想哪里冒出个愣头青。

青了

削莴笋，一刀下去，又一刀下去，一刀复一刀，一刀接一刀，一刀连一刀，一刀一刀，刀刀刀刀刀，叨叨叨叨叨——青皮掉在地上如刀削面，凌乱，迅速，刀口翻飞，流星坠地。暗绿色的笋在手腕下一枝独秀，眼前青了。

阮籍能做青白眼，两眼正视，露出虹膜，则为青眼；两眼斜视，露出眼白，是为白眼。这节笔记一见到就暗暗喜欢。

以笋入名之物有青笋、白笋、紫笋。青笋带清气，白笋见闲情，紫笋是怀旧之物。青笋、白笋都是菜蔬类粗纤维食物，可谓同窗好友，或者一家兄弟。

紫笋是名茶，产于浙江长兴。长兴没去过，长兴名字油然亲切。故家原称无愁乡，长兴对无愁，也算工整。

长兴重山叠岭，大涧中流，临近太湖，陆羽在那里写出了《茶经》。浙江真是地灵，绍兴乃报仇雪恨之地，长兴是把茶闲话之乡。报仇雪恨的人生过于沉重，把茶闲话的生活失之消沉。报仇雪恨之余把茶闲话，如此才好。把茶闲话之后报仇雪恨，如此才好。我辈无仇可报，无恨可雪，只能把茶闲话。

青笋之好是色。青笋之色，青得不一般，像翡翠绿，神采夺目，容颜奕奕。其实这好色，好的还是态，神态。青笋外皮淡淡砂红，仿佛碧玉的土沁。这是老青笋，有一些时光，有一些岁月了。

去过皮的青笋横放砧板上，快刀如麻，粗大的笋成了细细的笋条，仿佛把春天引回了家。腊月黄昏，买些青笋炒食，冲淡一肚子的萧瑟与枯黄。

青，是贫乏的；青，是病态的。心情欠佳，脸色发青；身体有恙，肌肉发青。青在笋上，却是高贵的，明润而透彻。有年将圆润细长的青笋削皮后泡在玻璃瓶里腌起来，好似收藏了翡翠如意，屋子顿时富贵起来，有万贯家财气。

青笋做法很多，可以凉拌，也能热炒。笋丝、红辣椒丝炒在一起，怡红快绿。白围墙公园里，情窦初开的红男绿女窃窃私语。再放些肉片，滋味就长了。容光焕发，红男绿女新婚燕尔，过着油润润的日子。

炒熟后的青笋，越发青了。

紫袍将军

路边农人卖菜。挂着水珠的茄子，披一身紫袍，昂首挺胸立在篮子里，俨然紫袍将军。

有段时间，不敢吃茄子，入喉就吐。连它的气味也怕，一闻就反胃作呕。人与食物讲究缘分。年纪渐长，大约身体起了变化，又可以吃茄子了。茄子好吃，吃在嘴里有茄子的味道。

东汉时引进了茄子，据说和佛教东来有关。王褒作《僮约》，说种瓜作瓠，别茄披葱。家里每年要种些茄子。喜欢摘茄子，尤其是清晨，一身紫袍挂满露珠，璀璨晶莹，真好看。茄子是大众菜，种在寻常百姓家，圆咕隆咚像笑嘻嘻的弥勒佛，平易随和。茄子以夏时所产为上，蒸炖烀煮，清炒红烧，皆无不可。

水洗过的茄子，紫袍越发崭新鲜活，贵气十足。切着茄子，切出大块白色，白色是紫袍将军的一片冰心。近来喜欢将茄子横断切成薄片，中间夹以肉泥，外裹面糊，入锅入油炸。炸好的茄子金黄酥嫩，兼有肉馅的肥美鲜香。还有种做法：将茄子切成条，放酱油若干爆炒，再添水少许焖片刻，以青椒切丝掺之，起锅后淋半勺芝麻油。芝麻油安分地裹住了茄子的酥软，同时也裹住了茄子的清香。

除了紫茄子，还常见白茄子。紫茄子是紫袍将军，白茄子是玉面郎君。茄子以夏时最佳，冬天的茄子吃在口中，十足娘娘腔，寡淡得很。

茄子紫，紫出了特色，好像唯有它能这样紫，是以常入画，然佳作寥寥。画中出现了茄子，别的水果蔬菜显得旧，被茄子之紫映得浊了。齐白石笔下茄子，通常孤零零一个。一九二〇年画过一幅《茄子》，题跋感慨："日来画茄子多许，此稍似者。"

韭菜豇豆扁豆的怀想

砧板上的韭菜，像砍倒的柴火，堆在那里，远望仿佛绿色的云。见过金色的云，见过黄色的云，见过灰色的云，也见过红色的云，但没见过绿色的云。

前不久去岳西明堂山玩，漫步小道，远望峰峦，我说杂树的叶子仿佛一簇簇蘑菇，小冬说像绿色的云。见我恍惚，她跟着说，你看那些树叶，多像绿色的云，风一吹，更像了。远望得意，细观见形，凝神去看，却不像了。有些事就怕认真，一认真则拘泥。

一个专攻瓜果蔬菜的画家，他会画香蕉、菠萝、苹果、葡萄、荔枝、枇杷……也会画笋、茄子、辣椒、豇豆、葫芦、白菜、马铃薯……就是不会画韭菜。他说韭菜难画，搞不好就是团乱草。有次看见以白乐天诗句"浅草才能没马蹄"为题跋的水墨斗方，马蹄旁的浅草，细笔草草，倒有点像嫩韭菜。

喜欢韭菜炒鸡蛋，绿中透黄，俨然金镶玉，镶的还是碧玉。这样的菜，装在描金细瓷盘里，有钟鸣鼎食气象。用蛋清炒韭菜，金黄变成嫩白，富贵宅第换了门庭，成为清白世家。清白难得，世家可贵，清白世家，祖上福泽源远流长。

餐桌上有一盘韭菜炒鸡蛋，就觉得美味。不仅韭菜炒鸡蛋，只要有炒鸡蛋，我都欢喜。譬如西红柿炒鸡蛋、青椒炒鸡蛋、丝瓜炒鸡蛋、毛豆炒鸡蛋……

小时候听祖母说，七夕那天，睡卧韭菜地，夜深人静时，能听到牛郎织女说话。假想一个多情惆怅而又好奇心颇重的少年，睡在韭菜地里。夜深了，露珠濡湿了他的头发和睫毛。睡意不来，皓月悬空，繁星零落。少年兀自睁大了眼睛。风过韭菜地，发出轻轻的声音，少年以为是牛郎织女卿卿我我，少年枕着好梦，终于睡着了。

韭菜像头发，割了又长。割过一茬的韭菜根撒些草木灰，不过几天，满眼翠绿。

春天黄昏，市集买来一把韭菜，回家做春卷。

韭菜，四季皆有，最美者，春韭也。春韭秋菘，名不虚传。春日韭菜极嫩极香。

一朋友开餐馆，说无论素荤，放一些韭菜和馅，可以调香。又说韭菜类别近百种。长见识了。

天热，不想吃饭，只有炒豇豆让人有点食欲。豇豆是我喜好的下饭菜。豇豆俗称角豆、姜豆、带豆，也的确像带子、粗鞋带、松紧带。去画廊玩，看见有人把长豇豆画得像截绿色的松紧带，或者就是一条条绿线。长豇豆难画，不怪他手拙。

长在园子里的豇豆好看，伸蔓爬藤。除了蔓生，也有矮生的，豇豆种类颇多。《本草纲目》上说处处三四月种之，一种蔓长丈余，一种蔓短。

豇豆做法很多，可以凉拌可以干炒。如果掺上茄子，配两个红辣椒，豇豆段、茄子丁、辣椒丝炒在一起，山河逶迤，红男绿女，有份温婉的家常。

北方人常做凉拌豇豆，将鲜嫩的豇豆放开水里滚两滚，捞出装盘，撒上陈醋、蒜泥。滋味一般，清脆罢了。北方凉菜品类繁多，南方炒菜花样百出。这是南北差异。北方人饮食简单，南方人口味复杂。北方人倘若复杂起来，南方人又望尘莫及，无奈之下，求新求怪，索性吃蛇，吃蝎子，吃老鼠，吃蟑螂，吃猫头鹰，几乎无所不吃，北方人目瞪口呆。

将豇豆和米饭一起煮，搁点盐，既是菜，又是饭，一举两得。夏天农忙，母亲经常烧豇豆饭。起锅前，放坨猪油，青翠的豇豆像翡翠一样，白米饭油润润发光。

立秋后，豇豆快谢季了，外皮会长出锈迹。锈迹像老年斑，让年轻的豇豆有了故事，吃在嘴里，也多了回味。

老家有一种叫洋胖子的豇豆，粗且长，肉质肥厚。邻家有女，又胖又高，我们喊她洋胖子豇豆。前不久回家，遇到她，女大十八变，如今瘦得行动似弱柳扶风，成窈窕丝瓜了。以豇豆喻人，无独有偶，老夫子自况像条老豇豆悬摇在秋风里，母亲说邻家翁干瘦得像长豇豆。

食堂有豇豆炒肉。厨师知好色慕少艾，总会慢慢舀上一瓢晃悠悠送到女工碗头。男女饮食，饮食男女，后来果然有一对鸳鸯琴瑟和谐，这是后话。

吃不完的豇豆，过水焯一下，晒成豇豆干。也有人剪开嫩豇豆，晒成干丝。吃时温水发泡，其色泽微绿，犹如初生。

大雪封山的夜，用火锅煨豇豆干，切一块新鲜的猪肉，或者腊肉，一碗米饭在手，将那些滚烫豇豆干一筷子又一筷子地夹到饭头上，寒夜不冷。

干豆丝扣肉也是餐桌一绝，格调比梅菜扣肉来得高。炒豇豆放两瓣蒜，味道会更香。

扁豆扁，长瓜长，青菜青，黄豆黄。写这篇文章的时候，脑袋里掉出这四个句子。好在还形象，有些趣味。小品文写作,如果写不了情绪,就写情趣。没有情趣,文章朝有趣路子上写,不失为手段。

写作要真手段,机心难测,走着瞧,看谁手段高明。纸上风波起,手段自然生。真是见笑方家了。都说文章无技巧,我却大谈手段。方家见笑。

既然说起写作,索性荡开一笔。手段要活学,倘若拘泥不化,纵然熟稔了规范,也只是写字匠一个。人活到老,手段用到老,文章有技巧如无技巧,存其意无其形,文字随心所欲,或变化莫测如鬼似魅,或老老实实板上钉钉。

多年文章日常,去年才开始迷恋。也就是说,写了四五年之后才略知文章味。文章是庙堂,也是瓦屋;是端庄典雅的夫人,也是小鸟依人的女子;是茶余小吃,也是节令大餐。文章之道比不得邯郸路,如行山阴道上应接不暇,却也抬头见喜。每每作文,我总有喜气,喜气里有人的性情人的志趣。

本想写一篇关于扁豆的文章,文章先锋,直捣黄龙,只好另起炉灶:

老家院子外的瓜蔓地上栽有扁豆，春天时，母亲砍来很多树枝搭架子，扁豆的藤叶攀缘而上，渐渐长满一地。架子太矮，扁豆藤垂延至地，或顺势爬到桃树上缠着桃枝。

三四月，扁豆开花，有白色的有紫色的，小巧可爱。花谢之后，长出小小的一片片豆荚。这些豆荚，又嫩又绿，颜色有深有浅，上端是浓绿，往下则变为淡青，有些还抹有一层淡紫。

"多少时候，没有到菜圃里去了，我们种的扁豆，应当成熟了罢？"康立在凉台的栏边，眼望那络满了荒青老翠的菜畦，有意无意的说着。谁也不曾想到暑假前随意种的扁豆了，经康一提，我恍然记起。"我们去看看，如果熟了，便采撷些来煮吃，好吗？"康点头，我便到厨房里拿了一只小竹篮，和康走下石阶，一直到园的北头。

——苏雪林《扁豆》

苏雪林是对的。扁豆难熟，制不得法，容易食物中毒。每次烧扁豆总要放水煮透后才装盘上桌。再抄老车一句话："我不论清炒扁豆还是红烧扁豆，都要放姜，一放放不少，否则我会觉得有腥气，这是我吃扁豆时候的习惯。"（录自《茶饭思·吃扁豆时候的习惯》）

扁豆煮食虽好，也不过得法而已，还是干煸手段高强。有次在郑州街头吃饭，点了盘干煸扁豆。端上桌来，眼前一亮：扁豆去了两边茎丝，油不多，熟得透，软软的，配上焦脆的花生米，软硬兼施，厨师勺下功夫非同小可。难得还别具匠心配有干辣椒，恰好去净扁豆的腥气，入嘴多了一股淡淡的辣香。我们吃光一盘，又上一盘，连吃三盘，还意犹未尽。

扁豆斜切细丝，放姜、葱花、辣椒末，加盐拌匀腌一会，下锅滚几滚就起盘，滋味甚妙。

萝卜与萝卜干

新糊的窗纸洁净如棉。天有些冷了，呵气成烟凝雾，时令大概初冬吧。一道烧萝卜放在铁皮锅里，锅底陶罐炉子旧旧的。陶罐炉子即便是新的，也让人觉得旧。这个陶罐炉子有道裂纹，被铁丝捆住，格外显旧。火炭通红，铁皮锅冒泡，开始沸腾。一个农民空口吃萝卜，白萝卜煮成微黄的颜色，辣椒粉星星点点。筷子头上的萝卜，汁水淋淋，吃萝卜的人旁若无人。这是二十多年前的乡村一幕。今天想起，突然觉得那农民是八大山人转世。

萝卜品种繁多，我多以颜色分。白萝卜、红萝卜、青萝卜、紫萝卜，此外是胡萝卜与水萝卜。吃过的青萝卜，天津与青岛所产者第一。其萝卜圆筒形，细长，皮翠绿，尾端玉白色。萝卜上部甘甜少辣味，至尾部辣味渐增，适合生食或炖煮。东北红萝卜也好，浑圆一团，皮红色，肉为白色或淡粉色。切片切丝，放盐糖，拌了吃，顺气消食。

平生所食萝卜，我乡所产的水萝卜为上，有甜味，清凌凌的，富水分，空口生吃，极脆嫩，经霜之后，口感甜糯。秋天里放在墙角庌桶里，可以存到春节。很多年没有见过那样好吃的萝卜了。

萝卜一年到头都有，春萝卜、夏萝卜、秋萝卜、冬萝卜、四季萝卜各有其美，皆蔬中妙品，只要不糠心就好。

萝卜入画，颇雅。金农、吴昌硕、齐白石画的红萝卜青萝卜紫萝卜胡萝卜真好看，比真萝卜风雅。白萝卜似乎不入画，难在假以颜色。八大山人的白萝卜例外。一张纸上一个白萝卜，落笔清淡，情味却浓，肥大饱满喜庆富余。这么清白的画，寄情于味，让人看了隐隐感动。总觉得这一天下雪，八大山人家陶炉子里炖白萝卜的香气从厨房弥漫到画室。

喜欢白萝卜，不怎么喜欢红萝卜青萝卜紫萝卜胡萝卜。冬天霜打后的白萝卜尤好，荤素皆可，烧得烂，吃在嘴里雍容宽厚，仿佛蔼然儒者的文墨。

天气暴热，倘无紧要事，总不愿意顶着大太阳外出。春花早就谢了，只待来年再开。树绿深浓，窗下遮住大片阴凉。这时节居家读书，喝龙井茶，吃萧山萝卜干，很惬意。

龙井茶每年收到一些，今年格外好口福，又得几包萧山萝卜干。萝卜干处处可见，以我之所食，四川萝卜干是善本，萧山萝卜干是孤本，高淳萝卜干是珍本。善本不易得，孤本更难寻，珍本当爱惜。那几天，喝龙井茶、吃萧山萝卜干，看贺知章的诗，不亦快哉。

贺知章诗文存世无多，或许人家无意为文，小时候读其《咏柳》，再读《回乡偶书》，好在清浅绝妙，风味是江南三月的景物，近似今日拱桥上看湘湖。

少小离家老大回，乡音无改鬓毛衰。

儿童相见不相识，笑问客从何处来。

和几个萧山人闲坐饮茶，他们言谈用乡音。一旁听着听着，忽有欣喜，或许他们咬字嚼句还有几分贺知章口音。历代论者对《回乡偶书》评价颇高，有清人赞说不知盛唐有如此淡瘦一种，却未尝不是高调。这句话用来注解萧山萝卜干似乎也相宜，淡瘦里有一种高调。

萧山萝卜名为一刀种，因长度与菜刀相近，加工时一刀可分两半而得名。外皮厚且白，含水量少。风脱水后，做成萝卜干，色泽黄亮，条形也均匀，咸甜适宜，入嘴脆嫩爽口，为正餐佐食下饭的小菜，也可以做日常的茶点。人近中年才知道萝卜干之美，吃白米饭，配萝卜干，如锦上添花。

旧年萧山人腌萝卜干，放在芦苇秆编成的帘子上任由风吹日晒，再塞进坛子里，压紧密封，一年后即成萝卜干。

萧山萝卜干可以久放，吃过一回二十年的陈萝卜干，如此陈放当属偶然。萝卜干如隐士，藏在屋头角落，二十年后发现，打开一吃，有韧劲，颜色虽然似铁锈，味道不失清华。几颗萝卜干放在白瓷盘里，像孤舟蓑笠翁，独钓寒江雪。钓罢寒江雪后，舟翁的蓑笠该是挂在二十年萝卜干一般色泽的老房子里，土墙烟熏火燎，又清贫又高古，现在想来不乏诗意。清贫高古的诗意，格调不低，比锦绣灿烂好，是我如今下笔的追求之一。

老家人也腌制萝卜干，用青萝卜或水萝卜。萝卜很甜，空口生吃，极脆嫩，水分又多，炖汤、红烧都有很好的风味，做成萝卜干后口感倒是逊色些许。每每用小碟子装一点，做下饭菜，比吃寡饭好。离乡多年，再也没有吃过老家的萝卜，吃萧山萝卜干却勾起一些旧事。

乡俗说冬吃萝卜夏吃姜，夏日吃姜的人不多，冬天吃萝卜却是常事。滚刀切大块，用砂锅炖，放点腊肉，格外生香，腊肉不必多，多则油腻。萝卜切成丁或者片，夹以红辣椒以菜籽油旺火炒好，得了辣脆，是美味小品。

萧山萝卜干皮质硬，肉质也硬，硬中带脆，脆里有软，软而回香。地域不同，手艺不同，萝卜干有别，有些是硬香，有些是脆香，有些是软香，此间意思在唇齿驰骋。有一年在南京吃高淳萝卜干，清脆里有浓浓的咸香，还有江南的鲜，据说历史有三百年了。

还有当零食吃的萝卜干，蜂蜜炒渍过，近乎点心一类，多了甜香。

萧山萝卜干起源于一百多年前，贺知章没吃过。陈年萝卜干的肉质像褪色的淡墨，新鲜萝卜干的肉质又像唐宋古旧的绢纸。贺知章草书手录过《孝经》，很奇怪，我居然觉得萧山萝卜干有那一卷旧纸况味。

丝瓜与白菜以及豌豆糊

欲把西湖比西子，淡妆浓抹总相宜。以物喻人，并非苏东坡首开先河。西湖比作西子，有奇味，并不怪异。西湖是山水里的女子，丝瓜则是蔬菜里的女子。

几线春雨几线光，丝瓜靠着瓜架蔓延，不知不觉，片绿中忽忽冒出几朵黄花，开始三五朵，很快变成几十朵，金灿灿的，像黄铜制成的小喇叭。然后，丝瓜挂枝了，从青藤绿叶间细嫩地垂下来，绿叶如裙，包裹住修长的身躯，如精巧怡人的碧玉，半遮半掩，有种温润的风情。

昨天在路上，迎面走来一女子，遮阳伞是浅绿色的，裙子是浅绿色的。她右手戴有翡翠镯子，镯子本是富贵的，戴在清凌凌藕节一般的手腕上，却变得朴素。她轻轻说着什么，没有笑，脸上有笑意，也就是说脸上能看出笑的意思。眼见她心情不错，我也精神大好：丝瓜女孩，你好啊。她是出色的女子，文静、优雅，二十几年的教养在举止投足之间显露了出来。绿色的裙子在风中摇摆，满是草木清香，天地间一股活泼的灵气。

丝瓜性阴，有清丝丝的女子气，这么说或许勉强。与别的瓜类蔬菜比，它的身段口感都是细腻婉约的女性派。丝瓜尤其适合夏天吃，做汤，清炒，甚是爽口。

丝瓜切成丝状清炒，添水若干烧开，淋入蛋液即可，也可以加入青菜叶之类。成汤后，蛋黄，瓜绿，浮浮沉沉，俨然夕阳山外山。夕阳是鸡蛋，山外山是丝瓜。丝瓜蛋汤入眼黄绿，绿是浅的，黄是淡的，浅淡之间，娉娉袅袅，实在不是凡物。我当它是餐桌上的逸品，逸是清逸，品是品格。丝瓜烧毛豆也颇可观，不要太多作料，油盐足矣。炒好盛入浅口圆盘，有黛玉扶柳之妙，口感清而不淡，独得一份幽远。隐隐有老杜诗意：

绝代有佳人，幽居在空谷。

自云良家子，零落依草木。

夏月乡村，瓜果蔬菜在原野风中，畦田有农人种白菜。白菜好吃，虽是常物，新嫩多汁，风味清雅如秋月春风，宜于送饭也适合下酒。

白菜是冬天菜。寒冬腊月，一家人围坐在八仙桌旁，地底放盆炭火，熬大白菜，掺上粉条，放点肉片，边吃边炖。劳动人家的日子，俨然锦衣玉食的富贵。也真是富贵，白菜好吃又好看。经常看见玉雕的白菜，敦实，憨厚，一副自得的模样，将别的玉件映得黯然失色。

白菜是菜之王，人们常常尊其为大。但王者身份得不到承认，齐白石抱不平，在一幅画上如此题跋："牡丹为花之王，荔枝为果之先，独不论白菜为蔬之王，何也？”

韩国泡菜，原料用的就是白菜。在杭州吃到正宗的泡菜，厨师是韩国人，泡菜吃在嘴里，清爽甜脆中有一丝香辣，并非浪得虚名。

白菜是中庸的，不卑不亢，富贵不淫，威武不屈，贫贱不移。和粉条一锅煮，白菜礼让三分，锋芒紧敛。和虾仁放一起，虽沾了海鲜味，本色不变，固守住一份家常。

老家岳西，乡民将吃不完的白菜做成咸菜干。腊肉放进去埋起来，能保存一年，滋味不变。

在南方居家过日子，不大吃白菜，偶尔做一次，也只是点缀。到了北方，忽然体会出白菜的好，名字听在耳里，也有说不出的熨帖。这和北方白菜的品质是分不开的。民国初年，北京的白菜运往浙江，便用红头绳系住菜根，倒挂在水果店头，尊为胶菜。倒不是物以稀为贵，北方白菜的品质实在上乘。黄河边的白菜，菜嫩多汁，适宜存放，随意堆在家里，十天半月，依然新嫩。

北方名菜芥末墩是用白菜做成的。在北京朋友家吃到了著名的芥末墩，酸甜脆辣香，五味俱全。当年老舍家的芥末墩，也不过如此吧。有人著文称赞：老舍家的芥末墩是我吃过的最好的芥末墩！

向朋友讨教芥末墩的做法，他说：将白菜心去掉叶子部分，切成四五厘米长的圆墩，用开水烫一下，码入坛中，一层白菜一层芥末糊和白糖，最后淋上米醋，捂严，一日即成。我做过两次，始终只得两三味，不能酸甜脆辣香俱全。想必自有一分功力在里头吧，非初学者所能也，也或者制作过程中有只可意会不可言传的地方。

鱼生火，肉生痰，白菜豆腐久久长。中国民间认为百菜不如白菜。冬天，大雪纷飞，家里有一堆白菜，心里踏实。

我会做酸辣白菜、醋熘白菜。

皖北菜硬朗，一桌草泽野气，有山大王派头。在太和早餐，遇见白菜和豌豆糊。是炒白菜，清烂里居然有香脆。像风雨苍茫里走来一佳人，又像山大王的女将，是刀马旦，俨若扈三娘，马踏清秋而来。生平吃过白菜无数，东北人炖肉炖粉条，好在厚实、入味。川菜有开水白菜，用鸡汤熬制，脱了白菜的味道又得了白菜的味道，唇齿间万丈光芒。

豌豆糊做法不详，以米粉和黄豆粉熬制而成，掺入豆皮、海带、面筋。装碗食用时配以炒熟的芝麻盐、碧绿的芹菜丁或是豆角丁，青青白白一碗，淡淡的咸鲜和豆香。豌豆是点睛之笔。豌豆糊近似中原胡辣汤，口感少些麻辣，多了绵软，是中正之味。因为豌豆，又多了鲜，咸鲜冲激融合。一碗皖北的苍茫，透着青黄翠绿。

车过平原，窗外疏柳复苏，长长短短垂丝入目琳琅。

葫芦

黄昏街头，车声灯影里有女子挑担卖菜。

"葫芦是早上刚摘的。"

"附近菜农种葫芦的多吗？"

"不多了，就在自家地角上种了几棵，吃不完，摘点卖。"

选个一斤多重的嫩葫芦，路过肉铺，顺便买了点排骨，打算做葫芦排骨汤。

近来餐桌上少见以葫芦为食的了。大抵是因形害意，葫芦外形太好看，大都舍不得吃。经常见人把葫芦当案头清供，或者刻上文图闲来把玩。地间的茶叶不过俗物，经人一喝就雅了。瓜棚下的葫芦本是雅器，经人一吃就俗了。吃葫芦是煞风景的事，忘记谁说的。

葫芦吃法多样，烧汤，做菜，腌制，干晒。元人王祯《农书》说葫芦累然而生，摘下又长出来，是很佳妙的菜蔬，烹饪无不适宜。大的可以煮作素羹，也可以掺肉煮作荤羹，还能蜜饯作点心，削条作干菜。

喜欢葫芦烧汤，清香四飘，其味甚美。我会做冬菇葫芦汤，将冬菇、葫芦、木耳、莲子、瘦肉、姜片混成一锅，下盐调味即可食之。只是烹制稍嫌麻烦，近来不大做了。

夏日黄昏，将去皮葫芦切丝清炒，少油少盐，有一股清香，可下饭可佐粥。

鲁迅小说《高老夫子》中，有段描写挺有意思：

　　他大吃一惊，至于连《中国历史教科书》也失手落在地上了，因为脑壳上突然遭到了什么东西的一击。他倒退两步，定睛看时，一枝夭斜的树枝横在他的面前，已被他的头撞得树叶都微微发抖。他赶紧弯腰去拾书本，书旁边竖着一块木牌，上面写道——

桑

桑科

有一次我看见标识：

葫芦

葫芦科

忍不住轻轻一笑。

与其他瓜果不同，葫芦嫩时方能食用，老熟后就不能吃了。相对其他果蔬，葫芦营养价值较低。天下好事，岂能让葫芦占尽了？

前几天看见几只彩绘葫芦，画的是古典仕女，衣袂飘飘，眉目姣好。小时候玩过一个小油葫芦，食指长短，下身大肚处绘了一朵娇艳的荷花。

藕心菜

　　到安庆后，才知道有种菜叫藕心菜。到安庆后，才吃到藕心菜。藕心菜，我爱吃，不爱吃的人，我没见过。

　　藕心菜颜色如玉，不是说像容颜如玉的女人，而是它色泽俨然璞玉，淡淡一层籽皮，泛着微黄。当你看到藕心菜的微黄时，在视觉和味道上，她是温润的，近乎雨后荷叶滚珠，有夏夜露水的清凉。夏夜的露水，如果有月亮，更添诗意，诗意中还有几分神秘。

　　月亮下的露水，是神秘的，气息神秘。突然觉得藕心菜也是神秘的，味觉神秘。有藕的清脆，有蔬菜的香甜。所谓藕心，实则空心，或可称无心。近来向往空无境，无常难得久，不妨空无物。

藕心菜是轻的，也是灵的，但不轻灵。当你觉得它轻灵的时候，就适合在夏天吃了。地点不拘，重要的是有清炒藕心菜，放点青椒，喝酒吃饭。最好是吃饭，藕心菜是下饭菜。吃饭本家常，餐桌上有藕心菜则变得风雅了。

藕心菜淡甜幽香，吃的时候，小荷才露尖尖角、映日荷花别样红、误入藕花深处之类诗句蜂拥而至。感觉像春天荡着秋千，或者睡在棉花堆中，或者坐在布沙发上。灯光乳白，墙壁乳白，地板乳白，仿佛少年的梦。在乳白之境读宋词，想着婉约的未来，泛黄的少年情怀浮出水面。

关于藕心菜种种，问过菜农。说是种藕发芽后，还没成形为藕，尚未分节，生长极快，十天半月即长成细如手指的藕茎。

藕心菜最常见的做法是用猪油清炒，放红椒清炒，快熟时加入蒜末，翻炒均匀即可出锅了。还有人炒前将藕心菜用少许盐腌两分钟，滋味更正。

藕心菜独属夏秋，并非一年四季都有，是典型季节菜。每年四月底或五月初陆续上市，可吃到七八月。藕心菜属原生态水生物，受水质泥质影响，外加温度等因素，只能处淤泥之中，不能居温室内。

在北方多年，没见过藕心菜，没吃过藕心菜，但我吃过藕，藕是藕心菜的阿姨。

藕心菜，又名藕茎菜、藕丝菜，不管叫什么菜，它是道好菜。喜欢藕心菜的名字，仿佛青葱岁月的女子。时间真快，调皮的小女子亭亭玉立，转眼出嫁了。

黄瓜之黄与黄瓜之瓜

黄瓜，像个人名，再加一瓜，黄瓜瓜，越发像人名，或者说像笔名。昨天，翻旧报纸，看见黄瓜瓜文章，心头一愣，不知哪位高人，读了几句，却是区区在下。近来，记忆越来越差了。

黄瓜原名胡瓜。《贞观政要》说隋炀帝性情好猜防，专信邪道，大忌胡人，于是称胡床为交床，胡瓜为黄瓜，筑长城以避胡。《食疗本草》里又说因石勒为胡人，北人避其讳，因而呼胡瓜为黄瓜。

不爱吃黄瓜，小时候吃多了，至今犹自反胃。反的不是胃，是对乡村贫瘠岁月的不堪回首。上一次吃黄瓜还是十年前在天津，朋友点了盘木樨肉。

黄瓜散装盘内，片片如翠玉。

路过菜市场，卖菜大娘说：自家种的黄瓜，买两根尝尝？心下一动，买两根尝尝吧。回家后，洗净，一刀切下去，淡淡的生瓜之清香。应该说轻薄之香，轻轻的薄薄的香从砧板上袅起。做了两盘菜，一盘是黄瓜炒鸡蛋，绿黄相间，味道不错。又做了一盘凉拌黄瓜。轻拍黄瓜，切成段，加入两瓣蒜末，放盐，添醋，淋芝麻油若干，滋味甚爽口。不知是久别重逢，还是口味变了，那顿黄瓜吃得不亦乐乎。

黄瓜不是黄的，也并非瓜。《辞海》上说黄瓜属葫芦科。习惯上我们称它作瓜，瓜乎？葫芦乎？黄瓜非瓜，黄瓜也不是葫芦，黄瓜就是黄瓜。黄瓜做法很多，不论炒、炝、凉拌，均称佳，亦可入口生吃，清脆解腻。黄瓜初生时，旧年母亲摘细嫩者腌制，脆而鲜。书上见过一味扦瓜皮：

　　黄瓜（不太老即可）切成寸段，用水果刀从外至内旋成薄条，如带，成卷。剩下的黄籽的瓜心不用。酱油、糖、花椒、大料、桂皮、胡椒（破粒）、干红辣椒（整个）、味精、料酒调匀。将扦好的瓜皮投入料汁，不时以筷子翻动，待瓜皮蘸透料汁，腌约一小时，取出瓜皮装盘。先装中心，然后以瓜皮瓜面朝外，层层码好，如一小馒头，仍以所余料汁自满头顶淋下。

这样的文字是纸上美味，或者说是纸上烹饪，初看如清风，再看，清风拂面，继续看，清风拂面通体舒泰。有类文字，平白如水，却藏着大千世界，琢磨复琢磨，其味方出。文字也暗藏有玄机的，王羲之如此，柳宗元如此，张岱如此，鲁迅如此，知堂如此，尤其他们晚年文字。

黄瓜不过平民蔬食，古时候却极珍贵，陆游诗道"白苣黄瓜上市稀"。《帝京景物略》记载明朝北京食俗，元旦进椿芽、黄瓜……一芽一瓜，几半千钱。足见价昂。晚清时，夏日一根黄瓜三文钱。正月则一碟须京钱卜吊，合外省制钱一千也。

南瓜记

院墙外几株瓜蔓挂着大大小小三五只南瓜，青幽可爱。雨后皮色越发碧绿，映得水滴如翠，可玩可馔，切丝清炒，甘鲜爽口。南瓜外形圆鼓鼓的，有世俗气，霜降后，其味苍老。常从乡下带来老南瓜，放案头，极妙。

欢喜白菜，喜欢南瓜，有平淡的风致。

南瓜有喜气。近来心情晦暗，写写南瓜，让心情明亮一点。是不是因为颜色，所以有喜气？外形上看，南瓜亦带喜气，圆圆的像车轮。岁数还小的时候，扛不动它，只能推着滚，仿佛滚铁环。

长形南瓜像冬瓜，我不喜欢。我爱物，有时仅慕其形。正如有人爱女人，只在乎外表。孔子叹息："吾未见好德如好色者也。"

夏日黄昏，买只大南瓜回来，削皮切成块熬粥，仿佛品尝一段过往岁月，怀旧感顿生。从小就喜欢吃南瓜，味觉的质朴与嗅觉的清香，时至今日，犹觉是莫大享受。

祖父生前说过的故事，某少年聪慧异常，苦于家贫，不得入学，听闻杭州大儒丁敬学问了得，想拜他为师，于是背几个大南瓜送过去。来客皆讪笑，丁敬欣然受之，剖瓜熬粥，招待少年，留馆内读书。这样的故事有人情味。人情味是天下至味，山珍之味，海鲜之味，五谷之味，蔬菜之味，瓜果之味，皆不及人情有味。

南瓜嫩时有嫩时吃法，切丝清炒，仿佛齐白石小品；老来有老来的吃法，南瓜粥、南瓜饭，可谓桐城派老夫子占义。

时间还不够老，如果是深秋，早晚无妨，切几块老南瓜，掺糯米红枣一起熬上半个时辰。瓜入米粒，恍恍惚惚如糜，米粒迷离，红枣之味扶摇锅上，最是暖老温贫之具。晨光初亮或者暮色将至，捧一大碗南瓜粥，佐酱姜、咸菜若干，缩颈啜食，得以周身俱暖，亦人生大情趣。

金陵有传统小吃南瓜粑粑——南瓜洗净去瓤刨丝，加盐、面粉、水搅拌均匀，放入菜籽油中，炸至两面金黄色即可出锅。

南瓜粑粑，色泽金黄，软糯可口，香甜味美。

伊吃南瓜，切小块放在饭锅上蒸。饭好了，南瓜也熟了。有人用南瓜汤下面条，据说滋味一绝，录此存照。

南瓜在老家被称为北瓜。

山药记

很多菜名是绰号。有朋友精瘦，我们喊他山药。有朋友矮胖，我们喊他洋葱头。周围还有朋友叫豇豆、扁豆、苦瓜、茄子、番茄、红薯、菜头。好在没有人叫大米、小麦、面条，若不然可以开餐馆了。

在南方没吃过山药，山楂吃过不少。南方山楂果肉薄，入嘴酸涩，远不如北方的味道好。那年在京郊，漫山遍野山楂，红彤彤挂满枝头。随摘随吃，果肉肥滋。

老家山多，可惜不产山药，草药漫山遍野。颇识得一些草药，很多人以为我识物，不过少年在乡村生活的缘故。

第一次吃山药在洛阳，配大米熬粥，味道清正。后来在饭馆吃到了山药排骨汤，滋味甚好。偶去菜市，偶遇山药，也就买了。

山药食用前得去皮。削山药之际，水汽在掌心弥漫，滑腻腻冰凉凉仿佛手握一条蛇。祖父给我吃过乌梢蛇。蛇抓在手里，滑腻腻冰凉凉的。或许滑腻腻是掌心之汗，冰凉凉的确是乌梢的体感。

山药去皮后鲜活黏稠，削着削着冷不丁会从手上溜出去摔在地下。去皮山药常常使人过敏，有一回弄得手痒，挠挠肚皮，肚皮也痒，钻心入骨。用火烤方才止住，据说也可以用醋擦洗。山药去皮，像擀面杖，又仿佛象牙。前天路过一家饭店，看到一篮子去皮的山药堆在茶几上，觉得富贵。

多年前和焦作温县朋友聊天，他说他们那里山药多，误听成山妖多。《聊斋志异》读得熟，当时的想法是有空去看看山妖。

铁棍山药分两种，一种垆土生，一种沙土生。垆土色黑坚硬而质粗不黏，山药长得歪歪扭扭。沙土质松软，长出的铁棍山药也口感软滑。

山药蘸糖吃，颇美味。垆土铁棍山药细腻，白里透黄，质坚粉足，黏液质少，味香，微甜，口感像大冬天的清晨睡懒觉，咀嚼之际，恍惚微甜，一片宁静。

山药，学名薯蓣。避唐代宗李豫名讳改为薯药，避宋英宗赵曙名讳改为山药。词典薯蓣条释名：多年生草本植物，茎蔓生，常带紫色，块根圆柱形，叶子对生，卵形或椭圆形，花乳白色，雌雄异株。块根含淀粉和蛋白质，可以吃。

地耳书简

送来的地皮菜收到了，谢谢你。

地皮菜是旧闻了，差不多快三十年没有吃过。一九八〇年代湿漉漉的气息在二〇一六年冬天突兀而至。突然记起小时候下雨天上山捡地皮菜的情景，手挽小箩，蹲在地上搜寻。地皮菜多在阴潮处，蓬蓬松松一大块贴在地上，滑腻腻黏糊糊的。有人谓之鼻涕菇，说是雷公打雷时擤的鼻涕。

你说的地皮菜，我乡称为地踏皮、地踏菜、地踏菇，也有人称为地衣、地耳。王磐《野菜谱》中记有拾地皮菜一事："地踏菜，生雨中，晴日一照郊原空。庄前阿婆呼阿翁，相携儿女去匆匆。须臾采得青满笼，还家饱食忘岁凶。东家懒妇睡正浓。"语甚俏皮，唯青满笼一句不确。地皮菜颜色介于褐紫之间，洗干净后，蓬蓬软软，油黑发亮，莹莹如墨玉。

新鲜的地皮菜俨若青螺，可凉拌可炒食可入羹，极青嫩，味甘鲜，滑脆适口，略带木耳味。炒韭菜炒鸡蛋炖豆腐，颇佳妙。你寄过来干地皮菜，我没吃过，择日试而烹之。

多谢多谢，问全家好。保重身体。

豌豆饭与松花饼

豌豆上市，掺糯米煮饭，是为豌豆饭。或以芝麻油与豌豆、糯米搭配，或加咸肉、春笋。盛在瓷碗里，清清白白，清香盈室，有清白家风。

吃着豌豆饭，想起范文澜故居。小园遍植草木，只识得芭蕉、桂花、铁树三种。厅堂悬有"清白世家"匾额。越剧《玉卿嫂》唱词："我本是清白人家出身好，家在村里名声高。"范文澜是范仲淹后裔。范仲淹徙知越州，在绍兴龙山发现山岩间一废井，井中有泉，使人清理冠名为清白。一来取其颜色清澈，二则以清白自律。家风如此，没得说的。

豌豆尖亦可入馔。取其嫩茎叶，热锅下油稍清炒，起盐，脆嫩中透着清澈，鲜美鲜媚。

　　松树开花黄灿灿，如马尾挂满枝头。在山里走得久了，风吹过，头面有松花气息。将松花晒干掺糯米粉做饼，蒸熟即食，是为松花饼。松花饼颜色颇好，像桂花糕，淡淡嫩黄，仿佛夏日鳜鱼游过溪流，水底倒影绰绰斑驳，心境一时舒朗。松花饼不算佳肴，但得了谷物滋味也有山林野趣，甜糯中带一股馥郁的松香，如云在野，轻逸悠悠。

　　宋人林洪喜欢松花饼，说用它佐酒，心头洒然起山林之兴，驼峰、熊掌也没有那等风味。读书人风雅如此，是颜回心性的一记回声。

　　宋朝做松花饼与今人不同，掺入蜂蜜，状若鸡舌、龙涎，味道香甜。前日吃得一回松花饼，有旧味也有自然风韵，一时生出林下之思。

　　松化味甘、性温、益气，主润心肺、除风止血，也能酿酒。松花酒没喝过，我沾酒即醉，友人越醉越喝，不独宋人风味，更近似松下魏晋风流。

白色城堡

　　去桐城，朋友惠赠两块丰糕，硕大圆润，有村野富贵。王府富贵不稀罕，村野富贵贵在真实，又富丽堂皇。

　　丰糕盘踞桌子上，像白色城堡，圆顶建筑，圆顶弧度圆润仿佛屋顶，四周是高而挺的墙。舍不得吃，吃掉一个白色城堡！又不是纨绔子弟，还没奢逸到那般程度。只好摆放在那里，当餐桌清供。

　　丰糕茕茕孑立，却也富态逼人，一身稻米的清香，蔗糖的甜香。清早看到丰糕，寓意很好，虚室生白，吉祥止止。大块的白色是她无边的心事，大块的白色是她干净的想法。

丰糕的丰是丰收的丰。秋收后，稻米入仓，做一点丰糕，瑞雪兆丰年呵，丰糕之白像大地的瑞雪。

丰糕的丰是丰满的丰，财主独生女，白白胖胖，待字闺中，爱上了长工儿子。深夜，烛光跳动，纸窗两个剪影，一个苍老的女声："这丫头心眼实得很。"接着叹了口气，"跟了他以后日子怎么过？"一个苍老的男声："慌么事？丫头眼光不错，那后生勤劳，嫁他不亏。老婆子莫管，我心里有数。"

丰糕有字，新春大吉、寿比南山、万事如意、富贵吉祥之类。我的丰糕是无字丰糕，上面撒有红丝，红得朴素，红得不动声色。

丰糕，以米粉、白糖蒸制而成，可烤可煎可炸，不一而足。有幸吃过刚出锅的丰糕，蓬松香软，鲜糯细润回甘。米的弹性在唇齿收放自如，入口即化绕指柔又分明饱满丰沛。

桐城丰糕像桐城文章。桐城文章，被人奉若圭臬，也曾视如草芥。桐城文章不可不读，不可多读。不读难得法，多读入了巷。人生最怕入巷，除非是六尺巷。桐城有六尺巷，多年前游过。史料记载，宰相张英老屋旁有空地，邻人吴氏越界盖房。家人驰书京城，得回诗：

千里家书只为墙，让他三尺又何妨？

万里长城今犹在，不见当年秦始皇。

家人得书，遂撤让三尺，邻人大惭，也让了三尺，于是有了六尺巷。

追名争利，犹存礼让。

谦恭悠悠，明哲煌煌。

事情真假不论，读来欢喜，其中有风，古风、和风、春风、惠风、暖风、清风。

上古诸事，不知究竟，常常归于黄帝、炎帝、神农氏……胡适先生云，此类为箭垛式人物，包拯亦为其一。民间传说不知怎样选出他做一个箭垛，许多折狱奇案射在他身上。

包拯之垛像借箭归来的草船，张英之垛小一些，也零星插有三五支羽箭也。

豆渣

准备写一篇豆渣的新作，好久未续新作了。写要精力，新要创意，作要脑力。最近太辛苦，岁末年关，日子飞快，人格外疲倦。累起来，只想昏睡三天三夜，管他豆渣人渣煤渣饭渣菜渣……

豆渣，十几年没有听到这个名字了，相见也是十几年前的事。所谓豆渣，是指黄豆打成豆浆过滤后的渣滓。豆渣是贫贱之物，乡下日子艰难，豆渣舍不得丢，放上油盐，添点青菜炒炒，做碗下饭菜。

小时候不喜欢豆渣，在餐桌上碰到，总是绕筷而行。每顿饭后，豆渣依旧在，青菜不见踪。祖父和祖母爱吃豆渣，不觉得味恶难以下咽，到底劳作了一辈子饥苦过一辈子。祖父故去快二十年，祖母也离开近十年。时间真快，过去的日子散落成一地豆渣，拢也拢不到一起了。

《板桥家书》说，天寒冰冻时暮，穷亲戚朋友到门，先泡一大碗炒米送手中，佐以酱姜一小碟，最是暖老温贫之具。暖老温贫四个字实在，让我想起豆渣。豆渣也是暖老温贫之具，说不上有什么好吃，菜荒之际不至于吃寡饭罢了。

故乡风俗，春节前，家家都会做几筐豆腐正月待客。腊月里，豆渣成了常见的菜肴，乡人节约，炒豆渣舍不得放油。日子过得格外寡淡，就盼着赶快过年，放开肚皮吃喝。

记忆中吃过一次美味的豆渣，是用回锅肉做成的，鲜美清香，有粉蒸肉味道。

书上说豆渣浇上红烧肉汤汁炖炒，是一碗好菜……累累结成细小的一球球，也比豆泥像碎肉。我没吃过，看来倒是漂亮、丰腴、有趣。

将豆渣和鸡蛋打一起，搅匀，撒上葱花后煎一下。

鸡蛋金黄，豆渣莹白，葱花碧绿，真正赏心悦目……入嘴松松软软，虽不浓烈却淡而有味。吃法颇具风情。

江南人将新鲜豆渣捏成饼，放瓦上晾晒，发霉后收起来，春天时切成片烧青菜薹，类似豆腐乳发酵，滋味甚佳。据说这种霉豆渣一定要等到春天后才能吃，再放一点猪油渣，口感更好。有洁癖者或不敢问津。

早些年，见皖南乡下人将豆渣捏成团状，放在垫有稻草的竹编筲箕上，发霉后，切成一小块一小块地放在日光下晒，干得呈灰色。有人说那豆渣可与腌菜放在锅内同煮，然后放在瓦锅内用炭火炖上一炖，有奇味。我没吃过。

如今，豆渣几乎在餐桌绝迹，偶尔在尘世出没，危害人间。

鸡汤菜苗记

夏日傍晚，暑气沸腾，没个清凉处。腹中空虚，耐得住热，耐不住饥肠辘辘。随意进得路旁食肆，不管炒煮烤蒸，不管煎烧焖炖。只一荤一素，荤者，鳜鱼也，素者，菜苗也。菜苗极小，绿叶如星，放竹箕里，青葱可爱，以鸡汤烫熟，香气扑鼻，颜色格外青碧，忍不住大嚼。其味得菜苗之清灵，又得鸡汤之华美，可谓福有双至。鳜鱼红烧，虽有大鲜，席终三余其一，鸡汤菜苗一叶不剩。看空饭碗空汤盆空竹箕，与同食者顾而大乐，归而记之。

银耳记

天生雾、雾生露、露生耳，银耳，姑且听之。

雨前雨中雨后，有雾气从地下冉冉升起，也有雾气自天上徐徐而降，地气和雾气交接，是一丝丝是一缕缕，化为团团滚滚。白雾在峰峦、山林、田畈间弥漫，云收雨霁，日光照雾，凝为露珠。乡农说露是银耳的玉液琼浆。

在四川通江遇见好银耳，化在白瓷小碗里，乍冷还热之际，凝脂醇厚，幽静的清甜，细细咽下，身体似乎幽静了。窗外灯火、街巷、青山似乎也越发幽静，雾气淡淡停在那里，夜色有蜜意。碗口隐隐裹过雾气的色泽，又有露水的剔透，果然是天生雾、雾生露、露生耳。

雾者，露者，属于天地，通江银耳之好，怕是离不开人和——

冬至后，上山砍来青冈树，将其锯成一米长的木段，是为耳棒。耳棒呈井字形摆放，晒两个月天左右，隔小半月上下翻调一次。架晒后的耳棒上钻孔，放入菌种，静候发菌。当银耳呼之欲出，即可将耳棒，移入荫棚里，喷水、出耳、采耳、淘洗、修剪、烘干……

青冈木质地坚硬细致，青冈，青岗，青钢。我见青冈木上的银耳，如观石上花，如睹铁菱角。也恰恰只有青冈木之质才能长出上品银耳的一唱三叹与缠缠绵绵吧。

银耳的格比木耳高。风物也分格乎？沈从文说慈姑格比土豆高。银耳的格比木耳高，高在丝滑，高在温润，高在一片冰心在玉壶。

以诗词论，银耳是白雪凝酥点额黄，木耳则是黑云黯黯如翻鸦；银耳是玉山之堂风日好，木耳则是灰尘满面日劳劳。当然也有例外，忘了哪年的事了，客居津门，一日午时，饥肠辘辘，在路边饭馆吃得一盘木须肉，猪肉片与鸡蛋、木耳等混炒而成，鸡蛋色黄而碎，肉片滑嫩，木耳肥厚爽口，连吃了两碗米饭。

离开蜀地前夜，在止一堂拥书饮茶，友人拿来拙作，欣然作《蜀中赠晓亮》四句：

碗头青峪红烧肉，又食通江银耳羹。

杯底茗眉铺锦绣，匆匆三日见高情。

祖母喜欢银耳羹，每年夏日，隔三差五总会用冰糖炖上一些。祖母去世十多年了，她爱食银耳，却没能吃到青冈木上的银耳。悲夫。

粽子帖

江南有好粽，肉粽、豆沙、蛋黄几十个品种。我好甜咸口味，每次各吃半个，甜的是猪油豆沙，肥而不腻，咸的是火腿鲜肉，糯而不糊。年年端午节前，总要买些粽子回来。

剥开粽子外衣，一缕香气飘过来，有回一口吃到了南湖烟雨蒙蒙的气息，有回一口吃到了南宋杭州黄昏的气息。粽子仿佛烟雨朦胧中一叶木舟，只恐双溪舴艋舟，载不动许多愁。江南那样剔透，带着愁绪而去，归来无忧无虑。

江南是童年萦回的一个梦，烟雨蒙蒙，格外清晰格外撩人。

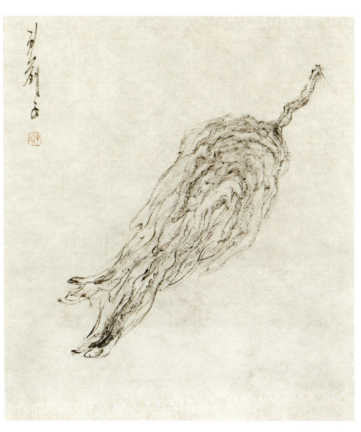

投我以木瓜

瓜果卷子

南山与秋色

樱桃图

山岛竦峙

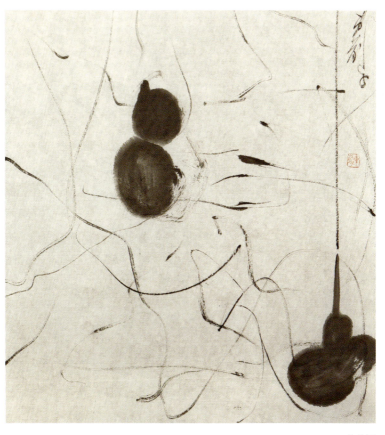

葫芦图

枇杷与紫砂

辣椒图

如对两峰

得瓜图

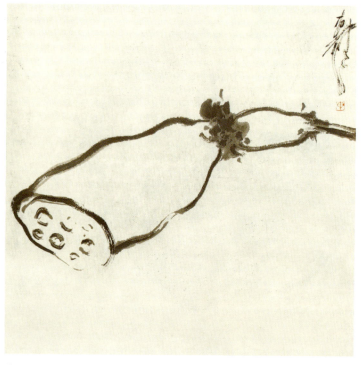

藕记

白菜

逍遥游

云雾四起

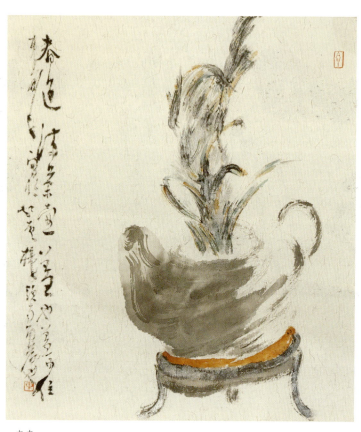

一壶春

小蒜帖

　　路过坡地，看到一丛丛小蒜，我们熟悉它，不知它是否还认识我们？去年，前年，大前年，曾经在这片坡地寻过小蒜。有回几个人一起，那个孩子那个老汉那个女人，他们还挖了些蒲公英和荠菜。物是人非，杨柳、水榭、海棠花……一切依旧，耳畔还有当日的鸟鸣，几只蜜蜂在油菜花地转转悠悠。当年的那些人却万万不可能遇见了。人生幻境，化作诗词歌赋传奇文章书法绘画雕塑……真切的实境，从来都像滚滚长江东逝水，一一被浪花淘尽。

　　低头在地上寻小蒜，不贪多，一把足够。野地土质太硬，小蒜总也长不大，半尺高，瘦小如毛毛雨。

拔过小蒜后，手里有股辛烈气味，凑近闻闻，直冲脑门。夜里回家，将小蒜择净清洗，切成细末，煎了一盘鸡蛋。煎蛋的时候，最好放一两根韭黄、蒜黄，能消解小蒜的柴和干。一口口小蒜有春日原野气息，忍不住喝了三杯酒，一杯敬过往，一杯敬今朝，一杯敬明日。

古人称小蒜为薤，字音谢，从草从韭。《尔雅》注释道，薤，似韭之菜也。有些似是而非，语焉不详。韭菜叶子扁平，薤却半圆形，三棱，中空，更近乎小葱，只是葱叶细而圆。薤的形状不像韭菜，性情倒是近似，割一茬，生一茬，宿根生发，欣欣向荣，没有穷尽。《诗经》无薤，《山海经》说峡山多薤、韭。薤曾是调味品，《礼记》云，脂用葱，膏用薤……前人作注：肉与葱薤皆置之醋中浸渍，则柔软矣。

后汉郭宪撰有《洞冥记》一书，说鸟哀国有龙爪薤，长九尺，颜色如玉，煎成膏，和紫桂为药丸，服一粒千岁不饥。汉魏时期有挽歌，《蒿里》送别士大夫和庶人，《薤露》送别王公贵人，出丧时由牵引灵枢的人道唱:"薤上露，何易晞。露晞明朝更复落，人死一去何时归?"薤叶露水，何其容易晒干。露水干了明天还会落下，人一旦死去，何时能归?

印象中，祖父喜欢吃小蒜。如今一走三十几年，哪有归期。很多年后，明人引汉魏挽歌意思，作过一首诗。其中意思让人伤感，似乎少些汉族人的跌宕，读来小器了——

日出何杲杲，薤露不长保。

人生在世间，岂能长寿考。

穰穰陌上尘，离离坟畔草。

殇子与彭篯，胡然较迟早。

瞻彼薤露晞，感叹伤怀抱。

西汉龚遂为渤海太守，劝民众务农桑，令人种过小蒜。汉末饥困，魏国钜鹿人李孚为诸生时，种小蒜为生计。《齐民要术》说小蒜二月、三月种，或八月、九月种，秋种者，春末生，唯土质要松软。不知道经此传法，唐五代人食小蒜的渐渐多了。宋朝时，小蒜已分家野。王桢《农书》说种植的小蒜

"生则气辛，熟则甘美，种之不蠹，食之有益，故学道人资之，老人宜之。"

记忆中春耕时节，地里总有小蒜，偷得几分人力，长大格外壮大肥硕，一尺有余，粗若锥子。即便如此，身材依旧纤弱，*丝丝柔柔*，还是挂不住清晨的露珠。立夏后，小蒜开始老了，顶端开出紫白相间的花，有点像蒲公英，一团团一簇簇，星星点点，碎碎的，风一吹，很动人。

小蒜老后，苗不堪食，这时可以吃小蒜头，是为薤头，农人腌做小菜，味道极冲，如脱缰野马。也有人腌制小蒜苗，蒸熟，浇麻油，据说佐饭颇佳。

故乡人把小蒜当作野菜，友人说它亦可入药，中医称薤白。医书上说，薤，心病宜食之，利妇女。心病还须心药医，不知小蒜能作引子否？《食疗本草》还说小蒜轻身耐老。身轻如燕，飞檐走壁，是我少年时的梦想，如今梦早醒了，唯耐老一条，勾连耳目。人生长恨水长东，肉身易老，多吃小蒜啊。

辑三

文章吃饭

吃了四十年饭，有人吃硬饭，有人吃软饭，有人吃稀饭，有人吃干饭。有人权谋吃饭，有人老实吃饭，有人阴损吃饭，有人苦力吃饭，有人书画吃饭，我文章吃饭。吃文章饭的时候，想起一个农妇，蓬头垢面，蹲在锅灶下，一会朝灶膛里塞根柴火，一会举起斧头劈开木头。

生活中衣衫整洁，写作常常让人蓬头垢面。蓬头垢面不禁想起农妇，可惜我下笔没有农妇朴素。佳丽的美艳固好，让人赏心悦目。但洗衣的农妇，烧水的农妇，炒菜的农妇，卷起裤脚下田除草的农妇，捋起袖子上山采茶的农妇，却有一段世俗生活让人触摸。

羊肉泡馍

　　因为羊肉泡馍，我向往西安。非馋味，而是喜欢那种氛围。想象街巷深处小馆子，破旧桌子上，很多人聚在一起，吃羊肉泡馍，有世俗的情致。

　　一方水土一方饮食，地方名吃不独手艺，更要天时地利。宁夏中宁所产枸杞为上品，太湖东山西山碧螺春为上品。淮南淮北，为橘为枳，环境一变，质地不同。

　　去西安后，去了鼓楼附近。一家小店连一家小店，卖各种零食，小摊摆满糕点糖果，很有饮食氛围。小巷里，一个面孔接一个面孔。秦腔盈耳，听不太懂，只是觉得亲切。应该没有多少先秦口音了，残存的一丝旧时语调，依然让人情不自禁欢喜。

　　进了家清真小店，店老板是个中年人，乐呵呵慈眉善目，有生意人的和气，一边招呼，一边让我们里面坐。桌子横七竖八放着，瓷杯白亮亮的，木墩墩的筷子。后厨，热气腾腾的羊汤大摇大摆直冲屋顶。有个老头静静在餐桌边掰馍，一块块，撕得粉碎，我看了看他，他瞧也不瞧我，只顾满心欢喜地掰馍，专注而认真。坐下后，我扭头又看了看他，他还是瞧也不瞧我。东张西望，白墙有些脱落，桌子有些掉漆，地面干干净净，墙壁贴有民俗画。店外几个闲人抄手游荡而过。

　　阴雨缠绵天气，适合吃羊肉泡馍。大雪纷飞的天气，适合吃羊肉泡馍。冬日暖阳下，一碗羊肉泡馍的热气和光同尘。城墙根边的破旧的小店里，三五友人，大碗羊肉泡馍，埋头吃喝，饱腹家常，这是很惬意的事情。羊肉泡馍下喉，吃出一嘴羊膻味，吃出一肚子热心肠，浑身暖暖的。

猪头肉

在小摊买半斤猪头肉，白切薄片，微微撒点盐，拌上香菜末。空口吃亦好，夹烧饼也相宜，胜过肉夹馍。猪头肉，我爱吃。不爱吃的人，实则不敢吃。猪头狰狞，想到它丑陋凶恶的样貌，食欲顿无。猪头固然狰狞，猪头肉味道实不差，嚼在嘴里，绵筋中有快刀斩乱麻的脆嫩。

猪头肉是世俗的，有烟火气。古人以《汉书》下酒，我借《水浒传》吃猪头肉。猪头肉与《水浒传》味道相似，前些时读知堂杂诗，见"中年意趣床前草"一句，心下居然对道：酒家饕餮猪头肉。

猪头肉微红，或者说泛红、透红，有种夏夜露水的清凉，尤其适合天热吃。约三两个朋友，在小馆子里，挑一张靠窗的桌子，边喝啤酒边啖猪头肉，吃了一盘，再来一盘。

清水煮猪头肉，不能熬得太软太烂，所谓过犹不及。猪头肉起锅后立即投冷水降温，切成薄片，放芝麻油、盐、葱花、香菜。

《扬州画舫录》记江郑堂家以治十样猪头闻名，很多年，那猪头肉与炒饭以及狮子头一直在菜谱上诱人心神。去过扬州数次，吃到炒饭，吃到狮子头，不以为然，吃到两回猪头肉，名不虚传，有异香，是我吃过最好的猪头肉。

袁枚说烧猪头先猛煮，后细煨，不禁引为同道。猪头与畜内脏身份相等，皆属下水，上不得台面，尤其不入文人雅士法眼。袁夫子勘破常规，也算性情。

小时候走亲戚，本不打算过夜，看到屋檐下挂着烟熏猪头，硬是住上一宿吃了才走。

馄饨

春晨，露水清清，坐在街头小摊，点份三鲜馄饨，清爽干净一如春天的空气。倘或是夏天中午，烈日炎炎，胃口全无，一份骨汤馄饨，三口五口，填了肚子，解了饥饿。深秋傍晚，凉风瑟瑟中吃碗鸡汤馄饨，忘记了季节的老去与一天的疲劳。残冬深夜，饥寒交迫，困乏不堪，或者三鲜馄饨，或者骨汤馄饨，或者鸡汤馄饨，暖暖冒着香气。坐在灯下，大口吃喝，额头上沁出细密的汗珠。肚子热了，脚板热了，浑身上下都热了。

凡俗生活自有正大。

馄饨属于面食，北方人做出来的味道格外好吃。

不过，我在苏杭也曾吃到颇好的馄饨，一点猪肉馅，鲜美不腻，馄饨皮薄且韧，有咬头，汤水清而不寡。后来又在广州、南宁吃到了很好的馄饨。

在豫东住过几天，当地人经常把馄饨当午餐。吃的时候，放西红柿、豇豆，外加葱姜，味道不够鲜，但很端正，不咸不淡、不油不腻，一餐吃两大碗。豫东馄饨，皮厚馅大，十来个装得满满一大碗。

馄饨又名云吞又名抄手。馄饨是尘世的小吃，抄手是人间的口粮，云吞是仙界的美食。云吞实则是吞云，食之俨然吞云，馄饨的外形像云，或者说有云像馄饨。

馄饨，吞云，云吞。吞云是动词，有些戾气，少了含蓄。云吞者，温吞吞，慢吞吞，让人细嚼慢咽。有云像骏马，有云像青山，有云像老虎，有云像兔子，有云像海浪，有云像包子，有云像装在筲箕里的米饭，也有云像云吞。一朵朵云荡漾在三鲜汤里、骨头汤里、酸辣汤里……一张嘴吞呀吞，云吞啊。

胡辣汤

饮食习惯变幻莫测。有阵子不能吃茄子，一吃就呕吐，胃里翻江倒海。有阵子不能吃黄瓜，一吃就泛酸水。有阵子不能喝椰汁……初来中原，不吃胡辣汤，黏塌塌的，看上去一碗腌臜，大胆喝了几次，渐渐喜欢了。饮食习惯具有排他性，西藏的青稞面，北京的豆汁和驴打滚，内蒙古的哈达饼，广东的肉粥，对某些人来说，全然异域风情。

喝胡辣汤是怀旧的。胡辣汤成色灰褐，回味颜色也是过去式，像锈迹斑斑的青铜器，或者明清红木老家具。觉出胡辣汤有往日况味时，尤其适合清晨来一碗。趁热喝一口，再喝一口，各种辣味串在一起，额头沁出细密的汗。

巷深处小店，找一张靠墙的桌子坐下。除了晃动的各色衣服，眼底几乎只有黑与白，像老电影一样。在黑白调子里喝胡辣汤，阳光穿过木窗，光影斑驳，手中粗瓷大碗，有不可言说的沧桑与世俗。东张西望地遐想，脑海中浮现出这样的镜头——

古城墙边的客栈，酒旗飘飘，一匹棕红色骏马远远跑来，铁蹄清脆磕碰石板路。不多时，嘶一声，马立住了，铜铃乱撞。马上劲衣男子翻身而下，高声对店小二说：来碗胡辣汤……

喝胡辣汤，就油条、菜角或者糖糕，这是我的习惯。习惯之外，喜欢在胡辣汤里加豆腐脑若干，碗内灰白相间，浓淡共济，很有中年的感觉。豆腐脑的细腻、清淡与胡辣汤的黏稠、酸辣交替。秋风萧瑟，春意迷离，深沉似井，浅显如溪，在嘴里别有洞天。

河南胡辣汤是逍遥镇的好。多年功底，不二秘技，大概是吧。中国餐饮如中国功夫，总有独门绝学。

曾跑遍半个城市，专吃逍遥镇的胡辣汤。很多店面挂逍遥镇招牌，即便从拘谨乡来的，索性懒得问路寻食了。

上品胡辣汤以羊肉、羊骨、牛肉、牛骨在高温下生成浓香，久闻不厌。入嘴有肉之嫩、菜之鲜、面之绵，回味隽永。尤其是它的辣，绵而不燥，缓缓入喉，令人胃口大开。待腹中生暖，阳气上升，微汗轻发，只觉脑醒、心静、身轻。

据说胡辣汤和宫廷有关，历史可追溯至北宋。美食重口感，不论历史，不分贵贱。楼下那家小店搬走了，再也闻不到胡辣汤味。清晨散步，一妇人在门前挤眉弄眼，花枝乱颤。遥远的巷口，传来雄壮的鸡鸣声，在春风里，心头不禁久久惆怅……

我到底做了故乡的叛徒。

烩面之笔

中原街头巷尾，市声灯影里一家家烩面招牌，毛笔、粉笔、油笔、彩笔、炭笔写就，字形歪斜带有童稚气。初来乍到，没吃过烩面，想象它大碗盛装，油然生出些感动。

一见烩面，越发亲切。白汤荡漾，几块羊肉耸立如孤岛，辅之海带、干丝、鹌鹑蛋、香菜之类。宽长的面条横在粗瓷大碗里，活脱脱金农漆书。看过不少金农真迹，笔画破圆为方，尤其横笔粗壮，墨色凝重，让人满心欢喜。

烩面属煮制面食，因制作方便，汤菜结合，好吃实惠，广为流传。在河南，风头盖过刀削面。近来午餐常吃烩面。那家面馆，装修已经很旧了，餐桌红漆脱落，坑坑洼洼，触手惘惘，椅子靠背圆溜溜的，无数双手摸过，很有质感。临窗独坐，如睹前朝故物，恍恍如隔世兮，悠悠似桑田，大有没落王孙读古书之况味。眼前的烩面也生出些富贵气，这富贵气精致，洗尽铅华。

羊肉烩面白气悠悠，牛肉烩面浓香蔼蔼，三鲜烩面清味袅袅。吃在嘴里，一律绵软有韧劲。汤边香菜如豆蔻新绿，柳头枝嫩，风情款款，姿态撩人，满腹诗书让人会心。

几口烩面下肚，满嘴鲜美。浓淡之间一会儿金戈铁马，一会儿金缕玉衣，一会儿羌笛乱奏，一会儿铁箫清音，一会儿惊涛骇浪，一会儿泉眼无声，一会儿万马齐喑，一会儿龙腾虎跃。千变万化才意味深长，千变万化才趣味深长，千变万化才滋味深长，千变万化才风味深长。

在太和吃板面

　　饮食有地方性，一方水土一方人一方物。有年在安徽吃河南烩面，相见不相识，惊问何处来。

　　宴席将尽，众人静候板面。

　　烩面：河南烩面。

　　板面：太和板面。

　　板面的属性，还是太和吧。朋友说，吃过不少板面，唯独太和板面清正。清正不容易，《淮南子》上说，水定则清正，动则失平。板面的清正还是口味稳健。不知道是不是错觉，有些食物吃在嘴里，让人觉得凶险，譬如荆芥，譬如烧烤食品与油炸食品。

　　以形状论，河南烩面像金冬心漆书，太和板面则像赖少其漆书。金冬心漆书一看就喜欢，赖少其漆书一看就喜欢，一看再看三看还意犹未尽。金冬心书法线条来得厚来得拙，古意更足。赖少其书法线条显得轻显得薄，这轻薄不是轻佻浮薄，而是轻盈纤薄。一个是唐宋古瓷，一个是元明青花。也就是说板面的口感轻而不薄。

太和以前没去过，板面以前没吃过。在太和吃板面，一面之缘不浅，一吃就吃到代表作，福气。

太和板面像河南烩面兄弟姐妹。板面滋味短平快，吃起来像独幕剧。烩面口感起伏大一些，仿佛读宋明话本。不尽然，也吃过像独幕剧的河南烩面。有没有像话本小说的太和板面？吃得少，姑且存录，下次问朋友，他去太和比我多。

在郑州吃烩面，如睹前朝古物，恍惚如白头宫女闲坐说玄宗的隔世。烩面有些富贵气，尤其是羊肉烩面，像赋闲的王公，富得内敛，贵得平朴，充满和气。太和板面也有富贵气，像是王公的独生女，富贵气中略略带些娇气。娇气比矫情好，好在风情。

板面的好，正好在风情上。不是风情万种撩人，而是风情楚楚、巧笑倩兮。板面的美，美在清浅上。烩面汤浓味重，板面汤清味也轻，一入口，一股香气缓缓沁来。我吃到的板面，汤底颇清，热腾腾上桌，用筷子轻轻搅动，一口面啜进嘴里，香中带辣，辣里藏香，鲜美无比。

板面清白润滑，晶莹透亮。白的面条，绿的菜叶，红的臊子，像怡红院中穿绿衣服的晴雯，生气勃勃，春色撩人。板面劲道坚韧，案板上摔打无数。人生如戏，人生如面。

二〇一四年八月九日在太和吃板面。

二〇一四年八月十八日在郑州写板面。

二〇一四年九月一日在合肥改《在太和吃板面》。

九月一日是开学日。小时候每年开学的早晨，母亲总会煮一碗面——鸡蛋面。

刀板香

上好的五花肉，肥瘦相间、层次分明，一块块小方寸斜放着叠在一起，不粘不连，干干净净。

刀板香之名甚美，透过文字闻得见刀板的清香。刀板香色泽更美，腊肉淡黄质地隐藏微红、朱砂、橙黄的细腻肌理。南瓜色肉皮、黄玉般肥肉和紫红的瘦肉相连。

刀板香味道在不咸不淡之间，不油腻，还有股新鲜劲，这是一份功力与手段。朋友说，刀板香是普通徽州土菜，缺油少荤的日子，城里还是乡下，能受用它，哪怕浅尝辄止，也是奢侈的。这样的情感心有戚戚焉。乡居时，夏天晚饭，人纷纷移桌子、搬板凳坐到稻床上，边吃饭，边乘凉，谁家碗头有几块腊肉，很让人羡慕。

小时候，家里饭桌上能看见一碗肉，不是来客就是年节。母亲摸索咸菜坛子，掏出一块腊肉，厚重的木盖从瓦罐坛口挪动时发出木墩墩声音，虽不悦耳，却馋人。干腊肉好久没见过了。记忆中它是蜡黄的，压在咸菜缸中，浑身被淡褐色的咸菜盖着，深居陶瓮，微现一角。

相对于故家岳西，徽州饮食精细些。同样是腊肉，做成刀板香，视觉和味觉多了风趣。有饭馆将刀板香装在小船一般的竹篮里，很有晚唐诗意。一人纤纤玉手托起轻舟，飘然走来，食客静坐着，停箸不食。怀古？思味？忆事？心里会有些风雅前人的触动。

刀板香多配笋干。无竹令人俗，无肉令人瘦。竹肉同食，不瘦不俗，善莫大焉。

江淮食典

米饺

米饺以籼米粉制成饺皮，五花肉加调料制成馅，油炸而成。色泽金黄，像跨入暮春田野，鸟语花香，一切正在蓬勃生长。天下饺子多以面粉制饺皮，米饺以米粉制饺皮，鲜香脆酥，可入饺之别册也。

酥鸭

水发香菇为辅料，小葱、姜片、酱油、精盐、味精、八角、桂皮调味。鸭先炸酥，再以小火烧至半熟，转用隔水炖法久炖，皮香肉酥，故名酥鸭。酥鸭既当菜上席，又当面条浇头。中医认为鸭肉凉补，清虚火，有药性。

小炒

什锦菜，有肉丝、辣椒、水芹、黑木耳、黄瓜、韭黄、葱白、香干、瓠子瓜、黄花菜、洋葱等多种食材，口感丰富。小炒色重、油重、味重，吃在嘴里，滋味如繁花，各种美妙如轻舟划过万重山。

暴腌鱼

暴腌鱼之暴有快速的意思。盐、花椒粉、胡椒碎为调料，均匀涂抹于鱼身。将碎姜塞入鱼腹中，悬挂于阴凉通风处暴腌三四个小时。

暴腌后的鱼下锅双面煎，金黄香酥时起锅，可直接食用。要么锅内留底油，将姜丝、葱白段投入锅中煸香。依次下甜椒、香芹翻炒，加入生抽、鲜味汁、香辣油、白糖，添碗水或高汤，用锅铲搅匀，将暴腌鱼入锅。大火煮开后，撒下葱叶段，转小火加盖焖煮几分钟使鱼肉透汁透味，再转大火收浓汁，滴入几滴香醋搅匀，浓汁浇淋即可。鱼味力透纸背。

茶干

点得老是老豆腐，点得嫩是嫩豆腐，也有人称为水豆腐，再嫩的则为豆腐脑。豆腐压紧成型，是豆腐干，放酱油之类渍之，即为茶干。据说茶干原出界首镇，故称界首茶干。传闻乾隆南巡过界首，品尝过那茶干。天下处处有茶干，安徽的茶干我吃过采石矶茶干、枞阳茶干、丰乐茶干。丰乐茶干色正、香长，细腻有弹性，是茶干三十六将之一。

粉折

此为江淮小吃名品，以绿豆、红豆、豌豆、黄豆、蚕豆等多种豆类掺大米、荞麦、玉米之类制成。制作工艺很特别也很简单：各种原料浸泡磨浆，在锅里烫成薄饼，将饼切丝，晾晒干。但各种原料比例，磨浆之粗细，火候，非高手莫能也。

汤饭与汤包

透过窗，庭院有树有水有亭台，心情大好。菜很多，一钵鱼汤是点睛之笔。汤色乳白。味道在鲜美与清淡之间，大为爽口。喜欢烧菜，做鱼偏偏不在行。一条鱼煎得七零八落、碎肉满锅，不会烧鱼是我烹饪手腕的死穴。

酒足菜饱，主食面条、米饭，索然无味，朋友说来点汤饭吧。菜和饭一起煮，既是菜，又是饭，也是汤。好久没吃汤饭。小时候贪睡，母亲常做汤饭应急。

以前爱吃青菜汤饭，放一匙芝麻油，油在汤面上漂漂荡荡，清香袅袅。这样的汤饭，能吃三大碗。

手艺好的人烧汤饭，菜叶烂了，颜色还是绿的。饭煮得软硬适中，盛在大碗里有五谷丰登的满足。以前每逢汤饭就暴饮暴食，一来实在喜欢，二则汤饭不瓷实，不多吃些，肚子容易饿。

　　烧汤饭的菜，最好用上海青，去掉菜帮子，将菜叶切成丝，或者撕成片。有人用莴笋叶烧汤饭，入嘴涩，像陈茶。

　　汤饭百饭争鸣，百汤斗艳。不仅仅有青菜汤饭，也有排骨汤饭、牛肉汤饭、猪肉汤饭，还见过鸡鸭汤饭、香肠汤饭，更吃过鱼翅汤饭、鲍鱼汤饭、海参汤饭。有人用羊肉烧汤饭，膻气太重，味道打了折扣。汤饭以青菜排骨汤饭第一，好在平原春色。

　　浇饭，虽失了米饭本味。汤汁佳妙时，却能锦上添花。水米菜三合一是汤饭，米菜同焖是菜饭，米菜共炒是炒饭。炒饭中最有名的是鸡蛋炒饭，扬州鸡蛋炒饭是名品。旧时官宦人家招聘大厨，多以炒饭考论技艺。

　　高手做鸡蛋炒饭，用蛋黄裹住米粒，所谓金包银是也。生平吃炒饭无数，没见过一次金包银。有人做蛋炒饭，米饭与鸡蛋各怀肚肠，不相往来，更有甚者，鸡蛋热面冷肠，米饭不死不活。

不管是烧汤饭还是蛋炒饭，一定要用冷饭。

二十年前第一次吃汤包，开封汤包，印象极鲜。一种干脆的鲜，甘甜不腻。吃了两笼，意犹未尽。那鲜美一直随行二十年。

汤包四方皆有，是早点摊上常客。北京汤包、天津汤包、青岛汤包、开封汤包、杭州汤包、扬州汤包，东南西北，相同汤包，不同风味。

汤包最先出现在茶馆，算是佐茶点心，因为油水足，却也抵得饭食。升斗小民早晨一笼汤包，开始了油滋滋水汪汪的一天。热气腾腾的汤包摞着端上来。小巧的包子，皱褶如雏菊聚集中心，上面尖尖的，像把没有柄的白伞。

淮扬菜系汤包格外好，名不虚传，皮薄而微透，隐隐见肉馅和汁水在晃荡。小心咬一口，汤水又多又鲜美，肉馅紧实弹牙，粉色的紧紧团拢的鲜肉在嘴里爆出汤汁和浓香。倘或是蟹黄汤包，味道会更好。吃过扬州蟹黄汤包，极小，一口一个，模样俊俏，蒸笼里垫着老粗布，有卖相。馅里加了蟹黄，固然大好。包子皮也有妙处，薄厚适度，韧劲十足，口感松软轻糯。

蟹黄汤包蒸熟后，半透明状，包子皮骤然下坠。咬开薄如蝉翼的皮儿轻轻吮吸，汁水鲜美流入嘴中，欲罢不能。心急吃不了热豆腐，心急更吃不了热汤包。汤包汁水极烫，稍凉片刻方好。吃汤包有此四要诀：轻轻提、慢慢移、先开窗、后吸汤。

轻轻咬破包子皮，吸饮汤汁，再吃包子的空皮。有人吃汤包，汁水外溢到手掌，吃痛之下举起胳膊又流到脊背，乃至烫伤。

冬日清晨，窗外一白，踩着冰雪去吃汤包，享一嘴温热的鲜美，天寒地冻也是良辰美景。

写写蟹

张岱有《蟹会》一文，记不真切了。懒得查书，故不引录，有兴趣的自个找去。张岱小品，起承转合天衣无缝，用的是淡墨，看起来却浓得化不开。

读一点张岱的书，能得文章作法。张家文法，一言以蔽之：苦心经营的随便。苦心经营容易，随便也简单，苦心经营的随便里有宗师气度。竟陵派苦心经营，公安派下笔随便，不如张岱恰到好处。

谈蟹文章蔚为大观，很多人下笔少了光鲜清丽。光、鲜、清、丽，是我饮食文章四字诀：光者存其华，鲜者得其味，清者彰其质，丽者赋其形。

一己之好，山珍不及海味，海味逊于湖鲜。湖鲜中，蟹拔得头筹。蟹分六品，一等湖蟹，二等江蟹，三等河蟹，四等溪蟹，五等沟蟹，六等海蟹。湖蟹中据说以阳澄湖大闸蟹为尊。阳澄湖的蟹吃过不少，不见得比别处好多少。我们安徽不少湖区的大闸蟹也令人赞不绝口。

吃蟹法大体两种，或煮或蒸，用姜末加醋、糖作为调料食用。较小的蟹则烧成面拖蟹、油酱蟹当作下饭小菜。后一种吃法，乡下见过不少。

秋天的夜晚吃蟹，是清欢，也是清福。

有年在安庆，朋友送来一竹篮大闸蟹，每只半斤，雌雄捉对，捆扎清蒸。候到蟹壳通红，调好姜醋，独坐沙发上看电影剥食。蟹肉鲜肥如玉，蟹黄甘黄似金，色香味毕集，是平生吃到最好的蟹。还是得享逍遥与闲逸而已。

吃蟹不能人多，独食最佳，吃得出悠闲，吃得出惬意，吃得出孤帆远行、独上高楼况味。一人得味，二人得趣，三人得欢，四人得意，五六人以上便煞风景也。几次在饭馆，众客攘攘持螯把话，人多嘴杂，仿佛牛嚼，几无美妙可言。当然和厨师制法也有关系，放茴香，放香叶，放葱姜，放紫苏。煮蟹只要清水，滋味就有，不但有滋味，滋味且长。试以发酵茶如铁观音、乌龙茶、红茶之类蒸蟹，能去腥气，陈年普洱尤佳。有年中秋，试以普洱茶蒸螃蟹四只，与过去所食者味不同也。

蟹香中有秋思，容易令人伤感。蟹壳慢慢堆积，蟹肉微微透露出暖气，心绪便跟着缭绕而上，消沉于大千世界。蟹肉入嘴，细嚼慢咽，其静寂如同毛笔划过宣纸，宛如偎红倚翠温香在抱。于是想到春天，想到烟雨蒙蒙、芳草凄美的景况。

食蟹先吃爪，再吃钳，然后吃蟹黄蟹肉。一口湿润的清香，一口湿润的鲜美，一口湿润的回甘，一口湿润的青嫩，一口湿润的膏腴，真当是不加醋盐而五味俱全也。吃完蟹后，可饮少量姜茶，既可去腥，又能祛寒。这是一个厨师告诉我的。

螃蟹横行。念书的时候，有个同学写字马虎潦草，老师说像蟹爬。

补记：大闸蟹第三次蜕壳后为童子蟹，外壳脆、内壳软、肉质新嫩，人称六月黄。六月黄里的公蟹，壳薄肉嫩黄多。俗话说，忙归忙，勿忘六月黄。这个时期，大闸蟹最后一次蜕壳，尽管稚嫩不饱满，但已具油膏，虽不及老熟大闸蟹肥美丰腴，但贵在鲜甜，清香嫩滑无以取代。

六月黄或油焖或蛋黄焗，一个取其鲜美，一个取其香辣。清香、麻辣周旋唇齿之间，让人留恋。

又记：川菜里的香辣蟹，香辣是足够了，可惜油辣太重，夺了清香。蟹之美，膏腴乃其一，实在不必入油太多，入辣太多。香辣蟹，一点香，一点辣，衬住蟹肉之鲜美方为上品。印象里，没吃过上品香辣蟹，不是香辣过火，就是蟹肉不佳，有人欲以香辣之味盖蟹之不足耳。

蟹，不可多食，医书说发风，积冷，时感未清，痰嗽便泻者，均忌。亦不可与茶、柿子同食。

鱼头芋头

近来常食鱼头。鱼头汤乳白,一口饮下半阕宋词。

丙申年秋,予过苏州,友人携游太湖。水畔农庄吃到一款鱼头,入嘴嫩滑柔若无物。另有一盘芋头,毛桃大小,极粉嫩,香软清甜,经年不忘。

在仓桥直街吃臭豆腐

晚饭后无事，三五友人在绍兴街头游荡，不知今夕何夕，不知此地何地。聊着闲话，一声音说，到仓桥直街了。有吃客称赞街角臭豆腐不错，蘸上辣酱，滋味妙绝。

摊点不大，干干净净，守摊人也干干净净。

以前不吃臭豆腐，嫌臭。郑州街头小贩挑担子沿街串巷吆喝着卖臭豆腐，臭气逸出数米，让人掩鼻而逃。大概往昔臭豆腐名副其实一些。当年有华侨带臭豆腐上飞机安慰乡愁，安检通不过，抱恨而归。如今不一样了，长沙火宫殿的臭豆腐只是香，并不臭。真要论臭，皖南臭鳜鱼臭味诡异，胜臭豆腐一筹。

长沙火宫殿的臭豆腐似乎不如绍兴仓桥直街无名氏的臭豆腐来得滋味妙绝。似乎的意思是时间太久,记不真切火宫殿臭豆腐的味道了。

朋友说老绍兴几乎家家会做臭豆腐,味道醇正。

吃完仓桥直街的臭豆腐,咽不下那口气,足行千米,嘴里有股热风兀自呐喊。路边的野草看着一行南腔北调人准风月谈。

大饼与烧饼

　　大饼，普通物什，旧小说中多为贩夫走卒之食。人结队静候，翘首垂涎。

　　手铲将大饼摊入平底锅，锅内有菜籽油，小火慢煎至五成熟，翻过再煎，反复数次，两面火色均匀即可。大饼出锅后，一分为二，再切成四块，馅不散。其颜色金黄可爱，买者多不可待，大口咬食，不及细嚼，竟有烫伤者。

　　老妇所做大饼味最佳，毕竟几十年工夫。

　　老妇做馅，老翁守锅。其饼馅层次分明，脆而香。

　　丁酉年春，入旌德，食大饼一个、米粥两碗、咸菜半碟。饱腹问馅，答曰：香葱、猪肉、萝卜丝、笋衣、豆腐干、鸡蛋。

据说油煎大饼是一九九〇年后移居旌德之外乡人所做。此前大饼不着一丝油星，慢慢炕熟，其味更绝。如今已是绝响了。

下塘烧饼是一方名品，每每酒足饭饱，上来烧饼，总忍不住再吃一个。常有人踌躇半晌，虽馋涎欲滴也不想染指，彷徨再三，耐不住色香挠心，先是轻启小口略尝一块，咬嚼之下，清脆有声，发觉有味，于是捻一大块，一而再，再而三，不禁贪多，居然吃掉两个，大开了一次牙戒。

做烧饼的多为中年人，衣服灰突突的，冬天常戴顶绒帽，夏天，推车上别有蒲扇，得空扇扇，自得清凉。人不多言语，一块块做饼，一块块炕。

下塘烧饼酥且脆，牙口欠佳的老人尤其喜爱，窝窝嘴嚅嚅而动，愈嚼愈出味，愈嚼愈出香。烧饼单吃最好，不要什么菜，更不用其他佐料，趁热即可。

刚出炉的烧饼，饼面鼓起一个个气泡，好像攒够了热量，热腾腾的，散发小麦香与芝麻香。一口咬去小半个，力透纸背的酥脆与穿唇入味的焦香，没齿难忘。袁枚说能藏至十年的高粱烧，酒色变绿，上口转甜，犹光棍做久，便无火气，殊可交也。下塘烧饼也像光棍做久，虽无火气，到底纯阳之体，更可交也。

烧饼做法不难，粉团加入老面头和好发酵，放碱做成饼状，加各类馅，荤素不拘，面上撒芝麻，贴入炭炉中，火不可大，慢慢烤制。乡谚说：

干葱老姜陈猪油，牛头锅制反手炉。

面到筋时还要揉，快贴快铲不滴油。

所谓天锅地灶，下塘饼炉生得高，要贴饼人抬头踮脚，这是以食为天，以食为大，其中自有虔诚。岁月如水无痕，朴素的味道却足以回味一生。

乡里传，下塘烧饼为兵家所创。街头饼炉下有推车，也是作战随行方便，古风犹存啊。

油炸鬼的头面

《儿童杂事诗笺释》《麻花粥》篇记，《越谚》卷云："麻花，即油炸桧，迄今代远，恨磨业者省工无头脸，名此。"笺释者锺叔河先生说恨磨业者省工无头脸有些费解，大约是说买者嫌炸麻花的面粉不好，恨磨面粉的店家省工减料太不顾脸面了。张林西《琐事闲录》续编可知缘由，说当年秦桧虽死，百姓依旧怒火中烧，因以面做其人模样炸而食之，日子久了渐渐脱了形状，读音也略有转变，名为油炸鬼。

道光时顾震涛《吴门表隐附集》称油炸桧为元郡人顾福七创始，因恨秦桧，心头愤怒不能释怀，因此以面肖形入锅油炸而食之。以面成其形，滚油炸之，售卖四方令人咀嚼，倒也有人情世故。

民间传说岳飞死后，临安有食肆以面团搓捏人形，说是秦桧与妻子王氏，绞一起入锅油炸，称为油炸桧。说者眉飞色舞，添油加醋，听者喜笑颜开、心花怒放。此亦平人的喜好，觉得解恨。传说无稽，寄托爱憎而已。能杀岳飞的人，怕是不大在乎升斗小民的意见。

徐珂《清稗类钞》亦袭前论，说油炸桧开始酷似人形，上有二手，下具二足，简略如乂字。宋人厌恶秦桧误国，故象形以诛之。印光法师讲经，也说百姓恨意难消，于是以面搓成两条，说是秦桧夫妇，炸而食之，名为油炸桧。在温州吃过麦饼，属面食，有馅，擀成饼状，缸内烘烤而成，又名麦缸饼、卖国饼，当地人说和秦桧卖国有关。

杭州街头摊点见过葱包桧，面皮卷油条，掺以葱酱烤制而成，拿来一吃，入口葱香松脆。据说宋朝时候望仙桥畔有人炸油炸桧，餐后略有所剩，又软又韧，味道不佳。那人恨极秦桧夫妇，就将油炸桧同葱酱卷入面皮里，入锅以滚油两面煎烤至表皮金黄色，取名为葱包桧。

有论者说，心中怨恨就以面肖其形炸而食之，不算得高尚不算得英雄。这种根怀实在要不得，怯弱阴狠，不自知耻。到底书生识见，解气用烹饪手段，并不少见——高阳酒徒郦食其，被齐王田广投入油锅烹杀，骨肉松脆，死状惨烈。《西游记》里镇元大仙因孙行者偷吃人参果，要把他油炸。孙行者将石狮子变作本身，砸烂油锅，溅起滚油点子，小道士们脸上烫了几个燎浆大泡。十八层地狱的第九层为油锅地狱，人在生时，盗劫欺善凌弱，拐骗妇幼，诬告诽谤，谋人家私妻室，死后即打入油锅地狱，剥光衣服投入滚油里翻炸，时长以情节轻重定。乡下丧礼法事上常见油锅地狱图，夜里看来，极为惧怖。只见小鬼手拿钢叉，戳进人身，如油条般按倒在巨大的油锅里，灶下还有三五阴兵抱薪添柴。乡间百姓谩骂，怒不择言，常常咒对方下油锅去。

旧人笔记上说，绍兴乡间制麻花摊点，大抵是简陋的村野铺子，高凳架木板，和面搓条，旁边立着火炉，可以烙制烧饼，并支起油锅用来炸麻花，徒弟拿长竹筷翻弄，将黄熟者夹置铁丝笼中，客人买时，用竹丝穿了打结递给他。做麻花的手执一小木棍，用以摊饼湿面，却时时空敲木板，滴答有声调，此为麻花摊一特色，可以代呼声，告诉人家有火热麻花吃也。麻花摊在早晨也兼卖粥，米粒少而汁厚。客取麻花折断放碗内，令盛粥其上……麻花油条夹缠不清，竹筷翻弄，黄熟者夹置铁丝笼中云云，此该是油条。

梁实秋回忆，小时候的早餐几乎永远是一套烧饼油条，称油条为油炸鬼。有人说，油炸鬼是油炸桧之讹，大家痛恨秦桧，所以名之为油炸桧以泄愤，这种说法恐怕是源自南方，因为北方读音鬼与桧不同，为什么叫油鬼，没人知道。梁先生推测无误。油炸桧传到广州变成油炸鬼，说晚清时，当地饱受番外苦痛，其时把洋人唤作番鬼、鬼佬，于是称油炸桧为油炸鬼。至今闽南人还是把油条叫油炸鬼，妇孺皆知是骂秦桧。

民国前后，油炸鬼渐渐唤作油条，此前油炸鬼却是麻花。康熙年间刘廷玑著《在园杂志》云："草棚下挂油炸鬼数枚。制以盐水和面，扭作两股如粗绳，长五六寸，于热油中炸成黄色，味颇佳，俗名油炸鬼。"晚清徐珂说："油灼桧，点心也，或以为肴之馔附属品。长可一尺，捶面使薄，以两条绞之为一，如绳，以油灼之。"两股相扭如绳状，两条绞之如绳，点心也，当非麻花莫属。

晚清人绘《营业写真》，其中有《卖油炸桧》图。画中小贩头顶提篮，里面装的是麻花，并非油条。题跋道："油炸桧儿命名奇，只因秦桧和戎害岳飞。千载沸油炸桧骨，供人咬嚼获报宜。操此业者莫说难觅利，请看查潘斗胜好新戏。卖油炸桧查三爷，家当嫖光做人重做起。"旧时京戏有《查潘斗胜》剧，改编自通俗小说《查潘斗胜全传》。说富豪查三在报恩塔上挥散金箔，市人纷纷争抢，乃至毁了两旁人家屋圮院墙，查三顾而乐之。好景不长，挥霍无度，很快家业败光，查三只好去集市卖油炸桧。

薛宝辰著《素食说略》云，扭作绳状炸之，曰麦花，一曰麻花。以碱白矾发面搓长条炸之，曰油果，陕西名曰油炸鬼，京师名曰炙鬼。油炸鬼之名自此归于油条。

都说油条无益健康，却让人难以忘情。故家日常三餐米饭，面食无非疙瘩汤、擀面、烙饼几种，用来搭餐。少年家贫，只有集市才能见到油条。油锅旁的黑色铁笼里，油条金黄一根根立着，喷香诱人，囊中无钱，买不得一根。有年夏天，村里各家出菜籽油、面粉，请人炸了大半天油条，油香溢出很远，隔着田垄还能闻到。刚出锅的油条脆香，一嘴焦香伴着油润。那是生平吃过最好的油条，后来再也没有见过了。

附录：

竹峰君：

前承指示笺麻花粥知误，今决定在第三段末尾"殆是望文生义……"后加……

难道原始的油条，真是一个个有头有脸的小面人，只因业者省工，日久其形渐脱，才变成后来这样一条条无头脸的么？讲老实话，对此我总是颇为怀疑的。

有好几年，我几乎每天早晨站在摊前，亲见业者捯面、切条、扭股、下油锅，等着热油条吃了去上班。故深知手工操作湿面，是无论如何做不出尚形的小面人，油炸了卖一两文钱一个，一早晨卖出去好几百个的。

后世文人不敢骂当朝宰相，偏爱南宋临安摊贩来油炸秦太师，替他出气，想一想不是太滑稽了一点吗？匆匆即问近好。

钟叔河

二〇一七年二月十三日

核桃

　　竹篓盛满核桃，上面放着三五个剥壳露肉的核桃。

　　卖核桃的中年人，穿着干净的旧衣，脸部黝黑，坐在两个竹篓中间，神色间散散淡淡，像前朝闲民，身旁纸板上写道：核桃，十五元一斤，谢绝议价。毛笔字，遒劲从容，还带些古拙淡雅，有直率天成的韵味与意境，比舒同先生写得好。这是他自己手书还是他人代笔，没有问，自有天机不敢道破。他捧着书，以为是武侠小说之类，低头侧脸一看，却是冯梦龙辑录的话本《喻世明言》。他偶尔会抬起头，凝视远方楼顶，点根烟，看看马路的车流。他的眼睛明亮深邃，更奇怪的是，每当有人经过，只是埋头手中的书，不像其他商贩满面堆笑，做出一团和气。或许在他看来，明码标价，无须多言。此番做法，隐隐有红尘的禅意，让人大有好感。

本来想说核桃，岂料开篇写起了卖核桃的中年人，越缠越紧，绕不出来了，只好另立炉灶——

今年新上市的核桃，吃过两次，据说是深山野生的。

吃核桃有点像打架，舞锤弄钳，不喜欢打架，顺带连核桃也不怎么喜欢吃。有次去朋友家，开门后，他手拿铁棒，吓人一跳。转身见砧板上满是砸碎的核桃壳，方才释然。朋友笑着说，家里没有锤子，只好用铁棒了。我说乔太守乱点鸳鸯谱，老兄你棒敲核桃壳，各有一份妙趣啊。

核桃之美，美在外形的丑，一脸沟壑，满面沧桑，像久经世事的老人。核桃之美，美在砸开刹那的稀里哗啦。碎掉外壳，抖落出金黄欲滴的块块核肉。我不喜欢砸,喜欢看,像小时候喜欢看同学打架。

《红楼梦》中顽童闹学堂,几个小厮大打出手,很多人在旁边看热闹,有趁势帮着打太平拳助乐的,有胆小藏在一边的,也有直立在桌上拍着手儿乱笑,喝着声儿叫打的,登时鼎沸起来。

前几天外出吃饭,见有道菜叫清白世家。端上来一看,却是核桃仁凉拌荆芥,青白相间,果然有清白世家的朴素。核桃仁和荆芥,一个外形独特,一个味道诡异,以暴易暴,以邪制邪。

吃过核桃,没见过核桃树。夏天在公园玩,一株绿意融融的大树,结满核桃。一枚枚青果在风中摇啊摇,摇啊摇,摇在枝头,天很蓝,阳光很亮。核桃树嫩绿绿的,有明媚的色彩,像英俊少年,不像木梓树、枣树、刺槐、泡桐那样老气横秋。

中医认为核桃补血润肺、益智补脑,不知对写作时呕心沥血与绞尽脑汁能否有所益补。

瓜子花生

廊柱旁，一少女坐在大理石台沿上看书。两腿反剪悬在半空，一翘一翘，间或分开虚踢几下。她轻翻书页，一手从纸袋里抓瓜子嗑，牙齿洁白一闪，咯一声，皮儿旋出弧线飞入身侧纸袋，悠闲自在。

人说女人是瓜子变的，瓜子脸可作证明。尽管也有苦瓜脸、核桃脸、鸭蛋脸、烧饼脸的女人，盘踞男人内心的美颜非瓜子脸莫属。鸳鸯蝴蝶派小说中的女人，大多是瓜子脸，柳叶眉，樱桃口。

很奇怪，在瓜子面前，不少男人笨嘴笨舌，几个朋友总是嗑得皮瓤唾液一团糟。他们说会嗑瓜子者，大概上辈子是女人。瓜子是女人的前世，女人是瓜子的今生。嗑瓜子很有情味。清寒残冬，关起门，烤栗炭火，捧书乱翻，瓜子在齿间咯咯作响，也算人生一乐。嗑瓜子要信手抛壳，用手接着，或者一粒粒对准纸篓吐皮，未免拘谨。

我乡风俗，走亲访友，人总要炒瓜子回礼。站在稻床外，一个说难为难为，慢走啊。一个说多礼多礼，快回吧。童年时，祖父做客归来，四个口袋总是鼓囊囊装满瓜子。我老远迎上去，猴他身上，猫着手径自伸进衣兜，掏把瓜子捧在掌心，边嗑边走。脆香的瓜子合着阳光与木炭馨香，至今难忘。

葵瓜子向阳，阳气足，在嘴里淅淅沥沥像雨打芭蕉，香得璀璨。南瓜子背阴，阴气重，于齿间扑答答似胶鞋，踩雪松软寡淡。

老宅庭前栽有南瓜。南瓜熟后体大如斗，籽粒颗颗饱满，洗净晒干，以炭火炒出，闲时吃，不空嘴而已，比不得葵瓜子爽利。好的葵瓜子，粒大而饱满，破壳后落入齿间，舌头一沉。

有年冬日午后，在乡下闲逛。小院内，一老头拎着火炉，携一顽童，茶几托盘有碟瓜子。老头牙掉光了，傍火取暖，嘴唇嗫嚅而动。顽童脚下瓜子壳满地，密密麻麻如蚂蚁大战。

偶得一玉花生，圆雕技法制就，一头有只老鼠横卧其上，丰体长尾，尖耳圆眼，并无贼眉鼠眼相。玉花生极精致，温润细腻，富有生气。此物在我手头盘桓三五月，离家出走，入得老友之手，幸遇良人，也是物之造化。风月无主，风物更无主，其中变幻虽然无常，也有定数。

花生模样好看，肥肥大大，有憨态。瓜子似乎刻薄些，挂着丫鬟相，不如花生端庄。花生朴素大方，偏偏生得盈盈一握细腰，更有满月的色泽。剥开皮壳，或单或双，或三颗四丸五只，我还吃过六粒的花生。花生米衣衫粉红，有几丝艳丽。去衣后，象牙色的果肉，丰腴灿烂，发出一阵又一阵香气，只能啖之而快。

盛夏时节的花生地好看，绿叶细碎，风吹来，摇动满目清凉。倘或是早晨，花生叶子上还有昨夜零星的露水，阳光照过，璀璨如珍珠。

暮春种下花生，初夏即开花。黄色的花，形状如蝴蝶，一只只立在地头，风一吹，蝴蝶蹁跹，绿叶也蹁跹。花生花期长，隐隐绵延至夏末。待到花落时，果实就快熟了。古人说此物先在地上开花，花落进土中，再生出果实，故名落花生。语焉不详，却大有诗意。落花生的名字真好，好在有落有生，历来就被人视为吉祥之物。

我是挖过花生的。不独如此，还挖过土豆，挖过红薯。条锄下去，一地灿然。挖花生，一条锄下去，不见星桥开铁锁，似闻雷鼓落铜丸。挖土豆，一条锄下去，古藤绕石翠欲牵，石果垂结纷如拳。挖红薯，一条锄下去，小小琼英舒嫩白，未饶深紫与轻红。不管是挖花生，还是土豆、红薯，都是秋收：

直须抖擞尽尘埃，却趁新凉秋水去。

在我乡，花生、土豆、红薯，皆为秋熟之风物。那些根块裹着泥土，抓起藤蔓，抖索几下，土净实出。

鼻底除了泥土味，还有果实新熟的气息。

花生霜后煮熟，其味才美，其美在鲜。新收的花生，不待风干，略略一煮，微凉即食，入嘴有白切羊肉滋味。此方比我文章尤重，得此一技传世，快慰平生。

花生在寒冬腊月里吃起来更有意思。穿着厚墩墩的棉衣，拿本书乱翻，最好是《红楼梦》，不得看《水浒传》《三国演义》，吃花生最怕拍案惊奇，故事慢条斯理方好。那时候，只有过年时节才能吃到花生。

花生掺铁砂炒，比光壳炒味道更好，好在火劲均匀。一铲又一铲的花生在铁锅翻动，花生的香味散在夜气中，一起在夜气里的还有屋顶上空的炊烟。邻家窗口飘出几声戏词，捏开一颗花生，脆然有声，那是我的童年的乐曲。

茴香豆

朋友从绍兴回来，送来一袋茴香豆。上次有朋友从绍兴回来，送来一瓶花雕，可惜转赠了他人。不好酒，有绍兴茴香豆，不妨喝点绍兴花雕。

没去绍兴之前，就喜欢上那里了。严格说来，与其说喜欢绍兴，不如说喜欢"会稽乃报仇雪恨之乡，非藏污纳垢之地"这样的句子。

一饮一食，得滋味是一重境界，得意味是二重境界，得神味才算化境。在绍兴咸亨酒店，买碟茴香豆，要酒要菜，慢慢坐喝。不仅得滋味，更得意味。吃完饭后，读三五篇鲁迅的文章，可得神味。神味者，神色情味，神韵趣味也。

说起茴香豆，忘不了孔乙己。朋友送的茴香豆外包装有个长辫子孔乙己式样打扮的人站着喝酒。记忆中吃过茴香豆，还有盐煮笋、罗汉豆。鲁迅先生的小说写过：

　　　　有几回，邻居孩子听得笑声，也赶热闹，围住了孔乙己。他便给他们茴香豆吃，一人一颗。孩子吃完豆，仍然不散，眼睛都望着碟子。孔乙己着了慌，伸开五指将碟子罩住，弯腰下去说道："不多了，我已经不多了。"直起身又看一看豆，自己摇头说："不多不多！多乎哉？不多也。"于是这一群孩子都在笑声里走散了。

　　这一群在笑声里走散的孩子里有我的少年。

　　提起茴香豆，想起孔乙己。吃到茴香豆，想起的却是小品文。茴香豆像小品文。每每大忙，身累，心累，临睡读几篇小品文消遣。好的小品文，恬淡从容，写法随便，可以消遣疲乏。

　　喜欢鲁迅，喜欢《孔乙己》，向绍兴人讨教茴香豆做法：

新鲜蚕豆用黄酒腌两个小时，再用清水洗净；往锅中倒水，放入大茴香、小茴香、两片桂皮，放点沙姜、红辣椒，倒入酱油，大火煮半小时即可。

茴香豆是用蚕豆，越中称作罗汉豆所制，只是干煮加香料，大茴香或桂皮。

茴香豆表皮起皱，呈褐黄色。豆肉熟而不腐、软而不烂，咸得透鲜，回味时又微微觉得丝丝甜意藏在舌根。茴香豆入嘴酥软，有清香，那种香闻起来浓厚，吃进嘴里，却变得很淡。淡得只能仔细捕捉，稍不留神就溜走了。

茴香豆好就好在茴香上。茴香又名怀香，到底是佳人入怀，怀中有香，还是佳人不在，怀念其香？茴香，回香，茴香也真能写成回香，回什么香？伊人不在，回忆其香。行文如此，茴香豆倒香艳了。

爆米花

一粒粒金黄的玉米，装在铁炉里摇啊摇，翻来覆去，忽上忽下，在火炉中煎熬。时候一到，停下来，取下炉子，塞进大长兜里，扳开炉盖，嘭一声巨响，爆米花熟了。

熟后的爆米花，坚硬的外壳炸开了，露出松软的米花。捏一颗放在嘴里，阳光的芳香静静挥散，也有甜味在嘴里弥漫。地间玉米秆也带甜味，尤其是雄性玉米秆，或者根部泛红的那种，剥开嚼嚼，有甘蔗味，不过稍微寡一些，甜得收敛安稳。

心急吃不了热豆腐，烫。心急也吃不了爆米花，绵。刚出炉的爆米花不焦脆。吃在嘴里，软软的，像吃软饭的小白脸，甜腻腻，邪歪歪一团口水，让人吞吐不得。

爆米花属消闲小品。童年时候，只有冬天才能吃到。寒冬腊月，农闲了，有人挑担子来乡下炸爆米花。

米花分两种，一种是玉米做的，一种是大米做的。前者干吃，后者泡汤，用开水泡碗里，放进满满一匙红糖。爆米花在碗中沉浮，散发着大米香与红糖的甜味，一边呵气一边大口吃喝。大米花掺糖稀，捏成团，乡人称为冻米，当作点心，来客时摆几颗在果盘上。

岁月如歌更如刀，人如韭菜，割倒了一茬又一茬。当年挑担子来乡下炸爆米花的人早已老得走不动了，当年一起吃爆米花的玩伴一个个髭须满面。一代有一代人日常，一代有一代人胃口。我还是希望，爆米花花开富贵。

糖果，糖果

分得几枚糖果，剥一块含着，有旧事感。小时候爱吃糖果，最喜欢奶糖和水果糖。水果糖，童年著名的糖果。卖价低廉，绯红色的糖纸裹着糖，很简陋。

水果糖不是水果，水果糖是糖，有一种叫水果的糖并非水果而是糖果。糖纸绯红，颜色像春联，喜气扑面。皂色的糖果，一阵淡香。一阵淡香？忘了，隔了快二十年，忘了水果糖是淡香还是甜香，淡香是稀薄的香，甜香是甘爽的香。

顶紧，舌尖在上颚，用力抿吸，一股清凉的甜味从上颚垂下至舌尖，顺势弥漫到牙齿，四周扩散，满嘴都是厚厚的甜味。

没有水果糖的日子，吃冰糖。祖母小心翼翼打开柜子，慢慢拧开瓶盖，给我一颗冰糖，不准贪多，一上午一颗，说吃多了对牙齿不好。到底还是吃多了。亮晶晶的冰糖装在玻璃罐中，摇一摇，哗哗作响。冰糖甜得干净、爽快，入嘴有冰凌凌凉意，吃完后，一丝清气在嘴里挥之不去，像喝过薄荷茶。

冰糖颜色浑浊，还有棉线垂吊着穿糖而过。那是挂线结晶制作的冰糖，糖溶液倒入挂有细棉线的桶中，结晶时缓慢冷却，蔗糖围绕棉线形成大粒大块的冰糖，以致破碎时，还残留有棉线。

在故乡，春节走亲戚，一包冰糖必不可少。拜年的冰糖，用红色棉纸包成三角形，像金字塔。

冰糖是粗茶淡饭，水果糖是鱼肉荤菜，奶糖是山珍海味。小时候，偶得一包奶糖，心头有长长的笑声。

冰糖硬，吃的就是硬。奶糖软，吃的就是软。糖，我软硬通吃。

灯盏粿

霜降后，秋意渐渐浓了，或许是心里的秋意，庭外兀自青绿。站在窗前，想起一些人，一些古人。

很多年前，这样一个有些岑寂的晚秋下午，那个一岁的周公，两岁的孔子，三岁的嬴政，四岁的曹操，五岁的嵇康，六岁的李白，七岁的秦琼，八岁的苏轼，九岁的张岱，十岁的鲁迅……他们在做什么？那个一岁的鲁迅，两岁的张岱，三岁的苏轼，四岁的秦琼，五岁的李白，六岁的嵇康，七岁的曹操，八岁的嬴政，九岁的孔子，十岁的周公……他们在做什么？酣睡，学步，鼓瑟，吹笙，习字，歌咏，打滚……田野有风吹过，撩起他们的衣摆，一阵微凉。脑际人来人往，于是饥肠辘辘，又想起一些饮食。这回想到江西横峰的灯盏粿。

因形状而得名灯盏粿，外皮由大米制成，中间有馅，大火蒸一刻多钟即熟也。忘了是哪朝人句子，说的是："灯盏两只明辉辉，内里更有筵席。"灯盏粿的内里也有筵席，馅有香菇、猪肉、豆芽、竹笋、萝卜、粉丝、豆皮、南瓜……

当地人说，灯盏粿可追溯至明嘉靖年。有人晚来得子，喜不自胜，携妻儿到寺庙请名。不料一行乞者抱走了婴儿，追到一山洞，遇高人明示，说此子不凡。只见洞内亭中灯盏光彩夺目，孩童居中而坐。众人思忖，此灯定非一般物事，庙里住持以为，倘世间有此华灯，必将普照万民。当晚令人磨米，以水和之，揉灯盏状成型，加以馅料，以飨众客。

在横峰吃过不同风味的灯盏粿，放在竹制小蒸笼里。掀开盖子，热气袅起，有菜蔬的鲜气，有荤肉的美气，还有稻米的清气，色香味三好。一口一个，连吃四个，齿颊留芳。

辑四

枣

旧年栽过枣树。老家南面有棵枣树,北面也有棵枣树。南面枣树结米枣,北面枣树结葫芦枣。米枣细小精致如垂髫丫头,葫芦枣核大肉厚像胖大女人。

枣树仲夏挂果,起初细如米粒,绿茵茵铺在枝头。童年夏日,每天去枣树下看看长势如何。那时候嘴馋,从来没有让枣子红透。一群小孩,今天摘一个,明天摘一个。每年如是,等不到红枣滋味。小时候没吃过新鲜的红枣,实在是等不及。去年夏天,路过枣树,拽了颗未熟的青枣,涩得水汪汪,苦得清凉凉。当年的馋劲不可理喻。

岳西风俗,春节前总会买些山东大枣备年货。

为什么是山东大枣？大抵因为故乡离山东不算遥远。山东大枣让人想起梁山好汉。第一次见山东人，没有想象中魁梧，失望良久。后来去齐鲁大地，想买山东大枣，岂料到处是新疆大枣。朋友从新疆回来，说那里大枣好，个头这么大。边说边用大拇指与食指环个圈，凑过去看，茶杯口大小。

喜欢吃枣，母亲买作年货的大枣，腊月没过完就被我吃掉了。干枣吃在嘴里干甜，有嚼头，类似牛肉干。吃干枣要慢，专心致志才得味。吃急了，枣核容易磕坏牙齿。大枣属甜食，据说甜食能稳定情绪。有两回心情不好，果真吃掉了十几颗大枣。记忆中祖母喜欢枣，红糖炖枣，能吃一海碗。

有道菜曾经喜欢，十多年未吃了，大枣煨肉。昨天突然想吃，做了一点，肉没有肉味，太甜。枣没有枣味，太腻。

秋天，一树枣在树梢摇啊摇，仿佛弹珠滚动，滚成了黄色，滚成了红色。一少妇带幼子在树下学步，风吹过，万枣齐动，落叶寂静。

西瓜

一天天热了，早晚也不见凉。正午时分，烈日高悬，三五鸣蝉叫个不休，十分燥意。西瓜上市了。

在江南很少吃西瓜。江南有东瓜，江南有南瓜，江南有北瓜，江南无西瓜。不是说江南没有西瓜，而是江南西瓜品质不高，口味寡。江南沙地少，雨水多，空气太潮，种出的西瓜不够甜。偶尔遇见一个甜的，三口两口下肚，水汽却又突然袭来，甘之如饴的甜丝丝变得水汪汪一团。

小时候，夏天热，父母偶尔从村口小店抱回两个西瓜。回来后，将瓜装进尼龙袋或者用网兜套住，沉到古井里，用水煞温，晚饭后全家坐而分食。现在偶一回忆，记得这样的场景：

深蓝的天空中挂着一轮金黄的圆月，下面是平坦的稻场。乘凉人睡在竹床上，或仰着，或趴着，或侧着。顽皮的小孩翘起双脚临空挥动，数不清的萤火虫星星点点闪着光亮。老妪摇着辘轳，自井深处拽起西瓜，放到椅子上，拿菜刀切，刀锋过时，隐隐作布匹撕裂声，绯红色的瓜汁流出来，顽童嘴馋，以手指轻濡，吮指而食。老妪嗔骂："你个好吃鬼。"挥刀切下一大片西瓜递过去。

那顽童是我，老妪是祖母。

前几天去朋友家，又吃到井底西瓜，想起往事。祖母故去多年，再也不能切瓜给我吃了。祖母喜欢西瓜，到了晚年，十来斤重的还能吃掉半个。

一个大西瓜，三个好朋友，在漫天星斗下静坐，不必把酒也能闲话。

西瓜是真正的怡红快绿。怡红是瓜瓤，瓜瓤入嘴，心旷神怡；快绿是瓜皮，瓜皮入眼，快意无限。瓜皮的绿，像翡翠，也像碧玉，但没有翡翠和碧玉的高贵。朴素，更多的是朴素，绿原本是朴素的。

我在郑州生活多年，中牟西瓜是名品。有年盛夏，奔波一日，暮色下沉，口渴难耐，几人买得几个中牟西瓜，各自饱食半只，真大痛快事。后来再也没有吃过那样好的西瓜。如今身在南方，只能追忆了。

永井荷风先生不喜欢西瓜。夏天，朋友寄来西瓜，口占俳句："如此大西瓜，一人难吃下。"

樱桃令

日子如飞，无声无息，忽然立夏。立夏两个字真好，有看不见的团团生机。立夏况味是好文章况味，一片郁郁葱葱、蓬蓬勃勃。

立夏后次日自豫返皖，朋友送一袋樱桃。车行不绝，一边吃樱桃一边看倒退的树木山岚人家。不知不觉已过开封，商丘在望。

张恨水《啼笑因缘》中写过这样一节插曲：樊家树出行，何丽娜送他梨子以破长途的寂寞。伯和笑她，说："密斯何什么时候有这样一个大发明？水果可以破岑寂？"樱桃差不多见底，突然想起早些年读过的小说。

吃完樱桃，四周看看，邻座女孩，穿一身樱桃红衣服，车厢内明亮不少。女孩的烂漫，又不是机心全无，红得活力四溢，车厢太小，差不多快飘出窗外。

樱桃滋味甚佳，酸酸甜甜。一味酸，一味甜，味道就单一了。樱桃酸中有甜，甜时有酸，偏偏酸得内敛，衬住那一汪柔和的香甜，让人好生受用。

樱桃：细雨绵绵，春色撩人。就是这个感觉。樱桃口感新嫩，像睡在棉花堆里，或坐进晚春被窝。灯光宁静，想着微甜的未来，这未来是少年与青年的未来。有人得赠樱桃，赋诗寄情，其中有味：

万颗真珠轻触破，一团甘露软含消。

樱桃质地细腻、温润，红者仿佛玛瑙，黄者俨若凝脂。喜欢红樱桃，不全是词里红了樱桃、绿了芭蕉的缘故，实在，桃红让人心头一暖。

见过不少水墨樱桃，装入青花描边的白瓷托盘，宣纸上清灵灵一颗颗红果弥漫着氤氲的薄雾，快滴出水来。樱桃画之上品，着色颇有日本浮世绘闲闲情色，其间独有一份寂寞纯洁的风情。风情不足万种，偏偏凝成一味，偏偏干干净净，更让人销魂。

齐白石的樱桃，看似俗物，但气息不凡。吴昌硕的樱桃显得浑浊，美感弱些。丰子恺的樱桃信笔草草，过于寒酸，好在还有活泼泼一段生活。张大千画樱桃，疏朗清洁，散落在纸面上，果粒鲜艳欲滴，枝叶自然，十足风雅。张大千樱桃小品，诗书画俱佳，有流连书案的文人襟怀。

南方生活十多年，没吃过几回樱桃。乡下不少人家栽樱桃树，暮春大雨，常常一夜之间扫尽枝头。

一直以为樱桃是南方佳果，最近才知道它的主要产地是烟台、栖霞等处。一方水土养一方风物，他乡抢不得也。

樱桃红的时候，芭蕉正绿。乡下老屋北窗下植有一丛芭蕉，上次回家，奄奄一息，不知今年能否再生一片绿来。

江边原野一园樱桃在潇潇雨中浸润得红了。

葡萄

葡萄好看，不管是红色的、紫色的、蓝色的、青色的、黄色的、橙色的，还是黑色的，都好看。

旧家老房子旁边有株葡萄，绕在乌桕树上。每到夏天，一串串结果，在藤上，由小至大，盈盈似绿豆，累累如青珠，壮观得很。白天，乌桕树一片浓荫，葡萄笑哈哈挂在树上，根藤粗如胳膊。夜里，萤火轻舞，虫豸杂鸣，葡萄睡在凉爽的夏风中。

新摘的葡萄滋味绝佳，轻轻一揭，皮去得大半。丢在嘴里，汁水充沛，酸香中透着甜嫩。甜又并非一味到底，九分甜中缥缈一丝酸、一丝涩、一丝苦，滋味上来了，回甘悠长。

与其他水果相比，葡萄味道繁复。梨、苹果、哈密瓜、大树菠萝，口感相对单薄一点，容不得人回味，咽下喉咙，好一似食尽鸟投林，落了片白茫茫大地真干净。葡萄不是这样，吃罢一串葡萄，嘴巴清爽良久不息。葡萄入过曹丕《与吴监书》：

> 当其朱夏涉秋，尚有余暑，醉酒宿醒，掩露而食。甘而不䔩，脆而不酸，冷而不寒，味长汁多，除烦解渴……道之固已流涎咽唾，况亲食之邪……即远方之果，宁有匹者乎。

短札喜气盈盈，有小儿得饼之乐，不像帝王手笔，但文章正好在这里，后世帝王不多见这样的性情。有画家给曹丕造像，居然让他手持一串葡萄，恶俗得很。曹丕说葡萄脆而不酸，不少人颇觉讶异：脆的是什么葡萄？吃过一种野葡萄，小拇指头般大小，入嘴颇脆。

葡萄香很好闻，时有时无，时浓时淡。吃过的葡萄，以新疆所产第一，口感醇正，含蓄，大度。新疆葡萄个头大，皮薄，汁水比别乡所产者足，轻轻一捏，皮就破了。

新疆葡萄好吃，新疆葡萄干也好吃，粒大，壮实，吃起来细腻柔糯，有韧性。集市到处卖新疆葡萄干，即便从旧场来的，也打新疆招牌。母亲不爱葡萄，喜欢葡萄干。熬粥时加一把葡萄干，甚美。

吃到葡萄的人说甜，吃不到葡萄的人说酸。

附记：

秋日去乡下，路边农人卖癞葡萄，形态极美。此物北方似乎不多，江南常见，浙江有地方称为红娘，不知何故得享美名。我乡人称癞葡萄为癞巴桃。果皮瘤状突起，像癞蛤蟆一样，所以得以癞名。

乡邻在墙脚种过癞巴桃，懒得摘下来，任它挂在那里，看着玩。白墙黑瓦青藤绿叶，十几个癞巴桃露头露脑，几个顽童探头探脑。

立秋后，癞巴桃从青色到金黄色，越发好看。摘一个捏开，籽儿颜色鲜红，有点甜，并不好吃。那种情味却惦记至今。

荸荠

我爱荸荠的形状胜过味道。

路过菜市场，遇见荸荠，总会选几个又大又圆的回来清供。每每不到三天就被人偷吃了，家里有荸荠迷。荸荠迷吃荸荠方法多，生吃，蒸吃，煮吃，蘸糖吃……荸荠生吃，清清爽爽，有春来野草气；荸荠蒸吃，有盛夏黄昏味；荸荠煮吃，如初冬艳阳天；荸荠蘸糖，入嘴甜香清爽，清爽过后又回旋出盛夏黄昏的浑浊，差不多是秋意浓、衣衫薄的况味，令人不无惆怅地怀旧。荸荠之形也令人怀旧，矮实朴素，像记忆中乡村民房。荸荠之色更令人怀旧，黑灰紫麻褐，如墨分五色，倘或夹杂有去皮的，又成六彩了。六彩是孤本秘籍，知道的人不多，六合彩才是大众读物。清人唐岱《绘事发微》说，墨色可以分为六彩，何谓六彩？黑白干湿浓淡是也。

见一老先生画荸荠，水墨写生，荸荠散落白瓷盘，旁边还有个踮起脚尖扬着下巴的小孩。荸荠放在白瓷盘上不好看。白瓷乃雅器，荸荠本俗物，黑白分明，一树梨花压海棠。去皮荸荠例外。一树梨花依旧，不去压海棠而落晚风。见过一群白鹭徐徐晚风中栖落树头，像梨花满枝开放。

去皮荸荠，市上写成马蹄。酒酿马蹄、清水马蹄、糖渍马蹄、虾仁炒马蹄。有人不明就里，还以为是道大荤。实在只因荸荠形状扁圆，有点像马蹄。

老家人不吃荸荠。秋天，田里挖出很多野荸荠，扔在田埂上，祖父捡回来洗净送去牛棚。他把荸荠捧在手中，牛掀动嘴唇，咯吱咯吱嚼起来，一边摇着尾巴，模样得意。吃过荸荠的牛大概不多。

古人称荸荠为凫茈。凫，野鸭也，茈，通紫，野鸭好食荸荠。《汉书》上说，王莽末年，南方饥馑，人们群入野泽，掘荸荠果腹，说不出的恓惶。

有年春日，正当阳光泛野，远林蔼蔼，长风依依之际，苏舜钦出城看见老老少少满田野挖寻荸荠，只因水灾后大旱，田地下不去犁了，当真是所见可骇，所闻可悲，触目惊心：荸荠渐渐挖掘一空，人又以野菜充饥。毒疠横行，很多老百姓肠胃生满疮痍。十有七八死，当路横着尸身，犬彘啮咬其骨，鸟鸢啄食人皮。愁愤满腹，作古风感怀呈欧阳修：

……

天岂意如此，泱荡莫可知？

高位厌粱肉，坐论挽云霓。

岂无富人术，使之长熙熙？

我今饥伶俜，悯此复自思：

自济既不暇，将复奈尔为！

读《亦报随笔》，见《甘蔗荸荠》《关于荸荠》两篇文章。民国人的文字，总能读出闲话意蕴。闲话意蕴是大境界，语气自然，好文章秘诀啊。

石榴记

灰雁向南飞，剥开石榴皮，原野秋风吹。

之一

河南石榴名满天下。有人一尝究竟，粒小、色淡、味薄，感慨盛名之下，其实难副。估计遇到了赝品，我吃过河南石榴，果皮红紫，榴籽艳若宝石。

名满天下的河南石榴，实则白马石榴。三国曹魏时洛阳白马寺前有大石榴，京师传说白马石榴，一石如牛。在偃师吃过白马石榴，好吃。在成都吃过会理石榴，西安吃过临潼石榴。这些石榴极大极甜，一掰两半，满瓢晶亮，至今难忘。安徽怀远石榴，也是名品。

春天水果口味单薄些，樱桃、草莓之类轻轻浅浅。秋天水果口味浑厚，石榴、柚子、柿子皆如此。秋风起兮，石榴上市。街头巷尾到处有人卖石榴，挑担的，开车的。喜欢挑担的果农，如果担子里还有三五枝石榴树枝，越发好看，觉得有生机。

石榴籽分白红两种。白石榴仿佛白娘子，红石榴好像红孩儿。红石榴滋味更好，爽脆嫩甜，白石榴稍微寡淡一些。白石榴被民间称为大冰糖罐儿，许仙娶了白娘子，掉进大冰糖罐里了。奈何法海多事，多情女偏逢薄命郎，弄得永镇雷峰塔下。

石榴之红分酒红、血红、玫瑰红。酒红如葡萄酒，红得艳；血红似血，红得烈；玫瑰红最好看，玫瑰红的石榴籽藏在萼里，风情万种，欲说还休。不是什么水果都红得风情万种，更不是什么水果都红得欲说还休。苹果红得风情万种，欲拒还迎，格调低了。樱桃红得风情万种，红得太嫩，止于风情，多了风雅。西瓜没能红出风情，倒是红出了滥情。

亏得还有石榴红，又好看又好吃。

石榴常入画。见过徐渭《石榴图》，边款有自题诗，记得"颗颗明珠走"一句。徐渭画石榴，大写意，明珠走三字更大写意，写心中大意。画面枝叶倒垂，一颗石榴成熟裂开，笔墨有道家气息，意境比其《葡萄图》高。

小时候不喜欢石榴，粒小味寡，一嘴籽乱窜，得不出多少味道，远不如吃西瓜、苹果、梨子、哈密瓜痛快。现在年岁大些，才有了吃石榴的心境。

童年喝过一种石榴酒，清爽香甜。过年，父亲破例让我喝了三杯，现在想来，还觉得美味。

不管是红石榴还是白石榴，吃在嘴里，恍恍惚惚，一片冰心在玉壶。

之二

前天晚上从郑州归来，一夜听况且。有人造句说："火车经过我家边上，况且况且况且况且……"还有人在文章中写道："京剧刚一开始，就听见况且，况且的锣鼓声。"一夜况且多，旅人莫奈何。没休息好，今天上午就赖床。这是借口，其实即便睡安眠了，也经常赖床。赖床不是赖账，怕什么！

起床后去买菜，有人卖石榴，选了三个。不知道是眼光太差，还是石榴不学好，竟也金玉其外。打开来吃，苦且涩，粒小核大。苦倒也罢了，反正没少吃苦，不在乎多吃个三五次。涩实在不好消受，吃了几口，只能扔掉。

石榴的味道，我喜欢的是甜酸。甜中有酸，甜非得盖过酸，酸也不能过于低眉顺眼，隐隐反抗才好，酸得小荷才露尖尖角，甜才能立上头。

小时候吃过各种水果，现在回想起来，似乎很少吃石榴。石榴在我家乡是稀罕物，不如桃、梨、枣、葡萄一样多见。

旧家院子外，种过一棵石榴树，每年挂果，可惜生得小了，黑且瘦，没人想要吃，任它在秋风中老去。石榴花开的季节，坐在院子里，能独得一份心绪。暑热初至，阳光如瀑，看蟋蟀在花叶间沙沙振羽，至有情味。古人把蝉分为四类：蟪蛄，春末初现；黑蚱蝉，夏至出没；暑伏后，蛁蟟乱叫；夏末才有鸣蜩。

汉时石榴从西域传来中原，南北朝已经普遍栽植了，时有女子穿绣有石榴花的红裙。梁元帝萧绎《乌栖曲》中有"交龙成锦斗凤纹，芙蓉为带石榴裙"的句子。唐朝人将红裙通称石榴裙，玄宗皇帝下旨文官武将见杨玉环须行礼，众臣无奈，见到她石榴裙影，即纷纷下跪。这一拜，千百年来，多少英雄好汉成了花边之臣。

《会理州志》记载："榴，则名曰若榴，曰丹若，曰金罂，曰天浆，曰朱实，曰朱英，曰金英。"若榴如野兽之名；丹若是美人之名；金罂者，灿若罂粟？朱实、朱英、金英，殷实人家儿女。

会理石榴中最大的超过两斤重，那是石榴王。

之三

躺在一树石榴下。石榴红了，食指大动。伸手摘一个，打开萼筒，亮晶晶一瓢。今年雨水足，榴子更加丰腴，形似丹砂，颜若朝霞。取一粒入口，酸酸甜甜一阵火并，嘴里吵翻了天，忽忽甜打败了酸，一会儿酸战胜了甜，弄得人唇齿生津，慌忙咽下，终获安宁。却是一梦。

爱石榴，尤钟意其花。韩愈说五月榴花照眼明，一照一明，境界出来了。杜牧诗云："似火山榴映小山，繁中能薄艳中闲。一朵佳人玉钗上，只疑烧却翠云鬟。"可谓神来之笔。石榴花红得不一般，更奇特的是红花瓣里的金黄，毛茸茸的花蕊，嫩而粉，像蛋黄。绿色的石榴外形近乎手雷，挂在树梢上，长大一点变成黄色，成熟时一片通红，累累垂垂，盈树盈枝，这时叶子也泛黄了，红石榴如同巨型宝石在树间闪烁。

祖母不让吃石榴，说小孩子吃了牙齿不齐整。

乡间婚嫁，新房案头置放几个露出浆果的石榴。小时候看见亮晶晶的石榴籽总忍不住暗吞口水。又怕长乱了牙齿，只得忍住。忍着忍着，人长大了。

之四

石榴皮厚而绵软，给人好文章之感。有人说上乘文章，有金刚宝石之质，外包无色透明水晶纸。所指仿佛石榴。好石榴粒大核小，肉质温美，双齿轻合，有一股脆甜，微微的酸，蜇音犹在，入喉，心际清澈。吃石榴，独食为佳，吃出个慢条斯理，或者三两个好友云淡风轻地啖食天地间。

瓦房庭院，一丛竹，一棵柿，一树石榴。贫乏生活里的清供之物，不乏诗意。

青年多好色。弱冠之际发现了石榴之美，真是造化。石榴之美，金玉其外，宝石其中。说是惊艳亦可，尤其红籽石榴，捻一粒入口，唇齿一段艳遇，吃出一肚子风情，倏而风情变为风月，且是好风月。好文章不过一段好风月，好风月谈。好风月谈是作文心诀，可惜力有不逮。

我的欲望很小。秋雨时候，有人送来石榴，就满足了。

柿子书

乡居日子颇美，看鸡鸭鹅俯仰啄食。小儿擎一根竹竿在庭院嬉戏，野鸽子飞落在树梢低气粗声乱叫，池塘水草上趴着螃蟹，不远处还有三五条小草鱼围在一起探头探脑……简单平凡的日常素净如风物图，让人好生欢喜。树更不必说，村口银杏，墙外乌桕、五角枫，随季节更迭变化。门前还有桂花树、宝塔松、铁树，一年四季老实地青着。

薄暮秋光大好，夕阳发出金黄的亮，云也金黄，照在门前。柿子黄与阳光黄融在一起，更有萧萧风声与唧唧虫鸣。柿子累累垂垂，由青到淡绿再到橙黄，转眼一片橘红。柿子小巧玲珑，一个个挂在树枝上，主干三三两两，枝头五五六六，为所欲为，活泼泼有婴儿气。站在树下看着，像遇见了小时候的自己。仰头在苍黄的叶子间拣熟黄的柿子，一颗颗摘下来，形微扁，有的偶带小蒂和一两片叶。

柿子吃法多种，常见的有柿子饼和熟柿子。

柿子涩，熟柿子却涩得像好的文章，薄薄的涩有了回甘。轻轻揭开熟柿之皮，明黄的瓤入口，满嘴薄涩中，略略还有些彷徨，一股空茫无来由的清甜呐喊着垂天而降，野草纷纷。

最喜欢溇柿子。将青黄相间的柿子投入温水，加盐密封浸泡几天，溇柿子即成——削皮切块，入口清脆甘甜。只是这滋味寻常不大容易遇见。

草草杯盘，昏昏灯火，牧溪《六柿图》，虚实、阴阳、粗细，不同笔墨，每个柿子呈现出随处皆真的境界，不禁追忆起逝水年华。六个柿子端坐彼岸，像六尊佛，简拙，憨笨，透出智慧，入眼心头空明。

柿子入画，先贤为之写生无数。前年冬天，大雪夜里，得诸事如意图，一竹两柿，皆朱砂所绘。

果蔬长卷

苏东坡被贬惠州，四年后筑屋于白鹤峰上。房子建好，夫子向友人求数色果木，信中反复交代，树太大难活，太小了人年纪已高等不及结果，最好树苗大小适中，树莞子带土不能太少，千万别伤了根。到底是苏东坡，贬谪在外，还有闲情栽树莳木。

老家门口有不少果树，栽在稻床外瓜蔓地一头，有桃李杏。梨花盛开的时候，桃花才开始打苞。桃花不如桃树，太喜庆了。喜庆固然好，只是桃花的喜庆闹哄哄，终日在眼前灿烂，久了难免心烦，不耐品味。桃花是绛红深红淡红，格低了。桃树是水墨，从根到干，从干到枝，墨色丰富，有老气横秋有中年心境有少年得意。

桃花似开未开之际，老气横秋中一枝枝少年得意，中年心境里生出富贵气，并非大富大贵，而是小富即安。此时桃花里有一份家常，像新过门的媳妇穿一件红夹袄走在田间小路上。

桃花没有桃子入画，画得不好乱成一堆残红。任伯年画桃花画桃子，宁要他一个桃子不要他一树桃花。见过不少齐白石的桃子，仰放在竹篮子里或者开在枝头，桃尖一点红，红得干净红得素雅，安安静静，一点也不闹。

我家桃子有两类品种，一种是毛桃，一种是五月桃。五月桃甚大，一掰两半，紫核黄肉，香甜满口，三两个即能吃饱。毛桃小，熟得晚，易招虫，其味涩而枯，不好吃。

肥城佛桃，大如饭碗，不像凡尘之物，仿佛仙家蟠桃。肥城佛桃果肉细嫩，半黄色，汁多且浓，味甜而清香，至今难忘。树上的桃子吃多了糟心，不如齐白石笔下的桃子清爽。中医说生桃子食多了，令人膨胀及生疮疖，有损无益。何止桃子不能贪多。

桃子熟了，一颗颗摘下，枝头一空。豇豆藤渐渐长了，悄悄爬上树，夏风里豇豆长出来了，先是如小指头长的一根根小丁，很快一对对青丝丝成线。

岳西乡间有不少杏树，高且大，双手抱不拢。杏小树大，小孩子够不着，故能熟老枝头。首要原因也是杏子不好吃，很多人家任其烂在树上，或放在瓷盘里摆看，或让小孩拿去玩。

到郑州后第一次吃到杏子，微酸，香脆爽口，味道并不差。

杏子不好看，不知道为什么古人喜欢用它形容女人眼睛。《平鬼传》第三回："幸遇着这个小低搭柳眉杏眼，唇红齿白，处处可人。"《红楼梦》里的晴雯也是杏眼，不知道杏眼是什么样的眼睛。王叔晖笔下仕女，画的多是杏眼，双目含情，在宣纸上似笑似语，比杏子好看多了。

杏子做成罐头也可以做杏酱。杏酱味道饱满，食之如春风入襟，让人想起桃花树下的时光。杏脯比杏子好吃。齐白石老家有不少杏树,故其地名"杏子坞"。

少年时读书，有一回，有两名汉子在前引路，前行里许，折而向左，曲曲折折走上了乡下田径。一带都是极肥活的良田，到处河港交叉。行得数里，绕过一片杏子林。杏花丛中，洒过碧血，那人——用自己的血铭刻人间的情，从此分道扬镳。

有夫子待客，端出一盘蜂蜜小萝卜。萝卜去皮，切滚刀块，上面插了牙签。来客走后，家里人抱怨说不如削几个苹果，小萝卜太不值钱了。老夫子不服气，说苹果有什么意思，这个多雅。

插了牙签的小萝卜雅不雅我不知道，没见过。冬日菜荒，故乡人家多食萝卜青菜。萝卜切片，以瓦罐炖在土炉上，萝卜里放腊油，辣椒粉。当年以为寻常，如今在记忆里却觉得风雅。

风雅的水墨萝卜见过不少，多是红皮萝卜，囫囵囵带着青色萝卜叶子。萝卜叶子也可以做菜，稍微生涩一些。小时候经常吃初生的萝卜缨子，香脆新嫩，入嘴有丝滑感。

齐白石喜欢画萝卜，见过不下几十种。齐白石也画过苹果，多是苹果柿子图，取平安如意的吉祥。齐白石的苹果没有齐白石的萝卜雅，苹果难入画。苹果甜有两种，一种脆甜，一种粉甜。脆甜的苹果一身意气一身才华，粉甜的苹果不卑不亢有儒家精神。

吃过最好的苹果是烟台与灵宝苹果，面慈心软，又香又甜又大又红，富贵逼人，满面红光，像挺着肚子在院子里闲逛的员外郎。

在河南见过苹果树，挂满果了，风一吹密密麻麻挤成一团。我家栽过一株苹果树，不结果。

司马迁《史记》说"燕，秦千树栗"。西晋陆机为《诗经》作注："栗，五方皆有，唯渔阳范阳生者甜美味长，地方不及也。"吃过渔阳范阳的板栗，并不见佳。陆机是西晋时人，想必不能远行，没能吃到好栗子。

有人以昆明糖炒栗子天下第一，倘或他吃过岳西栗子，昆明栗子只能屈居第二吧。徐志摩说秋后必去杭州西湖烟霞岭下翁家山赏桂花，吃桂花煮栗子。还有人用白糖煨栗子，加桂花。桂花栗子没吃过，桂花鱼吃过，桂花糕吃过，桂花糖吃过，桂花茶吃过，桂花龙井，多一股幽深。桂花晚翠，格比玫瑰花高，与滋味无关，尽管桂花年糕也好吃。

念小学时，校园附近有片栗园，树合抱粗，枝叶浓密，树干用石灰水刷白，树下浅草碧翠。树大招风，中秋后，每天从那里经过，能捡到落在地上的栗子，我们叫它哈子。

栗有苞，苞外丛生硬刺。苞嫩时，看起来毛茸茸的，甚羊。栗子熟了，苞也大了，张牙舞爪，凶相毕露。栗子好吃苞难开，小孩子皮嫩，力气小，剥不开，只能望栗兴叹。

新摘的生栗子呈象牙黄，脆生生，一口一个。

我乡人吃栗子，多为煮食。煮食的栗子粉粉的，生栗的清甜褪去一层，又好去壳，吃起来有余香，与糖炒栗子滋味不同。

生栗子不好保存，容易生虫。有人授秘法：将生栗子放入透气的纱布袋，吊挂在阳台阴凉通风处，每天摇晃几下，可免虫噬。

北京糖炒栗子不放糖，郑州与合肥糖炒栗子也有不放糖的。有人炒栗子不时往锅里倒糖水，外壳黏糊糊的，吃完染得一手糖稀。手艺好的人炒栗子，栗肉为糖汁沁透，很甜。

新鲜板栗经过两白天太阳、三晚上露水，日晒夜露之后，能调出本身的香甜，炒制时不必加糖，能吃出栗子本身的香甜。

栗子可以做菜，栗子鸡是名品。家乡人喜欢做栗子肉。栗子肉其实是栗子红烧肉，做法简单。栗子去皮壳，猪肉切块，加葱姜大蒜煸炒，放生抽，肉炒到泛黄时，加水放八角和冰糖，焖至八成熟，再放栗子继续炖至软烂，大火收汁即可。肉最好选五花肉，栗须完整不碎。

栗子吃不完，放入竹篮，通风挂几天。风干栗子微有皱纹，吃起来有韧性。《红楼梦》怡红院檐下挂一篮风干栗子。李嬷嬷见贾宝玉留给袭人的酥酪，拿匙就吃。宝玉才要说话，袭人便岔开笑道："原来是留的这个，多谢费心。前儿我吃的时候好吃，吃过了肚子疼，足闹的吐了才好。他吃了倒好，搁在这里倒白糟蹋了。我只想风干栗子吃，你替我剥栗子，我去铺床。"宝玉信以为真，方把酥酪丢开，取栗子来，自向灯前检剥。

大观园中人剥风干栗子。倘或是糖炒栗子，只能让《金瓶梅》里的人吃。《金瓶梅》七十五回，如意儿挨近桌边站立，侍奉斟酒，又亲剥炒栗子与西门庆下酒。

柑小笺

芸香科柑橘属门下品类百十种，柑、橘同门同宗同貌同形，味略有别而已。邑里小园不产橘子，柑常有，于我有段旧事。旧年家中庭院栽有柑树，记事起，已经丈余高了，杂枝在屋顶瓦当摇曳。每年秋日，树上青兜兜挂满了柑子，只是那物极酸，至老不改。童年懵懂，柑皮尚青时常常摘食，酸得牙齿酥软。稍大一些，强忍之下，勉强吃下几瓣。此后，纵然馋嘴，却也无法下咽，只能望而兴叹，非不为也，实不能也。

远近常有老人来家里讨柑子，说是用来顺气。至今还记得站在屋后田埂上那个青灰色衣服的老妪，我用钉耙绞下六七个柑子，一一扔过去，她手捧着展开的围兜，一脸恬静地走远了。少年时，以为他们不过想哄走我家的柑子，后来读医书，果然见到柑子有顺气之效。旧年乡野贫寒，诸多不如意，格外需要顺气。只是顺得了一时之气，怕是顺不平一生艰辛。

柑树为祖父年轻时手栽，果实茂盛了一年又一年。祖父去世后，挂果稀落，一季不如一季，三年后，竟然枯死了。它是一棵深情的树。岁月匆匆，故乡太多的老人一一走远，沦为尘土。今时回家，人非物也非，故地如他乡，人不识我，我不知人，彼此面生。

摘柑子不容易，树太高，擎一竿竹朝天击打，打轻了，柑子不下树，打重了容易破皮。有时候打下来了，偏偏又挂在树枝上，或者跌坏了，汁水溅出，惹得一阵懊恼。

橘生淮南为橘，生淮北为枳。柑也如此，李时珍说，柑，南方水果，闽、广、温、台、苏、抚、荆州为盛，川蜀虽有不及。岭南及江南的柑子，吃过不少，全不似故家柑子酸涩。吃柑数十次，瓯柑可圈可点。瓯柑者，浙地温州瓯海之柑也。初冬时去过瓯柑林，一树皮色或生青或半黄或熟透的果实。风吹过，枝叶细碎，佳果摇动，心情也摇动，一阵欢喜，一阵通透。

柑与橘树木相似，刺少些，瓯柑更甚，树上不见一根刺。柑比橘皮厚，剥开一只，肉瓣如琥珀如蜜蜡，肌理稍粗，滋味香甜中有清苦，淡淡的，薄薄的，在唇齿若有若无，品味之际回旋出三分甘鲜，落入喉中，一时饱满。

橘可以久留，柑易腐败。瓯柑不同，往往可以留到次年春月乃至端午前后，所谓端午瓯柑似羚羊。羚羊，实则羊角，可以平肝息风、散血解毒、清肝明目。瓯柑入药，去火、清热、解毒，有羚羊角之效，清朝京师时，以其能辟煤毒。腊月年节，豪门富贵必求瓯柑，一果不惜费几百文钱财。吃过几枚隔年瓯柑，入眼形销骨立了，有枯槁貌，嶙峋貌，瘦瘠貌，清苦貌，滋味也多了清苦，一口口清湾气象暮潭潭，苦雨无多便重阳。

小雪前后开始采摘瓯柑，越冬抵黄，色味犹新。韩彦直《橘谱》上说温州诸邑出乳柑，味道似乳酪故名，人又称它为真柑，似其他为假柑。疑心乳柑是瓯柑明月前身，朱国桢《涌幢小品》云，温州乳柑，冬酸而春甘。时过境迁，如今瓯柑冬时不酸，春日越发甘香。

眼前一片柑林，心头一片甘霖。心头甘霖像雾像风又像雨，细细的，疏疏的，雾蒙的，飘雨缠绵，下又下不大，停又不肯停。柑林富贵吉祥，挂满了果的柑树有锦绣气，从林间穿过，金玉锦绣，罗列满堂，一时琳琅满目。

瓯柑婆娑在眼，柑叶纤长晚翠。大柑近似马蹄，小者若牛眼，大小不同，圆正饱满近似。摘下一颗柑子，掌心透着酸香，柑皮如泽蜡，剥开时香雾氤氲，一阵杏花江南烟雾。恍惚中，一个小孩子仰脸，看天，看枝，看叶，看柑，也许是看一片云看一只鸟看一阵风，也可能什么都不看，眼巴巴空空望着。门牙缺了，虎牙放着白光。小孩或许会有梦：

初冬柑林，月亮升起来了，几个顽童在林中嬉戏，抬头看看，一树一树星辰，一树一树灯笼。一个胆子大些的少年攀到树上摘下一个星，或是摘下一盏灯来，却是柑子，打开，取两瓣纳入口中，柑络清苦，果肉清甜。一只萤火飞来，几个孩子发狂般去追，虫子一点点飞向河岸上空，几个明灭消失不见。

梦醒了，原来是我的梦，一本本旧书掉落地上，《画廊集》《银狐集》《雀蓑记》……

瓯柑林外的河道，几人划桨而过，船上堆有柑子，多者十几筐，少则三五箩。单桨轻轻摇动，船在河面犁开一条水线，如此一尺尺行进，水线开了又合上。河面泛起涟漪，水底柑林摇摇晃晃起伏不定，许久方才歇息定住。心头有诗意流动：

黄衫清瘦绿裳肥，风皱秋波落叶飞。

摇橹少年舟棹去，一船欢喜大柑归。

橘颂

果园里，满目橘子，多是橙红色，不同深浅。墨分五色，橙也分五色，红亦分五色，实在又何止五色。那些佳果像一个个小灯笼挂在枝头，静悄悄、沉甸甸、胖墩墩、气鼓鼓、圆滚滚、黄澄澄、红彤彤、金灿灿、喜盈盈，当真是：

色如丹砂，灼灼其华，与人相对，嫣然可嘉。

口福不浅，有幸吃过洞庭橘、梧州砂糖橘、宾川柑橘、南丰蜜橘……产地不同，品名有别，此外还有福橘、黄橘、金钱橘、贡橘、长兴岛橘、黄岩橘、四季橘……在浙江象山吃过一种叫红美人的橘子。以前从来没有见过没有吃过那么大那么重那么甜的橘子。古人说其大如斗，莫名觉得那橘子其大如斗。斗，或圆或方，有柄，很多年没见过木斗了，连升也多年没见过。

斗升都是古代容器，此外还有石。一石十斗，一斗十升。故家当日田薄，一年只能得稻谷十余石。我少年时气力饱满，可以挑起满满一石稻。

摘下一枚橘子，捧在掌心，鼓当当的，汁液仿佛随时要破皮而出，耳畔秋风萧瑟，轻轻剥开橘皮，眼前洪波涌起，一股股清香扑鼻而来。掰开一瓣橘肉，纳入嘴中，入口即化，汁液充盈。有人形容好橘子如美人赵飞燕着体便酥，柔若无骨。

古人作《飞燕外传》，托名汉人所为。说她家有彭祖传下的房中书，善行气术，身材纤细，腰身柔软，举止翩然，人称其飞燕。传说她可以站在人手掌扬袖飘舞。这橘子模样样子富态一些，更近乎杨玉环，所谓环肥燕瘦。真要比喻，大抵是——

口感赵飞燕，风姿杨玉环。

橘皮、橘络、橘肉、橘核，各有功用。冬天，偶尔会泡一点橘皮也就是陈皮当茶饮，觉得温暖。我吃橘子，从来不去筋络，中医说其性能行气通络。我倒是觉得橘络味苦，能冲淡橘肉的酸甜，于是滋味丰富。

上品橘子从来味道丰富，且不止五种。先是一点点淡甜，然后是肆意的甜，充溢三月江河气息，一江春水向东流。甜里又回味出酸，清凌凌的酸，有冰雪意思，绕舌三匝，无枝可依，很无趣地快快化进一腔甘甜的汁液落入喉中。

南方，有人把橘子叫大橘，谐音大吉，亲友之间奉赠红橘，互尽好意，各得吉祥。

状若灯笼，累垂北风。皮糙肉厚，闲敛春容。

入馔入药，造化之功。又酸又甜，淡抹疑浓，

果熟难落，高挂树中。零落地上，与泥土同。

四季青翠，品性如松。橘子虽去，枝头不空。

且待来年，再发橙红。效颦屈原，也作橘颂。

一笔杨梅

　　人与物有缘，南朝萧惠开不喜欢杨梅，以为只能投之篱厕。明人李笠翁宝爱杨梅，曾专门作赋，赞汁比天浆，味同醽醁，堪称南方第一珍果。

　　我与杨梅缘浅，年近四十岁方才吃到，说来也没什么好遗憾的。倘若屈原未能吃到橘子，怀素未能吃到竹笋，欧阳询未能吃到鲈鱼，杨凝式未能吃到韭花，苏东坡未能吃到荔枝，如此方为遗憾。遗憾天地间少了一股斯文，少了绝妙好辞与无双笔墨。

　　以前不吃杨梅，怕其酸，以为妖艳，入眼有胭脂俗气，还觉得杨梅的格不如杨梅酒。我好杨梅酒之味，更好杨梅酒之色，红得不一般，像火烧云里的物相，还有天边朝霞里的几点赤忱。浅口白瓷盏斟得满满杨梅烧酒，红艳艳，是胭脂人家意味，风情如美人，令人思无邪的美人。

民间传言，当年宋徽宗见到周邦彦写给李师师的词"并刀如水，吴盐胜雪，纤指破新橙"，心里五味翻陈，顺手写道"选饭朝来不喜餐，御厨空费八珍盘"两句，有知上意者续上"人间有味俱尝遍，只许杨梅一点酸"，一时杨梅艳名远播。

昆明火炭梅是梅中名品，据说滋味尤胜苏杭所产，据说而已，我没吃过。吃过几次湖南怀化杨梅，颜色紫红透黑，像泡得浓浓的安化黑茶。还吃过杭州萧山白杨梅，口感如诗，回味清香，是唐人"气凌霜色剑光动，吟对雪华诗韵清。"白杨梅果肉饱满厚实，个大多汁，挂在树上，透着清灵的霜白，有梅妻鹤子的隐逸气。

杨梅又甜又酸，五分甜一分酸，酸强弩之末，甜势如破竹，甜春风得意，酸帘雨潺潺。或许吃得苏杭杨梅多了，只要见到杨梅，总让我想起江南，哪怕是别乡的杨梅，也生忆江南之心。

几次在江南，遇到卖杨梅的，是村里农家十七八岁女子，简易木桌上散放杨梅，或以竹篮盛装，果实大且圆，颜色深紫，香味俱绝，仿佛能溢出汁水来，上面覆有零星的树枝，枝叶新鲜。

读来往事，杨梅熟时，好事的绍兴人家乘坐小舫出游，置酒舱中，岸边有人卖杨梅与酒，彼此相望。又有人以竹篓盛杨梅为售，摆放路上，络绎不绝。以为唐人所称荔枝筐，不过如此。还是读来的往事，昆明市上常有苗家女子卖杨梅，戴顶小花帽子，穿着绣了满帮花的扳尖鞋，坐人家阶阶石一角，不时吆唤：卖杨梅——声音娇娇的，使得昆明雨季的空气更加柔和了。

杨梅自古随雨，梅雨季来了，杨梅就熟了。王安石给友人诗道："湿湿岭云生竹箚，冥冥江雨熟杨梅。"杨梅是夏日佳果，说来也怪，每吃杨梅，心里独望春风。不知道是不是杨梅雨的连绵，杨梅滋味也连绵。一颗杨梅，唇齿之间翻滚，一汪水酸酸甜甜，

晚明士子。曹丕写葡萄，有人情之美，更写出了色香味，堪称神品。唐宋人述食，常见好才情，读《梦粱录》《东京梦华录》，如行山阴道上。苏东坡贬谪出京，受用一顿美味，顿时心旷神怡，一副若无其事的态度，风华卓绝，欣然起了诗兴。

明清人有食谱癖，官家食谱、富家食谱、民家食谱，蔚为大观。与先贤相比，稍逊风采，读来略嫌沉闷。好在《三言》《二拍》之类话本与《金瓶梅》《儒林外史》等小说，饮食谈中时见绝妙好辞。曹雪芹写宴会写吃喝，是上好的笔记。晚清《海上花列传》，也有一流唇齿文字。明清小说中的饮食写得香艳，因为有场景的交代，读来历历在目。

日常平淡，每日所食，瓜果蔬菜家常饭而已。生来口拙，对山珍海味之类不以为珍馐。野蔬村酿，小杯细语，几净窗明，有一种清静独赏。明人书简云："笋茶奉敬。素交淡泊。所能与有道共者，草木之味耳。"草木之味、四时佳兴，纸墨包裹着清欢佳趣。良友、香茶、苦笋，诚然赏心乐事。所能与有道共者，也是草木之味耳。

美食总让人惆怅，因为转瞬即逝、不可复制，写成文字，也是书空。写吃的原因，非谋其味，而是取风致罢了。饭茶无论好坏，有得吃就好。挑食与厌食者，缺乏饮食精神。饮食无分别，才是饮食精神。有诗为证：

禅心不合生分别，莫爱余霞嫌碧云。

下笔从来信马由缰，有感而发。重看拙作，常常恍若隔世。此一时彼一时，有些文章，现在写，一定换了面目换了门庭。心仪的饮食小品，自情始，然后色，再至香，最终入味；情不浓淡，色不惊人，香得飘逸，味才透彻。世事纷纷没有穷尽，味道也无穷无尽。谈饮食以寄兴，作文章而怡情。

二〇一八年五月一日，北京，鲁迅文学院

又去了一趟司空山，看看老树、古桥、春茶、民居、祠堂……堤岸、桥头、树下、屋边、田埂、小路，走过好几个我，一回回，不同的人，不同的节令。信步徐行，迎面一座小庙，很幽静，斋堂前那副对联真好，独立庭中，无语良久，半盏茶工夫，方才缓缓念出声来，说的是：

粥去饭来，莫把光阴遮面目，

钟鸣板响，常将生死挂心头。

这是老话了，旧年在山西、北京、福建、江苏很多寺庙里见过。机缘未到，虽然入眼，未能入心。光阴遮了多少面目，时间如水，冲洗得顽石浑圆，多少人迹如烟似雾。粥饭穿肠过，钟鸣耳旁风。原来饮食不独出入日常境，有人间烟火，也出入生活禅，引得佛门法旨。正如庄子所言，大道无所不在。

许久未作食话，有实话就好。文章不过说话，多说实话、真话、佳话、童话、诗话、神话、正话、逸话、清话，不妨车轱辘话、话里有话、话外有话，或作闲话、老话、土话、笑话、行话、梦话、禅话、长话、短话，少作大话、小话、混话、脏话、怪话、软话、浑话、疯话、瞎话、浮话、昏话、粗话、歹话、狂话、空话、歪话、蠢话……如此也罢，如此也好，只是难免废话。《散宜生诗》说得好："文章信口雌黄易，思想锥心坦白难。"这是知者之言。技法大可信口雌黄，骨骼精血要交心，不说肝胆相照，也要袒腹相见。

好文章是粗茶淡饭，锦衣玉食、诗礼簪缨虽好，脱离凡尘，像云像雾像风，隔了蒙蒙细雨。写作十几年，渐渐领悟出粗茶淡饭之妙，如今更不愿满纸荤腥，唯愿今后文风如布衣蔬食。

文风变了，口味也变了，偶尔吃到山珍海味，不以为美不以为然。有两次遇见上品萝卜、冬瓜、豆腐，或清烂或甘脆或香甜或平远，经年难忘。

二○二四年四月六日，岳西，半山居